フレンチ警部最大の事件

F・W・クロフツ

宝石商の支配人が殺害され，三万三千ポンドのダイヤモンドが金庫から消えた。金庫の鍵は二つしかなく，一つは銀行が保管し，一つは社長が肌身はなさず持ち歩いているもので，合鍵をつくることは不可能なはずであった。しかも支店の社員が一人，同時に行方不明になっている。ヤードから派遣されたフレンチ警部にとって，最大の事件となった本件は，冒頭から疑わしい状況証拠だらけで，しかもそれがどれ一つとして決め手にならぬという，無駄骨折りの連続だった。だが，ようやく曙光を得たフレンチは，猛然とその手がかりへくいさがっていった！

登場人物

チャールズ・ゲシング……ロンドンのダイヤモンド商社、デューク・アンド・ピーボディ商会の老支配人
デューク……………………デューク・アンド・ピーボディ商会社長
ウィリアム・オーチャード…デューク・アンド・ピーボディ商会事務員
ファンデルケンプ…………デューク・アンド・ピーボディ商会外交員
ルート夫人…………………米国の鉄鋼王の妻、オリンピック号でロンドンへ渡る
ウオード夫人………………ルート夫人と同船していた英国夫人
X夫人………………………三千ポンドを詐取した謎の女
シシー・ウインター嬢……十三年前に引退後、消息不明の女優
ヴェイン夫人………………ロンドン郊外クルー荘に居を構えていた謎の女
シルヴィア・デューク……デューク氏の一人娘
ハリントン…………………シルヴィアの許婚者
フレンチ警部………………ロンドン警視庁捜査課員

フレンチ警部最大の事件

F・W・クロフツ
田 中 西 二 郎 訳

創元推理文庫

INSPECTOR FRENCH'S GREATEST CASE

by

Freeman Wills Crofts

1925

目次

フレンチ警部最大の事件

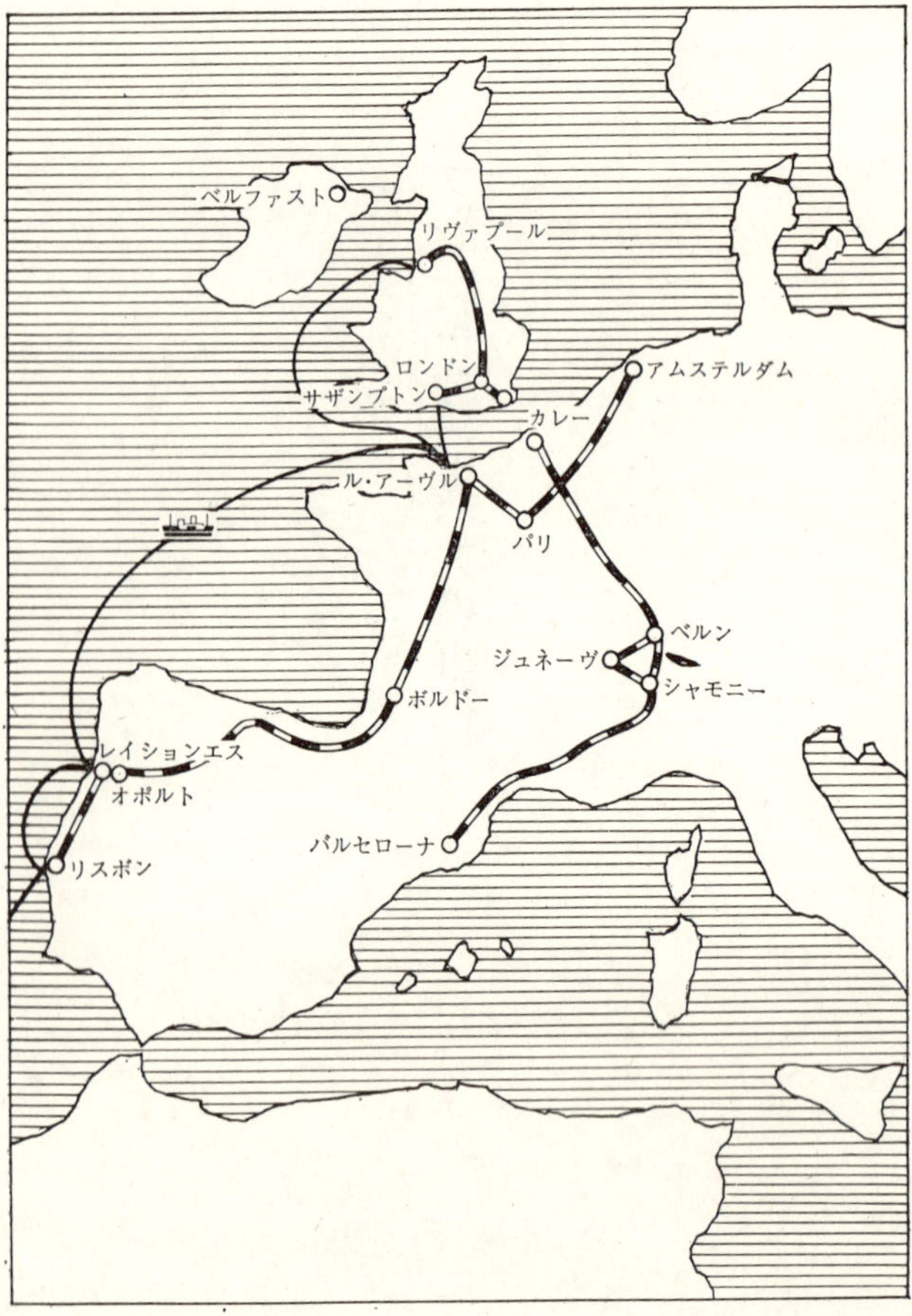
ベルファスト
リヴァプール
ロンドン
サザンプトン
アムステルダム
カレー
ル・アーヴル
パリ
ベルン
ジュネーヴ
シャモニー
ボルドー
レイションエス
オポルト
リスボン
バルセローナ

1　殺　人！

ロンドン旧市内《シティ》のハットン・ガーデンをとりまく裏通りは、どんなに良い時分でも、愉快だの、気持ちがいいだのというような眺めではない。せせこましくて、みすぼらしい通りで、この通りに面した不恰好な、むさくるしい建物のならびは町の煤煙と霧にすすけ、ペンキをぬりかえたことがないので赤茶けている。こんな裏通りを見た日には、どんなにわが二十世紀文明の昂揚をこいねがっている人でもまずがっかりするにちがいない。

しかし、朗らかに晴れた日でさえここの眺めはこのとおり陰気くさいのだから、それが十一月中旬の寒々とした夜の十時ともなればなおさらのことだった。湿っぽい霧をとおして見えかくれするうるんだ月が家々のよごれた、鎧戸《よろいど》をおろした正面を青白くてらしていた。空気はひんやりとつめたく、舗道はさっきまで降っていた霧雨にぬれて黒っぽく見えたが、その雨ももうやんでいた。いまどき通りを歩く人はまれで、出歩く用件もない者はだれ一人外に出なかった。

そういうわけで、このあたりでもとりわけせまくるしく、とりわけ魅力のないハックリー通りにも人影はたったひとつしか見えなかった。文明の高尚な、倫理的な面はひかえめではあったが、けっして欠けていたわけではない。この人影は法律と秩序を代表していた。手短に言うと、それは巡回中の警官の姿だった。

ジェームス・アルコーン巡査はゆっくり足を運びながら、機械的に、しかし慣れた目つきで視界の中にある商店の鎧戸をおろした窓や、事務所や倉庫の閉ざした入口を見やった。彼——この巡査は空想家ではなかった。そうであったら、彼はいまよりもっと勤務の退屈さと単調さにいやけがさしたにちがいない。しがない犬の暮らしというやつだ、こんな夜ふけに旧市内のパトロールとは。彼はそう思いながら四つ辻に足をとめ、四方にのびているよごれたわびしい通りを順に眺めた。どれもこれも何とうっとうしい眺めだったろう！　気の利いたものは何ひとつない！人に機会《チャンス》をあたえそうなものは何もない！　昼間は通りもにぎやかだし、だれかに話しかけられることはないまでも、とにかく人間の姿が見えるからまだしもだったが、夜になると人っ子一人見えなくなるし、絶対に来ない機会をあてもなく待つよりほかに何ひとつすることがないのだからたまったものではなかった。彼はうんざりしてしまった！

しかし、彼はまだ気がついていなかったが、程遠からぬ所に彼の腕をみせる事件がもちあがっていたのである。チャールズ通りを通りすぎて、ハットン・ガーデンにさしかかったとき、すこし離れた行く手の、ある家の扉が突然さっと開き、一人の若い男があわただしく夜の中へとびだしてきた。

この扉は街灯の真下にあったので、アルコーンはその若い男の表情が凍りつき、恐怖と驚きをまざまざとあらわしているのを見てとった。ちょっとの間うろたえていたが、巡査の姿を見つけるとたちまちすっとんで来た。

「お巡りさん!」と彼は叫んだ。「すぐ来てください。大変なんです!」

アルコーンはさっきまでの憂鬱はどこへやら、いそいで若い男のほうへ駆け寄った。

「どうかしましたか?」と巡査はきいた。「何かあったのですか?」

「人殺しのようです」と相手は叫んだ。「あの上の事務所です。ちょっと、来てみてください」

若い男がとびだしてきた扉はあけたままになっていた。二人は急いで駆け寄った。扉を入るとすぐ階段になっていて、上のほうに電灯がともっていた。若い男は階段を駆けあがって、最初の踊り場のところにある扉の中に入った。アルコーンも彼について入った。そこは事務所で、机が三つ四つ並べてある。むこうのほうに奥の部屋に通ずるもうひとつの扉があけっぱなしになっていて、若い男はそっちのほうを指さした。

「あの中です」彼は教えた。「社長室です」

その部屋にも電灯がともっていた。一歩その部屋に足を踏み入れたアルコーンはまさしく自分が悲劇の現場にいることを知った。彼はしばし動かず、周囲の状況に目をやった。

小さい部屋だが、よくととのっている。窓ぎわに古めかしい畳み込み蓋の机が置いてあり、そのすぐそばに革張りの、来客用のひじかけ椅子が一脚、そのうしろにはぎっしり本のつまった本棚がある。暖炉には残りの火がまだ赤々と燃えていた。そのほかに、本や書類をとりちらかした机が一脚と大型のミルナー金庫がひとつ、これで調度は全部だ。金庫の扉は開いていた。

アルコーンは機械的にこういうこまかいことがらを心にとめたのだが、最初に彼の注意をひいたのはそういうものではなかった。金庫の前に一人の男の体がのめるようにうずくまっていた。まるで金庫から何かをとりだそうとしてかがんだままへたばったようなあんばいだ。顔はかくれて見えなかったが、この恰好では死んでいるのに間違いない。死因も同様にはっきりしていた。はげた頭のうしろ、白髪がとりまいているすぐ上のところにひどい傷があった。何か鈍器様のものでなぐったような傷あとだ。ひと声、呪いの言葉を発して、アルコーンは足を前に踏みだし、頰に手をふれてみた。

「冷たい」と彼は叫んだ。「だいぶ前に死んだらしいですな。いつ見つけました?」

「たったいまです」と若い男は答えた。「わたしは本をとりに入ったんです。すると、そこに倒れていました。わたしはすぐ人をよびにとびだしたんです」

警官はうなずいた。

「とにかく医者をよばなければいけない」と彼は言った。机の上に電話があったので、本署をよびだし、警官を一人と医者を一人至急よこしてくれるように言った。それから相手にむきなおった。

「ところで、これは一体どういうことですか? あなたはどなたですか? それから、どういうわけでここにいらっしゃるのですか?」

若い男は明らかに興奮していたし、落着かない様子でもあったが、だいたい筋の通った返事をした。

「わたしはオーチャードといいます。ウィリアム・オーチャードです。わたしはここの事務員です。この店はデューク・アンド・ピーボディ商会でダイヤモンド商です。いまお話ししたように、置き忘れた本をとりに入って、このありさまを見つけたのです」

「それでどうなさいましたか?」

「どうしたかですって? こんなときだれでもするようにしましたよ。わたしはゲシングさんが死んでいるかどうか見て、死んでいることがわかったので人をよびに走っていったんです。そうしたらあなたに会ったんです」

「ゲシングさんですって?」警官は鋭く言いかえした。「するとあなたはこの死んだ人を御存じなんですか?」

「知っていますとも。支配人のゲシングさんですよ、この人は」

「金庫はどうですか。紛失したものはありませんか?」

「わかりません」と若い男は答えた。「あの中にはダイヤモンドがたくさんあったはずですが、どのくらいあったか知りません。それに今どのくらいあるかまだ見ていませんので」

「だれか金庫のことがわかる人はいませんか?」

「ゲシングさんが死んでしまったとすると、デュークさんより他にありませんね。社長のデュークさんです。重役の中でわたしの知っているのはデュークさんだけです」

アルコーン巡査はさてこれからどうしたものかと思案顔になって口をつぐんでしまった。あげくのはて、慣例にしたがって、ポケットからすこしばかり隅っこのまくれた手帳をとりだし、ちびた鉛筆でさきほどからかきあつめたこまごましたことを記入しはじめた。

「ゲシングでしたな、亡くなった人の姓は？　名は何というんです？」

「チャールズです」

「チャールズ・ゲシング、死亡」しばらくたってから巡査はそうくりかえしたが、どうやら記入事項を読みかえしたものらしい。「なるほど。それで住所は？」

「フラムのモンクトン通り十二番地です」

「フラム――モンクトン――通り――十二番地。なるほど、それであなたの名前はウィリアム・オーチャードさんでしたな？」

退屈な問答が長ながとつづいた。二人はいい対照だった。熱心に書きこみをやっていたので呼吸は荒くなっていたものの、アルコーンのほうは冷静で、事務的で、上司への報告書に書きもらしがないように気をつかっていただけだが、彼の質問に答えているほうは興奮を抑えようとしてがたがたふるえながら、床の上のだまりこくった、動かない死体にひどく気をとられていた。可哀そうなゲシング老人！　あんなやさしい老人はなかったのに！　傷ついた頭にハンカチもかけてあげないで、あの人の体をあんなにぶざまに床の上にほうりだしておくなんて。しかし、この件はもう彼にはどうすることもできなかった。警察は警察の流儀でやるだろう。そうしてもう彼オーチャードの出る幕ではない。

質問と答えと骨のおれる筆記でかれこれ十分ばかりすぎたとき、階段に人の声と足音が聞こえて、四人の男が部屋に入ってきた。

「どうしたんだ、アルコーン？」先頭の、見るからに上役らしい、がっしりした、きれいにひげをそった男が、すこし前に彼の部下が事務員のオーチャードにたずねたのと同じ文句を叫んだ。彼は扉のすぐ内側のところに立ちどまり、鋭い目つきで部屋の中を見まわした。彼の視線はアルコーン巡査から死体へ、それから開いた金庫へうつり、うさんくさそうに若い事務員を見て、やがてまたアルコーンへ戻った。

巡査は直立不動の姿勢でしゃちこばり、法廷で正式の証言を読みあげるときのように、鈍い、かたい口調で問いに答えた。

「自分はパトロール中でありましたが、十時十五分頃、チャールズ通りからハットン・ガーデンにまわろうとしかけたとき、この若い男をみとめたのであります」彼は身ぶりでオーチャードをさした。「この男はこの家の扉からとびだして来たのであります。大変なことが起こったと申したてましたので、ここへ来てみますと、御覧のとおり死体があったのであります。まったく手はふれてありませんが、ここに多少御報告事項があります」彼は手帳をさしだした。

例の男はうなずき、つれの一人、背の高い、見るからに医師らしい男のほうを見かえった。

「先生、この男の死亡が確認できましたら、死体はしばらくそのままにしておきたいと思います。この事件はどうやら本庁《スコットランド・ヤード》行きの事件のようですし、もしそうなら、連中にそっくりそのまま引渡したほうがよいでしょう」

医者は部屋をとおって死体のところへ行き、そのかたわらにひざまずいた。

「たしかに死んでいますな」と彼は言った。「それに、あまり時間も経過していません。死体を起こせばもっと詳しいことがわかるのですが、もし何ならこのままにしておきましょう」

「そうですね。しばらくそのままにしておいてください、恐れ入りますが。で、アルコーン、他に何かわかっていることは？」

警官が上司に報告するのにものの数秒もかからなかった。上役は医者のほうを見て言った。

「どうやら、ただの殺人じゃなさそうですな、ジョーダン先生。あの金庫がこの事件の鍵ですよ。いいあんばいに、こいつは本庁行きの仕事だ。いま本庁へ電話しますよ。三十分もしたらだれか来るでしょう。恐れ入りますが、先生、ちょっとお待ちください」それからオーチャードにも言った。「きみも待っていてくれたまえ。本庁の警部は手間はとらせんよ。ところで、この老人の家族のことを話してくれたまえ。奥さんはいるのかね？」

「はあ。しかし、奥さんは病人で寝たきりです。お嬢さんが二人あって、一人は家で家事をみています。もう一人は結婚して市内のどこかにいるという話です」

「知らせてやろう。きみ、行ってくれ、カースン」四人来た中で、残りの二人は制服の警官だったが、彼はそのうちの一人にそう言った。「お婆さんに言うんじゃないぞ。娘さんがいなかったら、帰ってくるまで待つようにしろ。娘さんが何かたのんだら、言うとおりにしてやれ。姉さんをよんでほしいと言ったら、きみがよびに行ってやるんだ。ジャクソン、きみは入口へ行って、本庁の人が来たら、ここへ案内してくれ。アルコーン、きみはここに残れ」こんなふうに分担をきめてから、彼は電話で本庁をよびだし、用件をつたえ、それからもう一度若い事務員に言った。

「オーチャード君。きみはたった一人の現業重役であるデューク氏のほかは、金庫から何か紛失していても、だれにもわからないと言うんですね。すると、デューク氏にすぐここへ来てもらわねばならない。電話はかかるかね」

「ジェラルド局の一四一七Bです」オーチャードは即座に答えた。若い男の興奮はすこし落着いたようで、彼は警察の活動を興味ありげに見守り、彼らがその任務を着実に、てきぱき片づけていくのに感心していた。

　警官はふたたび机の上から受話器をとって、相手をよびだした。「デュークさんは御在宅ですか？……そうです。警察の署長だとおつたえください」ややしばし沈黙ののち、彼は言葉をついだ。「デュークさんですか？……こちらはハットン・ガーデンのあなたの事務所です。お気の毒ですが、ちょっとひどいことになりましてね。お宅の支配人のゲシングさんが亡くなりましてね。……そうなんですよ。それで、いまあなたのお部屋に倒れたままなんです。現場の状況から見ますと、殺人事件らしいです。金庫はあいています。そして――ええ、どうもそのようです――もちろん、わたしは内容のことは知りませんが……いやあ、それだけではわかりませんよ。……すぐに来ていただけませんかね。わたしは警視庁《スコットランド・ヤード》にも電話して一人よこしてもらうように言いました。承知しました。すぐにおいでください」彼は受話器を置いて、皆のほうを見た。

「デューク氏はすぐ来るそうだ。こんなところに立っていてもしかたがない。そっちの部屋へ行って腰かけていよう」

　事務室の中は寒かった。火はどうやらだいぶ前に消えたものらしい。しかし署長が社長室の調度には手をふれてはいけないと言うので、彼らは事務室で待つよりほかなかった。四人のうち、署長だけが気楽そうに見え、得意そうな顔をしていた。オーチャードは目に見えて興奮し、心配そうで、そわそわと落着かなかった。アルコーン巡査はこんなところにいるのがすこしばかりぐあいがわるそうで、椅子のへりにぎごちなく腰をおろし、じっと正面を見つめていたし、医者は医者ですっかり退屈し、家に帰りたそうに見えた。署長が何とか話のつぎ穂をたやすまいと骨を折ったが、会話は途絶えがちだった。それで、階段にやっと足音が聞こえたときは、四人のうちだれも残念に思ったものはなかった。

部屋に入ってきた三人のうち、黒い革カバンをさげた二人は明らかに私服の警官であった。もう一人はツイードの服を着たがっしりした体格の男で、背は普通よりちょっと低いくらい、きれいにかみそりをあてた気さくそうな顔つきで、暗い青目は、鋭いところはあるが何かいつも新鮮な、内輪同士の冗談をたのしんでいるみたいにきらきら輝いている。彼の態度はらいらくそうで、のんびりしていて、御馳走を大いにたのしんだぁと、喫煙室でも一席ぶつのが好きそうなタイプの男である。

「やあ、署長、こんばんは」彼は愛想よく手をさしのべてそう叫んだ。「しばらくでしたな。ライムハウスの床屋の一件以来ですな。あれはいやな事件でしたね。ところであんたはこの可哀そうな男がやっと手に入れた休息をまたとりあげようというおつもりですな、ええ？」

署長は相手のきさくな態度をこの場にふさわしくないと思ったらしかった。

「こんばんは、警部さん」彼は格式ばったそっけなさで答えた。「ジョーダン先生を御存じですな。先生、こちら本庁捜査課のフレンチ警部です。この人はここの事務員オーチャードさん。犯罪の発見者です」

フレンチ警部は彼らに愛想よくあいさつした。本庁では彼が穏やかな態度を重んじているのにひっかけて、「お世辞のジョー」などとかげ口をきいている。「お名前はかねてから承知していましたが、先生、お目にかかるのはこれがはじめてのようで。こちらはオーチャードさんでしたな。どうぞよろしく」彼は椅子に腰をおろして話をつづけた。「調べにとりかかる前に、署長さん、ひとつこの事件の要点をお話し願えませんかな」

それまでにわかったことはすぐ報告された。フレンチは注意ぶかく耳をかたむけた。それからアルコーン巡査の手帳をとりあげ、なかなかよくやったとほめた。

「さて」と彼は一同にほほえみかけた。「デューク氏があらわれるまでに部屋の中をひとわたり見たほうがよさそうですな」

一同は奥の部屋に移った。フレンチは両手をポケットにつっこんだまま、しばらく身動きもせず、その場の状況を見まわした。

「何にも手にふれていないでしょうな、もちろん?」と彼はたずねた。

「大丈夫です。報告によると、オーチャードさんもアルコーン巡査もなかなか慎重にやったようです」

「それはよかった。ではとりかかるとしようかな。ジャイルズ、カメラの支度をして、いつものように写真をとってくれ。その他の方《かた》は写真撮影が終わるまであちらの部屋で待っていただきましょう。長くはかかりませんから」

フレンチは如才なくお辞儀して一同の者を別室へおくりだしてしまったが、自分はそのあとにしたがわず、奥の部屋を歩きまわり、手こそふれなかったけれども、部屋の中のいろんなものを仔細に点検した。数分後にカメラの用意ができ、死体や金庫や、両方の部屋のいろんな部分や、さらに階段から通路にいたるまで、何枚もの閃光写真がとられた。凶事の噂がつたわるのはおどろくほど早いものである。事件のニュースは早くも外に漏れたとみえて、一団の野次馬がポカンと口をあけて扉のところにしがみついていた。

カメラが片づけられるやいなや、またもや一人の人物が到着して捜査が中断した。階段にせわしげな足音が聞こえたかと思うと、一人の背の高いやせた非常に身だしなみのいい老紳士が部屋に入ってきた。明らかに六十の坂をこしてはいるが、いまだに美男子の面影をとどめ、ほりの深い、よくととのった顔つきで、髪は銀髪、身のこなしも立派なものであった。ふだんなら威厳と温容をかねそなえた姿なのであろうが、いまは、彼の表情は恐怖と困惑にゆがみ、気ぜわしげな動きにも内心の懸念があらわれていた。知らない人が多勢いるのをみて、彼はとまどった。警部が前に進み出た。

「デュークさんですか？　わたしはロンドン警視庁《ニュー・スコットランド・ヤード》の捜査課《C・I・D》のフレンチ警部です。大変お気の毒ですが、さっきお知らせしましたように、支配人のゲシングさんが殺されました。それに、おそらくあの金庫も荒されているのではないかと思いますが」

老紳士は明らかにつよい心の動揺を感じていたにちがいなかったが、よくそれを制して、物静かに話しはじめた。

「恐ろしいニュースです、警部さん。あの可哀そうなゲシング老人が死んだとはどうしても信じられません。お電話をいただいて、急いでここへ来たのです。どうぞ詳しいことを話してください。どこでそんなことが起こったのですか?」

フレンチは開いたままの扉を指さした。

「そこです。あなたのお部屋の中です。現場はまだ全然うごかしてありません」

デューク氏は前へ進み出た。が、死体を見て立ちどまり、恐怖のこもった低い叫びを発した。

「おお、可哀そうに!」と彼は叫んだ。「これはひどい。あんなところに倒れている。ひどい!警部さん、わたしは無二の親友を失ってしまいましたよ。わたしのことを思っていてくれた、誠実な、頼りになる男だったのですが。起こしてやるわけにはいかないのですか。あんな恰好でいるのを見るのはたまりませんよ」彼の視線は金庫にうつった。「金庫までやりおったか! これは大変だ、警部さん! 何かなくなっていませんか? 早く言ってください、それが知りたいのです! あの気のいい老人があそこに倒れているのにこんなことを言うのは無情なようですが、とにかくわたしもただの人間なので」

「金庫はまだ手をつけていませんが、すぐ調べてみましょう」と警部は答えた。「あの中にはよほど入っていたのですか?」

「約三万三千ポンドのダイヤモンドがあの下のひきだしに入っていました。それから、その他に札で千ポンドです」とデューク氏はうなった。「死体をのかしてください。中を調べてみましょう」フレンチは口笛をならし、それから部下にむかって言った。

「むこうの机の上を片づけてくれ。その上に死体を運ぶんだ」そう命令してから、医者にむかってこうつけたした。「先生、検視を願います」

遺骸はていちょうにもちあげられ、部屋から運びだされた。デューク氏はもどかしげに金庫にむかったが、警部が彼をとめた。

「ちょっとお待ちください。もう少々御辛抱願います。あなたに金庫を見ていただく前に指紋をとらなければなりませんので。そのわけはおわかりいただけましょうな？」

「こんなことをした悪党どもをつかまえるのに役に立つのでしたら一晩中でも待ちますよ」と老人は気むずかしげに答えた。「どうぞ御随意におやりください。わたしは辛抱できますから」

それではと、フレンチ警部は部下の運んできたケースの一つをもってきて、滑石粉を入れた小箱と油煙を入れた小箱をとりだし、金庫のなめらかな部分にふりかけはじめた。黒い部分には白い粉を用い、白い部分には黒い粉を用いるのである。あまった粉を吹きとばし、彼は勝ちほこったようにいくつもの指紋を指さして、皮膚から出た湿気のついている部分には粉は落ちないでくっつくのだと説明した。たいていの指紋はぼやけていて、役にたたなかったが、いくつかの指紋は親指やその他の指の小さい輪や、渦巻きや、うねなどをくっきりとしめしていた。

「もちろん」とフレンチはつづけた。「こういう指紋は全然役にたたないかもしれません。ひょっとしたら、完全に金庫をあける権利をもっている人々の指紋であるかもしれませんからね――たとえば、あなた御自身の。しかし、こういう指紋がもし泥棒のものだったとしたら、無論、泥棒が入ったとしての話ですが、その重要性ははかりしれません。さあ、よろしいですか。これで指紋にさわらずにひきだしをあけてさしあげられますよ」

デューク氏は明らかにもう辛抱しきれなくなっていた。絶えずそわそわと歩きまわり、手を握ったり、開いたりし、どこからどう見てもひどいあせりと不安にとりつかれているように見えた。ひきだしが開いたとき、彼は前に進み出て、手をその中につっこんだ。

「やられた！」彼はしわがれ声で叫んだ。「すっかりやられた。三万三千ポンドもあったのに！ああ神様！　これでは破産だ」彼は両手で顔をおおってとぎれとぎれに言葉をつづけた。「そうじゃないかと思っていたんです。思ったとおりだった。お電話があったとき、わたしはダイヤモンドにちがいないと思ったんです。もしもそうだったらどうしようとそのことばかり考えていました。わたしのことはどうなってもかまいません。娘のことが気にかかります。娘が一文なしになるかと思うと！　しかし、あのありさまは。わたしは金をなくしただけだのにそんなことを言っちゃああいすまない。可哀そうなゲシング老人は命まで落としてしまったんですから。どうぞかまわないでください、警部さん。仕事をすすめてください。いまのわたしの一番の望みは人殺しの泥棒がつかまったという知らせを聞かしてもらうことですよ。わたしにできることがありましたら、何でもおっしゃってください」

彼はすこし前かがみのやつれた顔でそこに立っていたが、悲しみの中にあっても取り乱してはいなかった。フレンチは気持ちのいい、親切な態度で彼を安心させようとつとめた。

「さあ、そんなに気を落とすことはありませんよ」と彼は言った。「ダイヤモンドはそうやすやすと処分できるもんじゃありません。それに、たったいまなくなったところじゃありませんか。

泥棒がダイヤモンドを売りとばしてしまう前にあらゆる経路をおさえてしまいますよ。よほど運がわるくなけりゃ取り戻せます。ところで、保険はかけていなかったのですか？」

「ほんの一部分だけです。約一万九千ポンドくらいは保険をかけてあります。残りのダイヤモンドに保険をかけなかったのはわたしがまったくどうかしていたのです。ゲシング老人はわたしに保険をかけるよう注意してくれていたのです。ところが、わたしはそれまで何もとられたことがありませんでしたので、お金を倹約しようと思ったのです。御承知のように、わたしどもの商売は戦争このかたむずかしくなりまして、利益も前のように出なくなりました。どんな小さい額でもこたえますので、わたしどもは倹約しなければならなかったのです」

「すると、最悪の場合、一万四千ポンドの損害ですか？」

「保険会社が全額払ってくれましたら、それだけです。それと紙幣千ポンドです。しかし、警部さん、それだけ損をすればたくさんですよ。その損害のうちわたしの負担分を払うだけでわたしは乞食になってしまいます」彼は力なく頭をふった。「しかし、どうかわたしのことはおかまいにならないように願います。どうぞ、一刻も早く犯人を探しだしてください」

「おっしゃるとおりです。それではしばらくあそこに腰かけていてください。そのあいだにわたしは他の用件を片づけます。それがすみましたら、また何かうかがいたいと思いますから」

老紳士は椅子にぐったり身をおとし、フレンチは事務所のほうへ行った。ゲシングの家族に事件を知らせに行った警官がちょうど戻ってきたところだった。フレンチはけげんそうな面持ちで彼を見た。

「教えられたとおり行ってまいりました」と警官は報告した。「ゲシング嬢が在宅しておられましたので、事の次第を話しました。お嬢さんは非常におどろかれまして、自分にバタシーのホーキンス通り、ディーリー・テラス十二番地に住む姉と義兄に伝言するよう依頼されました。自分はお二人をよんできてあげましょうと言いました。義兄のギャミッジという人は毛皮商の外交をやっているとかで、リーズに出かけていて留守でしたが、ギャミッジ夫人は在宅でしたので、夫人をおつれしました。老婦人は何が起こったのか知りたがっていられた模様で、ゲシング嬢が事件を話しますと発作のようなものを起こされました。医者をよんでくださいと申されますので、自分がよんでまいりました。二人の娘さんはお母さんのことにかかりきりで、ここへ来られないと申されました」

「そのほうがいいだろう」フレンチはそう言ってから、自分の手帳にギャミッジ夫妻の住所を控え、医者のほうをむいた。

「どうです、先生」彼は気持ちのいい声で言った。「どんなあんばいですか？」

医者は死体の上におおいかぶさるようにしていた姿勢をしゃんとのばした。

「ここでできるだけのことはやりました」と彼は答えた。「頭部の殴打で即死したことはまちがいありません。頭蓋骨がくだけています。何か重い鈍器でなぐったものらしいです。これは老人が多分金庫をあけて前かがみになったところを後ろからやったにちがいありませんな。もっとも、これは多分あなたのほうの領分でしょうが」

「それだけヒントがあれば結構です。ところで、諸君、今夜の仕事はこれで大体片づいたようです。署長さん、あなたのほうでこの死体を運んでいただけませんか、わたしはまだもうすこし距離の測定などがありますので。検屍審問の予定は明日《あす》知らしてください。オーチャード君、きみはもうすこし残っていてくれたまえ、もう一つ、二つきみにたずねたいことがあるんだ」

署長が部下の一人をとりにやっていた担架が来たので、死体はそれにのせられ、外に待たせてあったタクシーまでゆっくり運びおろされた。所轄署の連中があいさつをかわしてひきあげたあと、フレンチ警部とデューク氏とオーチャード氏が残り、それから本庁から来た二人の私服がこの建物の番をするために残った

2　デューク・アンド・ピーボディ商会

フレンチ警部が事務員のオーチャードをつれて奥の部屋に入ってみると、デューク氏はまったく解《げ》せないといった表情で床の上を歩きまわっていた。

「ねえ、警部さん、一つわからないことがあるんですが」と彼は叫んだ。「わたしはいま金庫の扉の裏側を見てみたんです。そうしたら、扉は鍵であけてあるじゃありませんか。わたしは、はじめ、こわしたか、もぎとったか、それともこじあけでもしたのかと思っていたのですが、鍵であけてありますよ」

「そうですね。わたしもそのことには気がついていましたが」とフレンチは答えた。「しかし、

どうもおっしゃることがわかりませんな。それがどうしたとおっしゃるんです？」

「つまり、その、鍵のことなんですよ。わたしの知るかぎりでは、この鍵は二つしかないはずです。ひとつはわたしが鍵輪にとおして、ベルトに鎖でむすびつけ、昼も夜もはなしたことがありません。ほら、このとおりです。もうひとつは銀行に預けてありますから、だれもおそらく手をつけることができないはずです。すると、現に今あの錠にささっている鍵を泥棒はどこで手に入れたのでしょうか？」

「そいつはひとつ調べてみなくちゃなりませんな」とフレンチは答えた。「おそらく奇妙に思われるでしょうが、そういう点は、最初は、謎《なぞ》をふかめるように見えますけれども、あとになってみれば、実は姿をかえた吉報だったというようなことがしばしばあるものです。おわかりでしょうが、それは手がかりを余分にあたえてくれることになりますし、そのおかげで捜査の範囲がせばまることもよくあります。あなたはその鍵に手をおふれにならなかったでしょうな？」

「はい。あなたの指紋の話を思いだしましたので」

「それは何よりです。さて、みなさん、どうぞお坐りください。ちょっとおききしたいことがありますので。最初に、オーチャード君。きみの名前はわかっていますが、住所はブルームスベリ広場でしたね。それは自宅ですか？」

若い男はすらすらと質問に答えた。フレンチは彼が自分の顔をまともに見て答えたことと正直に物を言っている様子を見て心証をよくした。ブルームスベリ広場のほうは下宿らしく、この事務員の家はサマセットにあるらしかった。彼はその日の午後五時半頃事務所を出たが、そのとき、ゲシング氏はいまにも帰りそうな様子だったという。ゲシング氏はいつも一番最後に事務所を出たのだそうだ。オーチャードはその日のゲシング氏の態度に何も変わったところをみとめなかったが、ここ二、三週間というもの何だかきげんがわるく、憂鬱そうだったという。事務所を出てから、オーチャードはリヴァプール通りへ行き、そこで五時五十二分のイルフォード行きに乗った。イルフォードで彼は友人のフォレストという男と夕食を共にした。相手はフェンチャーチ通りの運送会社の事務員だった。オーチャードは九時半にそこを出て、十時すこし前に町に戻ってきた。雨はすでにやんでいた。そこで、いつもは存分に運動もできないので、こんな機会にと思って、駅から家まで歩いて帰ることにした。ハットン・ガーデンは帰り道からほんのすこししかはずれていなかった。ハットン・ガーデンの近くまで歩いてきたとき、昼食の時間に図書館で取りかえた本を机の中に置き忘れてきたことを思いだした。で、寝る前にちょっと読むつもりで、本をとりに事務所へ行ってみようと思いついた。そうして、事務所へ行ったとき、さっきも説明したように、ゲシング氏の死体を見つけたというわけだった。通りに面したおもての扉はしまっていたので、彼は自分のもっていた鍵で扉をあけた。事務所の扉は二つとも開いていた。つまり、階段の踊り場のところの扉もデューク氏の部屋の扉も開いていたというのである。どこもかしこも電灯はつけっぱなしだったが、事務室のほうはまんなかの電灯だけがついていて、卓上の電灯は消してあった。どちらの部屋にも人影はなかった。

フレンチは若い男の明確な陳述に礼を言い、おやすみを言って、彼を帰らせた。しかし、若い男が部屋を出たとき、彼は部下の一人に耳うちした。その男はあわただしくうなずいて、自分も姿を消した。フレンチはデューク氏のほうを見た。

「なかなか率直な青年ですな」と彼は言った。「あなたはあの男のことをどうお考えですか？」

「実にまじめな青年です」現業重役ははっきり言った。「わたしのところに来てからもう四年以上になりますが、いつでも良心的で、よくやってくれます。まったく、わたしは良い部下をもってしあわせでした。他の連中もみんなそうですよ」

「それは結構です、デュークさん。それじゃ今度はあなたの社のことと、他の使用人のことについてお話し願えませんか」

デューク氏はまだひどく興奮の態だったが、感情をおさえて、静かな口調で答えた。

「わたしどものは大きな商売ではありませんので、いまは、事実上わたし一人でうごかしております。ピーボディはわたしほども年をとっていないのですが、健康を害しておりまして、もうたいして役に立ちません。めったに事務所にあらわれませんし、仕事も全然やりません。平重役のシナモンドはいま東洋を旅行中です。出かけてからもう何カ月にもなります。わたしどもは普通のダイヤモンド商とおなじ仕事をやっております。アムステルダムに小さい支店を出しています。実を言いますと、わたしはロンドンとアムステルダムで半々にすごしています。ここの事務所は御覧のように二部屋しかありません。そちらの事務室の人数は五人です。いや、五人でした。まず、支配人でもあり、秘書でもあった、たったいま殺されたあの可哀そうな男、それから重役見習い中のハリントンという若い人、オーチャード、女のタイピスト、給仕という顔ぶれです。そのほか、嘱託として、ファンデルケンプというオランダ人の外交員を一人雇っています。この男は販売とかそのほかのことを受けもっています。出張していないときはアムステルダム支店に常駐しております」

フレンチ警部は従業員の一人一人についてデューク氏から知りえたすべての情報を書きとった。「ところで、このゲシング氏のことですが」と彼は言葉をついだ。「あなたのお話ですと、あの人はもう二十年以上もあなたのところにつとめていたということですし、あなたはまたあの人に全幅の信頼をよせていらっしゃったそうですが、その点でわたしはひとつおたずねしたいのです。あなたはあの人に対する信頼がお眼鏡ちがいではなかったという確信がおありですか？もっとはっきり言いますと、あなたはあの人があなたのダイヤモンドをねらっていたのではないと言いきれますか？」

デューク氏はきっぱりと頭をふった。

「とんでもないことです」彼は熱をこめて言い放った。彼の態度には憤慨の様子さえ見えた。「わたしに息子があったら、わたしは自分の息子のほうを先にとがめますよ。いいえ、わたしはいのちを賭けてもいいくらいです。ゲシングは泥棒じゃありません」

「それを聞かせていただいてうれしいです、デュークさん」フレンチ警部はおだやかに答えた。「そうすると、おたくの事務員は一応のぞくとして、それじゃ、ほかにだれか心あたりの人でもあるのですか？」

「一人もありません！」デューク氏はまたしてもきっぱり言い切った。「だれ一人いないのです！　だれがこんなことをしでかしたのか、わたしには見当すらつきません。見当だけでもつけられるといいのですが」

警部はちょっとためらった。

「もちろん、よくおわかりのことと思いますが、かりにだれかの名前をわたしにおっしゃっても、それがためにわたしがその人に偏見をもつということはないのですよ。ただ、その人の調査が必要になるというだけのことでしてね。ですから、だれかに迷惑をかけるなどということはお考えにならないでください」

デューク氏は冷たく微笑した。

「いや御心配にはおよびません。すこしでもおかしいと思うことがあったら、よろこんでお話しするのですが、それが全然ないのです」

「亡くなった老人を最後にお見かけになったのはいつですか？」

「きょうの午後四時半頃でした。わたしはその時刻に事務所を出たのです。いつもより約一時間はやかったのですが、リンカンズ・インに住んでいるわたしの弁護士のピーターズ氏と五時十五分前に仕事のことで会う約束になっていましたので」

「それで事務所にはお戻りにならなかったのですね？」

「戻りませんでした。わたしはピーターズ氏と半時間ばかり話しこんでいたのですが、仕事が終わりそうもないし、ピーターズ氏が今夜のうちに片づけたいというものですから、二人でいっしょにガウア通りのわたしのクラブへ食事に行くことにしました。別段、事務所に戻る用件もありませんでしたし、わたしはピーターズの家からまっすぐクラブへ行きました」

「ところで、あなたはゲシング氏に何か変わったところをおみとめになりませんでしたか?」

「今夜は特に変わったことはありませんでした。まったくいつものとおりでした」

「今夜は特に変わったことがなかったとおっしゃるのはどういう意味ですか？」

「この二、三週間ずっと何か心配事でもあるのか、少し憂鬱そうな様子だったのです。最初そのことに気がついたとき、わたしはどうかしたのかときいてみたのですが、そのときは何か小声で家庭のことや、奥さんの病気のことを言っておりました。奥さんというのが長患いをしておりましてね。あまり話をしたがらない様子なので、わたしは問いつめませんでした。しかし、この二週間とくらべて、きょうの午後が格別ぐあいがわるいようにも見えなかったのですがねえ」

「なるほど。ところでゲシング氏は何の用があって今夜事務所に戻ったのでしょうか?」

デューク氏は困惑の素振りをしめした。

「わかりません」と彼は断言した。「何の用もなかったはずです。すくなくとも、わたしの知っているような、あるいは想像しうるような用件は何もなかったと思います。特別いそがしくもありませんでしたし、わたしの考えうるかぎりでは、あの人の仕事はとどこおっていなかったはずですから」

「四時半から閉店時間までの間に郵便の配達はありますか?」

「それはあります。それから、もちろん、電報や来客もありますし、書状がまわってきたりします。しかし、急を要する重要な用件が起こったとしても、ゲシングはわたしに相談しないで、勝手にやってしまうような男ではありません。わたしに電話さえすればすむことですから」

「それじゃ、ゲシング氏はあなたの所在を知っていたというわけですか？」

「いや。しかし、わたしの家に電話すればよいのです。家のものはわたしの居所《いどころ》を知っていました。クラブで食事をすることにきめたとき、わたしは家のものに電話し、他から問いあわせがあったらそう伝えるように言っておきましたから」

「しかし、今夜はずっとクラブにいらっしゃったのですか？　うるさくたずねて申し訳ないのですが、あの人があなたに連絡しようとしなかったという点をはっきりさせることが大事だと思いますので」

「お話の点はわかります。そうです、わたしはピーターズ氏と九時半近くまでしゃべっていました。それから、一日中仕事のことを考えていたため疲労を感じましたので、すこし運動したら気分がよくなるかもしれないと思い、家まで歩いて帰りました。家に着いたのは十時を一分か二分まわった頃でした」

「よくわかりました。しかし、お宅にお戻りになりましたら、だれも電話をよこさなかったかどうかおたしかめになってください」

「承知いたしました。しかし、うちの女中はこういうことには非常にしっかりしておりますから、もし電話があったのでしたら、話してくれただろうと思いますが」

フレンチ警部は坐りこんだまま数秒間、じっと考えこんでいたが、やがてそれとは別の質問をはじめた。

「あなたは金庫の中に三万三千ポンドのダイヤモンドをしまっておいたとおっしゃいましたね。

これは事務所に置いておくにしては法外に大きな額ではありませんか?」

「おっしゃるとおりです。額が大きすぎます。そのことといい、保険の件といい、わたしの重大な手落ちだと思います。しかし、わたしは宝石を金庫の中にながく保管しておくつもりはなかったのです。実際の話、あの大部分を売るための商談が現に進行中だったのです。それに、わたしとしましてもあの金庫は非常に堅牢な、近代的な型の金庫だと思っていたものですから」

「それはそのとおりです。ところで、あなたのほかに宝石のあることを知っていた者がありますか?」

「不用意かもしれませんが」とデューク氏は暗い面持ちでみとめた。「そのことは知らないものはありませんでした。ゲシングはもちろん知っていました。こういう問題ではわたしはあの老人を完全に信頼していましたから。外交のファンデルケンプも最近わたしが値のはる買物をしたことを知っていました。この取り引きをすすめたのは彼ですし、彼が自分で石をこの事務所に運んだのですから。それればかりでなく、石にかんする手紙が何通もあり、事務所のものなら見ようと思えばだれでも見られたはずです。だから、この事務所のものは、一人残らず金庫の中に相当な金額の品物がねかしてあることを知っていたと考えたほうがよいわけです。もっとも、正確な額は知らなかったでしょうが」

「それにここの事務員が外部にそのことをもらしたかもしれませんね。若い人たちはほらをふくのがすきですからね。ことに、アイルランド人の言う『仲間といっしょ』のときなどはね」

「おっしゃるとおりです」デューク氏は若い連中のこの奇妙な性癖を非難するように相槌をうっ

た。

警部はもそもそと体をうごかして、手でパイプをまさぐったが、すぐそんなことはやめてまた質問をつづけた。彼はデューク氏から紛失した石の詳細なリストを受けとり、それから新しい質問にとりかかった。

「紙幣で千ポンドなくなったということですが、番号は控えておかれなかったでしょうね?」

「控えてありません、あいにくですが。しかし銀行にきけばわかるかもしれません」

「問い合わせてみましょう。ところで、デュークさん、鍵のことですが。これもちょっと腑におちない話ですね」

「驚くべき話です。あの鍵がどこから出たのか、まったく理解に苦しみます。さっきもお話ししましたように、この鍵は一度も肌身をはなしたことがありませんし、またはなすはずもないのです。もう一本の鍵、これは唯一つの合鍵なのですが、これは銀行にあずけてありますから、やはりだれも手をつけることができないのです」

「あなたはいつも御自分で金庫をあけたりしめたりなさいましたか?」

「いつもそうしていました。すくなくともわたしの指示によって、わたしが立ち会って開閉していました」

「ははあ、しかし、それはどっちでもおんなじことではありませんよ。それで、だれがあなたの代わりに金庫をあけたりしめたりしていましたか?」

「ゲシングです。それも一遍や二遍ではありません。何十遍もです。いや何百遍もと言っていいでしょう。しかし、いつでもわたしが立ち会っていました」

「よくわかりました。ゲシング氏のほかにだれかいませんか？」

デューク氏はちょっとためらった。

「いませんね」と彼はゆっくり言った。「ほかにはだれもいません。わたしがそこまで信用していたのはゲシングだけです。それにあの男は信用するだけのことはある人間だったのです」彼はちょっとむっとしたような語調で付け加えた。

「それはそうでしょうね、よくわかりますよ」フレンチはやんわり答えた。「わたしはただ事実をはっきりさせようと思いましてね。そうすると、故人が、あなたをのぞいて、鍵をとりあつかったただ一人の人物だったということになるわけですね。ところで、あなたの鍵はお宅のだれの手にもとどくようなところになかったでしょうか、たとえば、あなたの家の使用人などのです」

「いいえ、わたしは鍵をそのへんにほうりだしておいたことは一度もありません。夜でさえ肌身はなさずもっていたくらいですから」

警部は椅子から立ちあがった。

「さて」と彼はていねいに言った。「お手数をかけて申しわけありませんでした。金庫に付着していた指紋と比較するためにあなたの指紋をとらせていただいて、今夜はおひきとりいただきましょう。電話でタクシーをよんでさしあげましょうか？」

デューク氏は自分の時計を見た。

「おや、もう一時になりますね」と彼は叫んだ。「それじゃタクシーを是非お願いします」

フレンチ警部はその夜やるだけのことはやったと言ったにもかかわらず、デューク氏につづいて建物を出ようとしなかった。それどころか、またしても奥の部屋にひきかえし、落着きはらってさらに綿密にその部屋の内部を検査しはじめた。

手はじめに金庫の鍵を調べてみることにした。特製のピンセットで柄をつまんで鍵をひきぬき、つまみの部分から指紋を検出しようとしたが、うまくいかなかった。今度はさきのほうを見たが、刻み目の一つの仕上げがすこしあらいのが彼の注意をひいた。拡大鏡でこまかく吟味してみると、表面全体にこまかい平行の傷あとが見える。「なるほど、そういうわけか」彼は満足そうにひとりごちた。「製造業者なら高価な金庫の鍵をいいかげんに仕上げるようなことはすまい。これはやすりでけずったものだ。それに、これは多分」彼はここでまたしても鍵の仕上げを念入りに眺めた。「素人の細工にちがいない。ところで、あのデュークという男の話だと、ゲシング老人が鍵をあつかったただ一人の人物だ――つまり、蠟型をとることのできたただ一人の人間なのだ。なあるほど。こいつはおもしろくなってきた」

彼は金庫に錠をおろし、鍵をポケットにしまいこみ、暖炉のほうを見たが、そのあいだずっとぶつぶつひとりごとを言っていた。

十時すこしすぎに犯罪が発見されたときは火はまだ赤々と輝いていた。ということは、無論わざわざ火をおこしたということなのである。事務室のほうの火はもう冷たく、消えてしまっていたのだから。だから、だれかがこの部屋で相当の時間をすごすつもりでいたのだ。それは一体だれだったのだろう?

フレンチの見たかぎりではゲシングよりほかになかった。しかし、もしゲシングが盗みをはたらこうとしたのだったら——せいぜい十分かそこらの仕事なのだから——火をおこす必要はなかったはずである。いや、これはきっと実際に何か仕事があったにちがいない。かたづけるのに時間を要する仕事があったにちがいない。しかし、もしそうなら、ゲシングはどうしてデューク氏に話さなかったのだろう？　フレンチはこの点を書きとめた。これからさきのいろんな発見にてらして、もっと詳しく検討してみるつもりだったのである。

しかし、暖炉に火をおこした人物がだれであったかという点にかんしては疑問の余地がなかった。ここでも指紋が物を言ったのである！　石炭シャベルにはなめらかにニスをひいた木の柄がついていたが、これは指紋をとるにはおあつらえむきだった。白い粉でちょっと試験してみると見事に右親指の指紋があらわれた。

今度は火かき棒を調べてみたが、ここでフレンチは第二番目の発見をした。鍵を調べたときとおなじように、ピンセットで用心ぶかく火かき棒をつまみあげたとき、柄のところに暗褐色の汚れが目についた。この柄のそばの金属の部分に一本の白髪がくっついていた。

彼の今もっているのが凶器であることはほぼ確実になったので、その反対側の端《はし》から指紋を検出しようと躍起になってやってみたが、今度はうまくいかなかった。指紋のありそうなところからは何も出てこなかった。殺人犯人は手袋をはめていたか、それとも凶行のあとで握ったところをきれいにふきとったものらしい。どちらにしても、これは冷血そのものの下手人がはじめから計画的にしくんだ犯罪にちがいないと彼は思った。

彼は熱心に部屋の捜査をつづけたが、それ以上彼の興味をひくものは見つからなかった。あげくのはて、部下が彼の発見した指紋を撮影している間、彼は革張りの肱かけ椅子に腰をおろして、いままで調べたことを再検討してみた。

たしかに多くの状況証拠はゲシングに不利であった。ゲシングは金庫の中に宝石のあることを知っていた。デュークの話だと、ゲシングのほか、だれ一人あの鍵を手にして蠟型をとることができなかったはずである。そればかりでなく、ゲシングの死体は扉の開いた金庫の前で発見された。もちろん、いまあげたようなことは、つみかさねていけばつよい証拠になるかもしれないが、すべて状況証拠である。

しかしながら、ゲシングが盗みを企てたかどうかはともかくとして、彼はそれをやりおおせることはできなかった。だれか他の者がダイヤモンドを盗んでしまったからである。ここで、署長の最初の報告をきいたとき以来、彼の頭にあったひとつの有力な仮定がふたたび頭をもたげてきた。かりにオーチャードが犯人だと仮定してみよう。夜になって事務所に来たオーチャードが偶然金庫の扉が開いているのを発見し、その前に老人がかがみこんでいるのを見つけたと仮定しよう。とたんに彼は恐ろしい誘惑にかられるだろう。仕事はきわめて容易に見えるだろうし、逃げ道はよくわかっている。おまけに、ぬれ手に粟《あわ》のぼろもうけだ。フレンチは肱かけ椅子に背をもたせて、その場の情景を頭に描いてみた。老人が金庫にむかって身をかがめている。若い男が入ってくる。老人は気がつかない。若い男はぎょっとしてたちすくむ。宝石を手に入れたいという衝動がむらむらと湧いてくる。足音をしのばせて前に進む。火かき棒を握りしめる。それをうちおろす。しかし、そのときはただ被害者を気絶させようとしただけかもしれない。ところが、彼の打ち方はつよすぎた。彼は自分のやったことに青くなる。しかし、自分の安全のためには、何とかこの場をとりつくろわなければならない。彼は指紋が残っていたらあぶないということを思いだし、火かき棒の柄と彼がダイヤモンドをぬきとった金庫の引出しの取っ手をぬぐう。ちゃんと先のことを見通して彼は死体が冷えるまで待つ。さもないと、自分の呼んだ警官が死体を調べたとき自分の犯行が発覚する怖れがある。そこで、死体が冷えてしまってから彼は興奮の態で外へとびだし、救いをもとめる。

この仮定はいろいろな事実にぴったりだったが、フレンチはたいして気のりがしなかった。この仮定ではゲシングが金庫で何をしていたかが説明できないし、それはオーチャードの人がらにもそぐわないような気がしたからである。いずれにせよ、彼が部下にオーチャードの尾行を命じたのはこの場合必要な用心にすぎなかったのだが、彼はその用心を忘れなくてよかったと思った。

革張りの椅子に腰をおろしてそのことを考えていたとき、もう一つの点が頭にうかんだ。それは、もしオーチャードが宝石を盗んだのだったら、人をよびに行ったとき宝石を自分の身につけるような危険をおかしはしなかっただろうということであった。彼はまず宝石をかくしたにちがいないのだが、フレンチはオーチャードが宝石をかくすためにそれをこの建物の外に運びだしたというようなことはあるまいと思った。そこで、この事務所の中を綿密に調査してみることが必要だと思った。

警部は疲れていたし、時間もすでにおそかったけれども、彼はまる三時間ついやして建物全体をくまなく捜査した。そうして、この中にダイヤモンドがかくしてあることは絶対にないという確信がついてはじめて捜査をうちきった。それから、この犯罪現場の状況は全部調べあげたという確信ができたので、やっとひきあげてもいいという気になった。扉をしめ、家のほうへ歩きはじめたときは東の空が白くなりかけていた。

3　糸口あつめ

前夜ずっと外に出ていたという事実は、フレンチ警部にとっては、翌日の仕事におくれてもいいという理由にはならなかった。だから、彼はいつもの時間にロンドン警視庁につき、すぐさまハットン・ガーデン事件の予備報告書の作成にとりかかった。それが終わると、彼はまたこの事件に直接とりくみはじめた。

まだいくつか調査しなければならない点が残っていた。事件の性質上どうしてもやらなければならない、おきまりの調査といってもよいような調査であった。手始めはデューク・アンド・ピーボディ商会の従業員のうち、まだ会っていない連中に会うことだった。

彼はオックスフォード通りのバスにのってハットン・ガーデンのはずれまで行き、まもなくもう一度昨夜の捜査現場に通ずる階段をのぼっていった。事務室にデューク氏が立っていた。おなじ部屋にオーチャードとタイピストと給仕がいた。

「わたしはいまこの若い人たちにもう帰ってもいいと話していたところです」と社長は説明した。「葬式が終わるまで事務所をしめようと思いまして」

「それを聞けば、ゲシングさんの御家族もさぞおよろこびでしょう。たいへん御親切なことと思います。たしかにそのほうがいいかもしれませんね。ところで、この若い御婦人と紳士のお帰りになります前に、一言、二言御質問をしたいと思いますが」

「結構ですとも。どうぞわたしの部屋へおつれください。おはいり、プレスコット嬢、フレンチ警部の知りたいとおっしゃることを何でもお話ししなさい」

「どうですかね。あなたは答えるのがおいやじゃありませんか、プレスコット嬢？」フレンチは微笑しながら、気持ちよさそうにおしゃべりをつづけた。この娘が感じているにちがいない不安をやわらげてやろうと思ったのである。

しかし、結局彼女から聞きえたことと言えば、ただデューク氏が非常に立派な紳士で、彼女がなんとなく彼をおそれていること、ゲシング氏がいつも彼女に非常に親切で、彼女が何をしても小言を言わなかったことだけだった。事務員のオーチャードについても、見習いのハリントンについても彼女は口を緘《かん》して語らなかった。給仕のビリー・ニュートンについてはまるで害虫か、もしくは、そんな言い方がゆるされるなら、無視できる悪《わる》かなんぞのように一言のもとにかたづけてしまった。ゲシング氏は、彼女が見たかぎりでは、昨日は健康も気分も普段のとおりであったが、過去二、三週間は気苦労と憔悴になやまされていたように見えたという。彼女自身はこの事務所が気にいっているし、自分の仕事はきちんとやっている、ゲシングさんのことは気の毒でならないと言った。昨日、彼女は事務所からまっすぐ家に帰り、一晩じゅう母親といっしょに家にいたそうだ。フレンチは、彼女が自分の知っていることを全部話してくれたことに満足し、彼女の指紋をとって、帰してやった。

おませの給仕ビリー・ニュートンからは新しい事実はひとつしか聞きだせなかった。ニュートンは昨日最後に事務所を出たらしい。ところで、ゲシング氏は事務所を出る前に、自分はある特別な仕事をするためあとでまた事務所に戻るから、社長室に火をおこしておいてくれと彼に命じたのだそうである。そこで、少年は充分火をおこしてから家へ帰ったという。

フレンチが事務室のほうに戻ってみると、新顔が一人いた。背の高い端正な容貌の若い男がデュ一ク氏と話をしていた。デュ一ク氏は彼を、重役心得として目下見習い中のスタンレー・ハリントン氏ですと言ってフレンチに紹介した。ハリントンは遅参をわび、事務所へ来る途中全然音信不通になっていた学校時代の旧友に会い、その男が九時五十分の汽車で北のほうへ行くと言うのでキングス・クロス駅まで見送りに行って来たのだと言いわけをした。この若い男はなんとなく落着かなげであったが、フレンチが彼を奥の部屋につれていって、話をはじめると、彼の興奮はもはやかくすすべもなかった。フレンチはそのことに興味をもった。彼の外見から判断すると、この男はふだんなら率直な、正直な、気持ちのよい、あけっぴろげな態度の男にちがいない。ところが、いまの彼の様子にはぎごちないところがあるし、その態度には何だかうさんくさいところがある。かねて多勢の証人と面接した経験のあるフレンチは青年の態度の中にこういう場合にありがちの心の動揺以上のなにものかがあるのを感ぜざるをえなかったが、質問がすすむにつれて、ふだんなら正直なこの男がいまは真実をつつみかくそうとしているのだということがはっきりしてきた。しかし、フレンチはそんな疑惑はおくびにも出さず、鄭重《ていちょう》そのものの物腰で質問をつづけた。

ハリントンはこの商会の外交をしているファンデルケンプ氏の甥《おい》であるらしかった。このオランダ人の妹にあたるファンデルケンプ嬢が富裕なヨークシャー出身の株式仲買人スチュワート・ハリントンと結婚してこの青年を産んだのであった。スタンレーは相当な教育をさずけられたのであるが、彼が大学一年のとき、恐ろしい打撃に見舞われた。大陸を旅行中の父母がミラノの近くでおこった鉄道事故で死亡したのである。そのときわかったところによると、彼の父は大金をもうけていたが、収入のほとんどをつかいはたすといった生活をしていたため、あとつぎたちには何の用意もしていなかった。借金の返済で有金《ありがね》はすっかりはたいてしまったから、スタンレーはほとんど無一物同然であった。そのとき、彼の伯父ヤン・ファンデルケンプが愛情のほどをしめした。彼はなけなしの財布をはたいて甥がケンブリッジを卒業するまでの学資をみついでやり、卒業すると今度は知りあいのデューク氏にたのんで彼の事務所に世話してやったのであった。

ところで勤めをはじめてまもなく、思いがけない悶着が、すくなくともデューク氏にとっては厄介なことがもちあがった。社長の娘のシルヴィアが父の事務所をたずねるうちにこの行儀のよい青年と昵懇《じっこん》の間柄となり、デューク氏が気がついたときには二人は熱烈な恋におちいっていた。とどのつまり、デューク嬢はやがてあわてふためく父親をしりめに二人はすでに婚約をとりかわしたと宣言してしまった。気の毒な父親の抗議も何にもならなかった。デューク嬢はそれまで何事につけても自分の好きなようにしていたから、彼女の父親も、とうとう、できてしまったことはしかたがないとあきらめてしまった。彼は万《ばん》やむをえず二人の恋に祝福を与えることとし、彼にその能力のあることがわかれば重役に登用してやろうと約束した。この点でハリントンは及第であったから、結婚式は来月ということにきまり、結婚の日から重役の一員になることになっていたのであった。

フレンチはこの若い男の前夜の行動について質問した。事務所で一日の仕事を終え、下宿に帰るとまもなく、デューク嬢から彼のところに電話があった。父親から今夜は町で食事をするからおそくなるという電話があり、自分は一人で寂しいから、ハムステッドの彼女の家に来ていっしょに食事をしてほしいというのであった。こういう相手からこういうまねきがあればだれでもよろこんでその命令にしたがうものである。で、彼は七時前にデューク家に到着した。しかし、彼はこの晩すこしばかりがっかりした。デューク嬢は食事がすんだあと、外出するという。ホワイト・チャペルにあるエイミー・レストレンジという彼女の友人の経営する女子クラブへ行きたいというのである。ハリントンは彼女といっしょにイースト・エンドまで行ったが、彼女は彼といっしょにクラブに入ることを承知しなかった。しかし、彼はあとで戻ってきて、彼女を家までおくり、それから自分の下宿へまっすぐ帰った。

たくみな質問で右にのべたような情報を得たフレンチは、椅子にすわったまま、頭の中でしきりにそれをひねくりまわしていた。話はつじつまがあうし、もしそれが事実なら、ハリントンが潔白であることはまちがいなかった。しかし、フレンチはこの若い男の態度に疑問をいだいた。

彼は何かあると誓ってもいいくらいだった。話が全部うそであるか、部分的にうそがあるか、あるいは何かかくしていることがあるにちがいない。彼は、ほかのところにつよい手がかりでも得られないかぎり、前夜のハリントンの行動を洗ってみて、彼の陳述をたしかめてみなければならないと決心した。

しかし、何も本人にきみはあやしいと言ってやる必要はないので、フレンチは二、三気持ちのよい言葉をかけてハリントンをひきとらせ、事務所にいるデューク氏のところへ行った。

「それでは、よろしかったら鍵のことで銀行までいっしょにまいりましょうか」

必要な情報はすぐ得られた。銀行の支配人は朝刊で盗難事件のことを読んでいたので、この事件に興味をもっていた。そこで、わざわざ自分から調べてくれた。その結果、鍵はいつもの場所にあったばかりでなく、デューク氏が預けてから一度も人手にふれていないことがわかった。

「千ポンド相当の紙幣も盗まれたのです」とフレンチは言葉をつづけた。「あなたのほうで番号が控えてあるといったようなことはないでしょうか?」

「出納係があの出金をおぼえているかもしれませんよ」デューク氏はもどかしげに口をはさんだ。「わたしは火曜日に自分で千ポンドの小切手を現金に換えたのです。殺人のあった前の日です。五十ポンド紙幣を十六枚、残りは十ポンド紙幣でもらいました。ダイヤモンドのちょっとした取り引きがあるのでポルトガルの商人がたずねてくることになっていたのです。わたしはここでお金を受けとったまま、そっくりそのまま金庫に入れておいたのです。ところがその商人が来なかったものですから、それっきりになってしまいました」

「調べるよりほかにしかたがありませんな」支配人はあやふやな物の言い方をした。「五十ポンド紙幣のほうは控えてあるかもしれませんが、十ポンド紙幣のほうはどうだかわかりませんよ」

しかし、うまいぐあいに、出納係は用心がよく、紙幣全部の番号が書きとってあった。その番号をおしえてもらったフレンチは、一枚でも紙幣が発見されたらスコットランド・ヤードに知らせてくれるように支配人に依頼した。

「紙幣のことは上首尾でしたね」デューク氏といっしょに往来に出たときフレンチが言った。

「しかし、鍵があそこにあったということはどういうことだかおわかりですか？　つまり、合鍵はあなたのもっていらっしゃる鍵からつくったということですよ。だれかが蠟で型をとるのに必要な時間その鍵を手にもっていたにちがいないのです。もちろん、それは電光石火の早業です。二秒もあれば充分でしょう。慣れた人間なら掌に蠟をもち、手品師は『にぎる』といいますがね、何でもないようなふりをして鍵を蠟におしつけるのです。実にあざやかなもので、知らない人は全然気がつかないくらいです。ですから、わたしはあなたにもう一度よく考えていただきたいのです。ゲシング氏よりほかにだれもその鍵に手をふれなかったとしたら、ゲシング氏が型をとったにちがいないということになります。ほかに考えようがありませんよ。だから、たとえ一瞬でもだれかほかの人間がその鍵を手にしなかったかどうかたしかめていただきたいのです。わたしの言っていることがおわかりでしょうか？」

「もちろんわかりますよ」デューク氏はちょっとむっとしたような答えかたをした。「しかし、どうも無責任なようですが、わたしはどうしてもゲシングがそんなことをしたとは思えません。

警部さん、あなたはあの男を御存じないからそんなふうにおっしゃるのです。しかし、わたしはあの男を昔から知っていますから、疑いようがありませんよ。だれかほかの者がこの鍵を手にしたにちがいありません。しかし、それがだれだかわたしにはさっぱりわからないのです」

「だれかが夜あなたのおやすみになっているあいだにということですか？」

デューク氏は肩をすくめた。

「そんなことはありそうもありませんね」

「それでは、とにかくいろいろな可能性を考えておいてください。わたしは本署へ行かなければなりませんから」

「わたしもゲシングの家へ行かなければなりません」とデューク氏は答えた。「奥さんの容体がひどくわるいということなので。あのショックでもうがっくりいってしまったのです。捜査の進行状況はお知らせ願えるでしょうね？」

「たしかに。何かお知らせすることができ次第お耳に入れますよ」

警察署はあまり遠くなかったので、まもなくフレンチはチャールズ・ゲシングの遺体の上に身をかがめていた。事務所で発見された指紋と照らしあわせるために遺体から指紋をとること以外、彼は遺体そのものに関心をもたなかった。しかし、故人が事務所へ行く必要を感じた用件の性質について何か手がかりが得られるかもしれないと思って、ポケットの内容は徹底的に調べてみた。残念ながら手がかりになるようなものは何もなかった。

検屍審問《インクエスト》は夕方の五時ときまっていたので、フレンチはしばらくのあいだ署長といっしょに警察から提出する証拠物件に目をとおした。評決の結果は、もちろん、疑問の余地がなかった。もうその頃にはデューク氏もゲシング家を出たにちがいないので、フレンチは自分もゲシングの家をたずねてみようと思いついた。あの老人についてたくさん知れば、それだけ好都合だからである。

彼はタクシーをよびとめ、十五分ばかりあとにはモンクトン通りに到着していた。フラム街道からわきにそれた狭い、不景気な横町である。三十七番の建物の扉を開いたのは、三十五歳前後の栗色の髪の女で、見映えのする、親切そうな顔だちながら、幾分疲れたような表情であった。フレンチは帽子を脱いだ。

「ゲシング嬢ですね？」と彼はたずねた。

「いいえ、わたしはギャミッジ夫人です。でも、妹にお会いになりたいんでしたら、どうぞ。中におりますから」彼女は愁嘆のこもった柔らかい声で答えた。フレンチ警部はその声に魅力があるとさえ思った。

「お二人とも御迷惑をおかけすることになると思いますが」彼はおだやかに微笑しながら答え、自分の身分を告げてから、用件を話した。

ギャミッジ夫人は狭い通路をあとじさりした。

「おはいりください」と彼女はまねいた。「何としてでもお役にたたせていただきますわ。それに警察の方はとても親切ですこと。昨夜知らせにきてくださったあのおまわりさんくらい親切な方はありませんわ。本当に、どなたもたいへんよくしてくださいます。デュークさんもたったいま見舞ってくださったところですわ。こんなときこそみなさんの御親切が身にしみますわ」

「ゲシング夫人の御容体がたいへんよくないそうでお気の毒です」とフレンチは言った。彼は案内されるままに玄関脇の応接間に入った。彼は家の中のお粗末なのに一驚を喫した。まったく、すべてのものが頭上にのしかかってくる貧窮を前に、体面と自尊心を失うまいとするほとんど絶望的な努力のあとをとどめていた。擦りきれた絨毯はあちこちに穴があき、それがていねいにつくろってある。ちょっと背がまっすぐすぎる二脚の安楽椅子のクッションも同様である。三つ目の椅子の足が一本おれていて、それは釘と針金で修繕してある。一点のしみも見えないほどきれいにしてあり、たしかにこの上もなく大事に、大事に扱ってあるのだが、どれもこれもみすぼらしいものばかりだった。寒い日だったが、炉格子《ろごうし》の中には火の気もなかった。ここにはたしかに調査しなければならないことがあると警部は思った。ゲシングが本当にこの家具がしめすように貧乏していたのだとすると、これはまちがいなくこの問題に関係があろうというものだ。

「母はもう何年も病んでおりますの」とギャミッジ夫人は答えたが、これは問わず語りにフレンチの望んでいた説明をあたえたようなものであった。「母は座骨がわるくて、もうよくなる見込みがないんです。可哀そうな父はお医者さんや治療のために一財産つかいはたしてしまいましたが、どちらもたいして効き目がなかったようでございます。そこへ今度の知らせがあったものですからもうすっかりよわってしまいまして、ほとんど意識がありません。いまにも亡くなるんじゃないかとそれが心配ですの」

「御同情申しあげます」とフレンチはつぶやくように言った。その声は心からの悲しみをあらわしているように聞こえた。「あなたのお話をうかがっていますとなおさらわたしの不愉快な用件をあなた方のお耳に入れるのがつらいのですが。わたしとしましてはどうにもしかたがありませんので」

「もちろんよくわかっていますわ」ギャミッジ夫人はおだやかにほほえんだ。「何でもおききください。できるだけ御返事しますわ。わたしが終わりましたら、母の看病はわたしがかわって、エスターをよこしますわ」

しかし、ギャミッジ夫人はあまり多くのことを知らなかった。四年ほど前に結婚して以来、彼女は比較的まれにしか父と会っていなかった。彼女が父を偶像視していることは明らかだった。しかし、自分の家庭のこともあり、実家にはときたましか帰れなかったのである。だから、フレンチはまもなく彼女の協力に礼をのべて、妹をかわりによこしてくれるようにたのんだ。

エスター・ゲシングのほうが一目見て二人のうちの妹とわかった。彼女はギャミッジ夫人に似ていたが、もっと器量がよかった。たしかに彼女はおとなしい、めだたない美人だった。彼女の目は姉とおなじようにとび色の目だったが、とてもしっかりした、正直そうな目をしていたので、フレンチでさえこの娘は信頼できると思いこんだほどだった。表情もおなじように情のこもったものだったが、彼女のほうが姉よりしっかりもののようなところが見えた。両親がどれほど彼女をたよりにしていたかは想像にかたくなかった。立派な婦人だと彼は思った。彼は女性に対してめったにこんな形容詞を用いない男であったが、この女ばかりはその形容詞がそっくりそのままあてはまる女だと思った。

警部の巧妙な誘導で彼女は自分と両親の過去数年間のいささか単調な生活を描きだしてみせた。母親の病気がこの家の生活の支配的要素であったらしく、すべてが病人の幸福の犠牲となり、療養費が家計の大きな負担になっていた。デューク氏の帳簿から故人の俸給が年額四百ポンドであったことをフレンチは知っていた。もっとも、つい最近にいたって、ゲシング支配人がすこしのあいだ病床にあったときデューク氏がこの家をたずねて以来、彼の俸給は四百五十ポンドに増額されていたのであるが。デューク氏はいつも思いやりの深い雇い主だったとゲシング嬢は語った。

最後の日まで父親の健康と気分がふだんと変わりなかったかときかれて、彼女はいいえと答えた。過去三週間くらい父は沈みこんでいて、何か悩みごとがあるように見えたという。いろいろなきっかけをとらえて、彼女はその原因をつきとめようとつとめたが、事務所で何か面倒なことが起こっているというだけで、はっきりしたことはいっこうにわからなかった。しかし、一度だけ彼女を考えこませるような一句を吐いたことがあったが、彼女にはその真意はつかめなかったし、彼も説明をこばんだ。彼は彼女に、善をもたらすために悪を行なうことは正しいかとたずねたのである。彼女がわからないと答えると、彼は嘆息をもらしてこう言ったという。

「そんな難問の解決をせまられるような羽目におちないよう神様にお祈りをすることだね」

彼の死の当夜、娘の教会で聖歌隊の懇談会があり、それに彼女を出席させてやるため、彼がかわってゲシング夫人の看病をすることになっていた。ところが、その日の夕方、彼は彼女がそれまで一度も見たことがないくらい心配そうな、取り乱した様子で帰ってきて、何度も何度も詫び言を言いながら、ある急な用事がもちあがったのでどうしても今夜は事務所へ行かなければならない、ついては、だれかほかに母親の看病をしてくれる人が見つからないかぎり、今夜は懇談会のほうはあきらめてくれと言ったのだそうである。ひどく興奮していて、落着きがなく、夕食もそこそこに八時頃家を出たが、そのとき何時頃帰るかわからないといった。それが彼の生きた姿の見おさめで、十一時半頃警官が恐ろしい知らせをもってくるまで何の音沙汰もなかったのである。

ゲシング嬢は明らかに、姉とおなじく、父親を尊敬し、父親に親愛の情をいだいている様子だった。フレンチは彼女が自分とおなじように彼の死についてなぜそんなことになったのか皆目見当がつかないでいるのを見てとった。これ以上何も聞きだせないとみて、彼はまもなく彼女にわかれをつげたが、そのとき、彼女の心痛には幾重にも御同情申しあげると言いそえた。

本庁に帰ってみると、彼の発見したいろいろな指紋の拡大写真ができていた。彼は椅子に腰をおろして、それを熱心に自分のカードにとってある指紋と比較してみた。彼は線をかぞえたり、渦巻きの寸法をはかったりして相当の時間をついやしたりしたあげく、ついに次のような結論に到達した。金庫に残されていた指紋は、外側のも内側のもすべてデューク氏かゲシング氏のものであり、大部分はゲシング氏のものである。石炭シャベルの柄についていた指紋はゲシング氏のものであって、その他の指紋は事務所の人々のものである。したがって、この方面からのたのみの綱はとだえたわけである。

彼はため息をつきながら時計を見た。検屍審問のはじまる前に、前夜の行動にかんするオーチャードの陳述の真偽を調査する余裕はあるだろう。半時間後に、彼はあの事務員がイルフォードで食事を共にしたという男を見つけた。この男は完全にオーチャードの話を裏づけた。これによって、オーチャードの容疑は決定的に除去された。

検屍官の前で行なわれた手続きはほとんど形式的なものだった。オーチャードとデューク氏とアルコーン巡査がそれぞれの申し立てを行ない、ほんの蛇足程度の尋問があっただけで帰された。フレンチと所轄署の署長が警察側を代表して検屍審問に出席したが、口出しはしなかった。被害者の近親者側は法的にだれも検屍に立ち会わなかった。半時間後に検屍官は所見をのべ、陪審員は退席して評定するまでもなく、未知のある人物、あるいは数名の人物による故意の殺人であるとの明白な評決をくだした。

その夜、食事をすませ、居間の火の前に落着き、パイプをくわえ、手帳を机の上のひじのかたわらに置いて、彼は自分の立場を頭の中で検討し、あらたな問題をはっきり把握しようとつとめた。

まず第一に、このチャールズ・ゲシングなる人物がデューク氏の金庫の中にあったダイヤモンドのために殺されたことは明らかであった。傷の位置からみて、その傷が偶然の事故によるものでなく、また決して自分でつけたものでないこともたしかであった。のみならず、計画的な強盗であることは合鍵をつくっていることからもわかる。しかし、宝石はゲシング老人の身体にはついていなかった。したがって、ゲシング老人が最初に金庫から宝石をとりだしたかどうかはともかくとして、だれかがそれをもち去ったことにまちがいない。

そこまでは何の苦もなく事実の整理ができた。ところが、それから先へ進もうとするとどうにもならなくなるのだった。

何よりもゲシングの貧窮ということがある。彼の俸給は彼の地位からすれば不当なものではなかった。が、彼の妻の病気による出費のため、家計はいつも火の車だった。フレンチはこういう四苦八苦の状態のやりきれなさに思いをめぐらせた。こういう状態からにげだすために人はかなりな冒険もあえてするものである。しかも、彼は、その気になりさえすれば、いつでも手のとどくところにある財産のことを知っていた。とすると、あの男はその誘惑に屈したのであろうか？

死の前の二、三週間、何か思いなやんでいたことは明らかであるし、それが何か秘密なことであったということもやはり明らかである。デューク氏が心痛の原因をたずねたとき、ゲシングの家庭の事情や妻の病気のことをもちだしたが、娘がおなじ質問をしたときは仕事上の心配事だと答えている。あの老人は、だから、事実をひたかくしにしようとして、どちらにもうそをついているのだ。

この心痛ないしは困惑が死の晩に強まったことも明らかであった。彼は娘にある特別な用件で事務所へ行かなくてはならないと言った。しかし、デューク氏はそんな用件を関知していなかったし、その用件にかんして何の記録も残されていない。

しかし、二週間か三週間前にゲシングが金庫破りをはたらこうと決心したのなら、こういう神秘的な矛盾もすべてつじつまがあい、疑問は氷解する。死の晩のただならぬ興奮もその日が企てを実行するためにえらんだ日だったとすれば説明がつく。

他方、こういう見方を支持しないいくつかの点がある。第一はよく知られているあの男の性格であった。彼は会社のために二十年以上もはたらいた。そうして、彼を知りぬいているデューク氏が断固として彼の犯行を信じようとしていない。彼の娘たちも明らかに彼に対してもっとも温かい感情をいだいている。ゲシングがもしわるい性格の、あるいはよわい性格の人間であったら、あの娘たちが父親にそんな感情をいだくというようなことはありえないことだとフレンチは思った。フレンチがあつめえた他の証拠もみなそういう方向をさしていた。

つぎに、ゲシングがだれはばかるところなく事務所へ帰ったという事実がある。ゲシングが金庫の中身を盗むつもりだったとしたら、事務所へ行くことを秘密にしておくのではないだろうか？　ところが、彼は給仕に奥の部屋に火をおこしておくよう言いつけたとき、自分はあとで戻ってくるつもりだと言っているし、家で娘と聖歌隊の会合について話しあったときも同じことを言っている。

さらに、社長室の火の一件だ。もしゲシングが金庫破りをするつもりだったのなら、何のために火をおこさせたのだろう？　給仕に火をおこすよう言いつけたばかりではない。シャベルの柄の指紋からわかるように、彼自身あとで石炭をくべている。金庫の品を盗むのはわずか数分ですむことである。火をおこしたということからみて、ゲシングは本当に、娘に話したように、何か特別の仕事をしていたのではないだろうか？

全体としてはゲシングの犯行を裏づける証拠のほうが無実の証拠よりつよいとフレンチは考えた。そうして、ほぼつぎのような仮説を組みたてはじめた。家計の状態をもはや耐えがたいものに感じたゲシングは金庫の中にいつになく高価な品物が保管してあることを知り、おそらくほんの少し失敬しようと決心した。少しの損害ならデューク氏の負担にならず、保険会社の負担になることを知っていたのであろう。彼は鍵の型をとり、それを用いて合鍵をつくった。その晩、偶然に、だれかに見つかったときのことを考えて、事務所に用件があると前もって言いふらしておいた。そうして、多分偶然に、事務所で彼はだれかに見つかった。見つけた男は目の前にひらけた可能性をみて、突然の誘惑に前後を忘れ、老人を殺害のうえ、盗品をもって姿を消した。

この仮説はすくなくとも事実の大部分と一致するように見える。フレンチはこの仮説にさして満足ではなかったが、それ以上はどうにも考えようがなかった。で、当面はこの仮説にしたがうほかはないと覚悟をきめた。とはいうものの、彼は、この仮説にあまりこだわらないつもりであった。何か新しい事実の発見が事件全体に別な色あいをあたえることもありうるからである。

翌朝、彼はありふれた調査を二、三やってみた。巧みな間接的質問でゲシング氏や、デューク・アンド・ピーボディ商会のその他の従業員がだれも合鍵をつくりあげる腕をもたないことをたしかめ、一人の部下にその合鍵をつくった専門家を調査するよう命じた。彼は盗まれたダイヤモンドの明細を英国とオランダの警察に通知したほか、盗品が売りに出たとき知らせてもらえそうな業者にも通知した。彼は盗難紙幣にかんする一般的告示が各銀行にゆきわたるよう手配し、それから、金庫の中に宝石のあることを知っていたもので、事件当夜の行動を満足に説明できないものを捜査したが、このほうはうまくいかなかった。

何の光明もえられないまま、日がすぎていったので、フレンチはひどく落着かなくなり、ますます捜査に全力をあげた。彼は考えおよぶ範囲のあらゆる人物を疑ってみた。タイピストも給仕も、デューク氏すらも疑ってみたが、やはり何の効果もなかった。タイピストは一晩じゅう家にいたことがはっきりしたし、ビリー・ニュートンはたしかにボーイ・スカウト大会に出席していた。社長のクラブと家もひそかに調べてみたが、当夜の行動にかんする社長の申し立ては完全に立証された。スタンレー・ハリントンの行動はもう調査ずみで、この青年のアリバイは完璧ではなかったが、彼の犯行を実証するようなものは何も発見できなかった。八方ふさがりになったフレンチは意気沮喪しはじめたが、彼の上司はますますしつこくいやな質問を浴びせるのであった。

4　行方不明

チャールズ・ゲシング殺害事件の当日から十日目の午前十時ごろ、フレンチ警部はロンドン警視庁《ニュー・スコットランド・ヤード》の彼の部屋で椅子に腰をおろして、もしや、見落とした事件の手がかりでもありはしないか、もしや、いままでたしかめてみなかった捜査の線でもありはしないかと、これで千度目にでもなろうか、またしても思案にふけった。

彼はそれまでこれほどぬきさしならぬ難問にぶつかったことはめったになかった。事件の性質からみて何でもなく解決しそうなものだのにと、彼は腹だたしげに自分で自分に言ってきかせるのであるが、さてとなるともう二進《にっち》も三進《さっち》もいかないのである。彼のつかんだ糸口はいかにものぞみがありそうにみえながら、結局、何のたしにもならないものばかりであった。盗まれた紙幣は一枚も銀行にあらわれないし、ダイヤモンドはひとつも市場に出ない。彼の見当をつけた人物はだれ一人にわかに金まわりがよくならなかったし、どの容疑者もみなあの宿命的な夜の行動をともかくも説明することができた。

フレンチは何かやり残したことが見つかるかもしれないと思い、いままで自分のしたことの一覧表を書きだすためにペンをとったが、ちょうどそのとき電話がかかってきた。彼はうわのそらで受話器をとりあげた。

「フレンチ警部をお願いします」と聞きおぼえのある声が言った。「デューク・アンド・ピーボディ商会のデュークです」

相手のせきこんだ様子がにわかに警部の興味をそそった。

「わたしがフレンチ警部ですが」彼はいそいで答えた。「おはようございます、デュークさん。何かいいニュースでもありましたか?」

「そうなんです」と遠くの声が答えた。「われわれの捜査に関係があるかどうか、わたしにはわかりかねますが、たったいま、例のアムステルダム支店の支配人をしているスホーフスから手紙があったのです。それによりますと、どうやらファンデルケンプが行方不明になったようです」

「行方不明?」フレンチはおうむがえしに言った。「一体どういうことですか? いつからなんですか?」

「はっきりしたことはわかりません。日にちをたしかめるために、いまファイルを調べさせているところです。もう何日もアムステルダム支店に姿を見せないらしいんです。それでスホーフスは彼がこっちに来ているのではないかと言っています。しかし、こちらには彼は来ておりません。もし御都合がつきましたらこちらへ御足労願えませんでしょうか。スホーフスの手紙をお目にかけますから」

「いますぐまいりますよ」

半時間後に、フレンチはハットン・ガーデンの事務所の階段をのぼっていた。愛想のいい顔でビリー・ニュートンが彼を社長室へ案内した。デューク氏は神経質に見え、いささか興奮の態で握手した。

「この事件は考えれば考えるほどいやになってきますよ、警部さん」彼はすぐに話しはじめた。「なんでもなければいいのですが、わたしはあなたにわたしの知っていることを全部お話ししますよ。しかし、スホーフスの手紙をお見せする前に、その手紙の書かれたいきさつをお話ししたほうがいいかもしれません」彼は相手の顔色をうかがったが、フレンチがうなずくのをみて言葉をついだ。

「この前お話ししたような気がしますが、ファンデルケンプはうちの外交員なのです。彼はヨーロッパのあらゆる国での販売と競売場まわりを受けもっています。彼はいままでわたしのためにずいぶん大きな取り引きをやってくれました。わたしは彼の商才と誠実さを非常に高く買っています。これもすでにお話ししたと思いますが、なくなった宝石の大部分を買いとってロンドンに運んだのもあの男だったのです」

「それは承知しています」

「ここ二、三年、ファンデルケンプは外交に出ていないときはアムステルダム支店に勤務していました。可哀そうなゲシングが亡くなる三、四日前に彼は、革命後没落した元貴族から宝石を買いとるために出張していた南ドイツから帰ってきました。三日前、正確に言いますと今週の月曜のことなんですが、わたしはちかいうちにフロレンスで非常に有名な宝石のコレクションが売りに出されるということを知り、その日の夕方スホーフスに手紙を書き、ファンデルケンプをイタリアに派遣して、宝石の下調べと値ぶみをやらせるように言ってやりました。いいのがあれば買わせようと思ったのです。これが今朝着いたスホーフスの返事です。彼はこう言っています。『ファンデルケンプをフロレンスに派遣する件にかんする貴翰《きかん》、拝誦いたしました。しかし、彼はまだロンドンより帰っておりません。彼はまだ御地にあり、貴下の指令下にあるものとのみ考えておりました。彼が当地に帰着いたし次第、ただちに派遣いたします』どうお思いになりますか、警部さん？」

「すると、ファンデルケンプはロンドンへ来なかったのですか？」

「わたしの知るかぎりでは来ておりません。この事務所に来なかったことはたしかです」

「どういうわけでスホーフス氏がそう思ったか知りたいですね。それにファンデルケンプがロンドンへむけて出発したと思われている日付もです」

「スホーフスに電報をうてばわかります」

フレンチ警部はしばらくだまっていた。このオランダ支店のことを忘れていたわいと彼は思った。たしかに、これはいままで手をつけなかったもうひとつの捜査の線だし、調べてみれば、すぐにもうまい結果がでるかもしれない。

デューク氏の話だと、アムステルダム支店の従業員は四人ということであった。支配人とタイピストと給仕と、それからときどきこの外交員のファンデルケンプ、つまりスタンレー・ハリントンの伯父にあたるファンデルケンプがくわわるのである。この連中もあのダイヤモンドのことを知らないはずはなかった。支配人はこの件についてデューク氏から聞いていたにちがいない。ファンデルケンプは自分で大部分の宝石を買いあつめ、ロンドンへ運んだ。そうして、彼はその宝石が金庫に納められるところを見ているのである。もちろん、そうはいっても、宝石がずっと金庫に納められていたことを彼が知っていたということにはならないけれども。それればかりでなく、ロンドンの事務所の場合とおなじように、この話が部外者に漏れるということも大いにありうることだった。アムステルダムの捜査をやらなければとフレンチは思った。

「電報はうたないほうがよいと思いますが」彼はやっと口を開いた。「確証もないのに人さわがせをすることはないでしょう。話を聞けばなんでもないことかもしれませんしね。しかし、わたしの考えはお耳に入れておきましょう。わたしはこっそりアムステルダムにわたって、ちょっと調べてみるつもりです。おかしなことがあればすぐわかりますよ」

「結構です。そうしていただけたら、たいへんうれしいです。スホーフスに手紙を書いて、できるだけお役に立つように言ってやりましょう」

フレンチは頭をよこにふった。

「折角ですが、それもやらないほうがよいと思います」と彼は言った。「わたしはただあっちへわたって様子を見たいのです。だれにもそんなことを言ってやる必要はありませんよ」

デューク氏は自分がひとこと言ってやればスホーフス氏はよろこんで手助けしてくれるのにと言って異議を申し立てた。しかし、フレンチは自説をまげなかった。デューク氏も彼のすきなようにやらせることにした。

フレンチはハーウィチから出る夜の便で海峡をわたり、翌朝の八時半には中央駅を出て、気持ちのいい旧世界の首都に足をふみ入れた。さっぱりありがたくない仕事にとりかからなくてはならなかったのであるが、ダムラク通りにある聖書ホテルへ車で行くときも、朝食をすませてから、ぶらぶらと偵察にでかけたときも、彼はこの町の古風な魅力を感じないわけにはいかなかった。

デューク・アンド・ピーボディ商会の事務所は近くのシンヘルフラフト通りにあった。そこは半商業街といったような通りで、中央には一条の運河が流れ、その両岸には木がたちならんでいる。この通りの一隅には、大きなろうそく消しにも似た奇妙な小さい木の塔のある破風の多い造りの教会がたっている。フレンチは自分の到着をあらかじめアムステルダム支店のだれにも知られたくなかったので、支配人に紹介状を書いてあげましょうというデューク氏の申し出をことわったのであった。彼はいままで多くの場合に不意打ちの質問に対する相手の驚きや、とっさにあらわれる不安な表情から重大なヒントを得たことがあったので、この場合も、そういうヒントの得られる可能性を台なしにしたくなかったのである。だから、彼は揺り戸《スイング・ドア》をおして中に入ると、自分の名前を告げず、支配人をよんでくれとたのんだ。

スホーフス氏は大げさな身ぶりの、きびきびした小柄な男で、自分の値うちをよく心得ているらしかった。彼の英語はなかなか堂に入ったもので、ていねいに客にあいさつして、椅子をすすめた。フレンチは単刀直入にきりだした。

「わたしがここにまいったのは」いつもの「お世辞のジョー」とはまるでちがうきびしい口調で彼は言った。そう言いながら、相手を冷たい、敵意のこもった目で見すえた。「ゲシング氏の殺害にかんしてです。わたしはロンドン警視庁捜査課のフレンチ警部です」

しかし、彼の小細工は効を奏さなかった。スホーフス氏はちょっと眉をつりあげただけで、来訪者の話の内容よりはその話しかたがおどろきいったものだということを巧妙に思い知らせるべく、両方の肩をちょっとすくめてみせた。

「ははあ、さようで!」彼はこともなげに言った。「そいつはどうも御苦労なことで! それでつまり、強盗殺人犯がまだつかまらないというわけですな! あの立派な町で暴力行為がそんなにやすやすと行なわれるんじゃ、ロンドン子もたまったもんじゃありませんな」

フレンチは第一歩でしくじったのを悟って、がらりと語調をかえた。

「お察しのとおり、犯人はまだ逮捕されておりません。しかしまもなく逮捕の望みがなくもないのです。わたしがこちらにまいりましたのは何か新しい情報が得られるかもしれないと考えてなんでして」

「御希望どおりにいたしますよ」

「わたしはあなたから直接役にたつニュースを聞かせていただけるとは思っておりません。もしそんなニュースがあれば、おたずねするまでもなく、御自分からお申し出になったでしょうから。

そういうことではなく、ひょっとしたらあなたがまだその重要性にお気づきになっていないような枝葉の問題について光をあてていただけるかもしれないと思っているようなわけでして」

「たとえばどのような？」

「たとえば、デューク氏の金庫の中にダイヤモンドのあったことを知っている人物の名前とか。これもひとつの線ですからね」

「ははあ、それから？」

「それからまず片づけましょう。実際のところ、そういうことがこっちではわかっていたのでしょうか？」

「わたしのことをおっしゃっているのなら、わたしは知っていましたよ」スホーフス氏はいささかそっけない調子で答えた。「デュークさんはちかいうちに取り引きがあるとかで、石を探してくれと言ってよこされましたよ。ファンデルケンプ氏もそのことは承知です。それは、あの人がたくさんな石を買いあつめて、ロンドンへ運んだのですからね。しかし、その他の者はだれも知らなかったでしょうね」

「おたくの事務員や給仕はいかがですか？」

スホーフス氏は首をよこにふった。

「二人ともその話を聞いたとは思えませんね」

フレンチは、でだしこそまずかったが、いつものおだやかな物腰で質問をつづけた。彼はほかにもいくつか質問をだしてみたが、興味のありそうなことは何ひとつ聞きだすことができなかったし、スホーフスを不意打ちの質問でおどろかしてぼろをだざせることもできなかった。そこで、彼は来訪の真の目的をきりだした。

「ところで、おたくの外交員のことですが、スホーフスさん。ファンデルケンプという人はどういう人物ですか？」

最初とはうってかわったフレンチのていねいな、腰のひくい応対に、いまはスホーフスもうちとけて、本当にできるだけの援助をしようと思っている様子だった。ファンデルケンプはいまはもう寄る年波で――彼は六十の坂をこしたところだった――以前ほどのはたらきはできなくなっていたが、それにしても、会社にとってはなかなかの財産であるらしかった。個人としては彼はあまり魅力のある人物ではなかった。彼はすこしばかり飲みすぎたし、ばくちもやった。私生活のうえでは一概に信じるわけにはいかないけれど、さりとてまんざらうそでもなさそうなうわさがたっていた。おまけに気むずかし屋でいささか短気なところもあった。もっとも商談をやっているときは格別で、そういうときは、いたって物やわらかで、礼儀ただしくなるのであった。しかし、彼はやさしいところのある人だというので評判でもあった。たとえば、甥のハリントンに対してはこの上もなく親切だった。スホーフスをはじめ彼を知る人はだれもさほど彼が好きではなかったが、彼にはひとつだけかけがえのない才能があった。それは宝石にかんするはかりしれない蘊蓄《うんちく》とほとんどうす気味のわるいほどの値ぶみの正確さであった。彼は会社のためによくつくしたので、デューク氏は彼が会社をやめるのをおそれて、彼の欠点にはよろこんで目をつぶった。

「ひとつその人と話をしてみたいのですが。いまここにいらっしゃいますか？」

「いえ、二週間ばかり前にロンドンへたったきり、まだ帰っておりません。デューク氏から彼をフロレンスへやるように言われていますので、きょうにも帰るかと思って待っているのですが」

フレンチは興味ありげな顔をした。

「ロンドンへおいでになったのですって？」と彼は言った。「しかし、その人はロンドンへはおいでになりませんでしたよ。すくなくともデューク氏の事務所にはおみえになりませんでしたね。わたしは何度もデューク氏の社員のことをたずねたのですが、そのファンデルケンプ氏という人とは殺人事件のあった二、三週間前から全然会っていないとはっきりおっしゃっていましたよ」

「そんなおかしな話はありませんな」とスホーフスは叫んだ。「あの人はたしかにロンドンへたったはずですがね――あれはいつだったかな？――そうだ、あれは気の毒なゲシングさんが殺された日ですよ。あの人は昼間の便で、ロッテルダム＝クインバラ経由ででかけましたよ。わたしはその前夜にあの人を見たきりだからはっきりしたことは言えませんが、すくなくとも、あの人はあの便で出発することになっていましたからね」

「ところが、着かなかったのです。商用でおいでになったのですか？」

「そうです。デューク氏から手紙がありまして」

「デューク氏から手紙ですって？」フレンチは今度は本当におどろいておうむがえしにきいた。

「何ですって？　あの日に船でわたれと言ってきたのですか？」

「次の日の朝事務所で会いたいと言ってきたのです。その手紙はお見せできますよ」彼は呼鈴《よびりん》をならし、必要な指図をあたえた。「これがその手紙です」彼はそう言って事務員のもってきた手紙をわたした。
それは上部に会社の名前を印刷した八つ折の用箋で、次のような文面がタイプしてあった。

「十一月二十日
H・A・スホーフス殿
本月二十六日水曜日午前十時、ファンデルケンプ氏に当事務所でお会いいたしたく、同氏にその旨お伝えくださらば幸甚です。新規買入れの商談に着手願う所存です。早々にストックホルムへ御足労願うことになるかもしれません」

この手紙にはフレンチがもう大分なじみになった装飾つきの書体で「R・A・デューク」と署名してあった。
彼は椅子にすわりこんだまま身じろぎもせずこの紙きれを凝視していた。なんとかしてこの新発見を現在までの事態の推移にあてはめようと躍起になっているのだが、それは彼にはどうにも解けない謎のように思われた。デューク氏は、実は、いままで彼が想像していたような潔白で人の好い老紳士ではなく、ある底知れぬ陰謀の、主謀者ではないまでも、その共謀者だったのか？もしこの手紙を彼が書いたのだったら、ファンデルケンプのことをきいたとき、どうしてそのことを言わなかったのだろうか？　外交員がロンドンへ行っているはずだというスホーフス氏の手紙を受けとったとき、どうして彼はおどろいたのだろうか？　いったい何がこの事件全体の根底にひそんでいるのだろうか？

ある考えがひらめいたので、彼はその手紙をもっと仔細に調べてみた。

「あなたはこの署名がたしかにデューク氏の署名だと思いますか？」と彼はゆっくりたずねた。

スホーフス氏は不思議そうに彼を見た。

「ええ、そうですよ。そんなことは疑ってもみませんでしたね」と彼は答えた。

「デューク氏のほかの手紙をお見せ願えませんか？」

数秒後に半ダースほどの手紙がもちだされた。フレンチはポケットからレンズをとりだしていくつかの署名を見くらべていたが、やがてひくく口笛をふきはじめた。ひとつひとつの特徴を調べおわってから、彼は手紙を机の上に置き、椅子の背にもたれた。

「わたしはどうかしていましたよ」と彼は言った。「ほかの手紙を見せていただくまでもなかったのです。この署名は偽物ですよ。まあ、これを御自分で見てください」

彼はレンズをスホーフスにわたした。今度はスホーフスが署名を調べた。

「どうです。文字の線がなめらかでないでしょう。こまかい手のふるえがたくさんあります。つまり、手早く、さっさと書いたものではないのです。ゆっくり書いたか、鉛筆の上をなぞったかしたにちがいありません。ほかの手紙とくらべてごらんなさい。遠くから見るとおなじように見えますが、実際は全然別物です。たしかに、それはデューク氏の書いたものじゃありません。どうやら、ファンデルケンプ氏は何かの謀略の犠牲になられたようですな」

スホーフスはすっかり興奮の態だった。彼は相手の言葉に熱心に耳をかたむけ、彼の下した結論に大きくうなずいた。それから彼はなにやらオランダ語で言ったが、どうやら悪態をついたものらしい。「たいへんですよ、警部さん！」と彼は叫んだ。「これは重大な意味をもっていますよ」

フレンチはまじまじと相手を見た。

「どういうふうにですか？」と彼はうながした。

「どういうふうにって、考えてもごらんなさい。殺人と盗難が起こってですよ、それとまったく時をおなじゅうしてこのことが起こっているのです……おかしいじゃありませんか？」

「というと、この二つの事件のあいだに関連があるとおっしゃるのですか？」

「それじゃ、あなたはどうお考えなんです？」スホーフス氏はじれったそうに答えた。

「たしかに関係はありそうですね」フレンチはゆっくりりみとめた。彼の活発な頭脳はすでにひとつの仮説をたてはじめていたのであるが、相手の考えも聞こうと思ったのである。「あなたはつまり、ファンデルケンプがこの犯罪に関係しているとおっしゃるのでしょう？」

スホーフスはきっぱりと頭をふった。

「わたしはそんなことを言っているのじゃありません」と彼は言いかえした。「そういうことはわたしの職掌ではありませんからね。わたしはただ奇妙だと思ったまででして」

「いや、いや」フレンチはおだやかに答えた。「これはわたしの言葉が足りなかったようですな。あなたとおなじようにわたしも別にだれかをとがめようとしているのではないのです。わたししたちはおたがいに腹をわって、つまり、その、懇談的にですな、ただ真実を見つけだすことだけを願って話しあっている、とまあこういうわけです。どんな暗示が役にたつかもしれません。だから、かりにわたしが、その可能性を検討してみるためにですな、ファンデルケンプ氏が犯人であるかもしれないと言ったところで、おたがいにそれが真実であると思っているわけでもありませんし、ましてわたしがそれにひきずられるということにもならないのですよ」

「お話はよくわかりますが、わたしはそんな仮定はできません」

「それじゃ、わたしがやってみましょう」とフレンチは言った。「ただ議論の基礎としてそう仮定するだけですがね。それじゃ議論のためにだけですが、ファンデルケンプ氏が会社の財産の一部を自分のものにする決心をしたと仮定しましょう。彼は宝石が金庫におさめられるとき、そこにいて、デューク氏がうしろをむいているすきに、ある方法で鍵の型をとります。あとで彼はロンドンへわたります。事務所でゲシングを見つけたか、あるいは彼にじゃまされるかして、老人を殺してしまい、ダイヤモンドを握ってにげてしまう。あなたはこういう考え方をどう思いますか?」

「手紙の件はどうなるのです?」

「それはちゃんと説明がつくでしょう? ファンデルケンプ氏はなんとかしてあなたに疑われないように、またロンドン事務所に問い合わせが行かないようにしてこちらを出発する必要があったわけです。とすると、手紙を偽造するよりいい方法があるでしょうか?」

スホーフス氏はまたしても悪態をついた。「もしもあの男がそんなことをしたのだったら」と彼はかんかんになって叫んだ。「しばり首にしてもあきたりない奴だ！　警部さん、あの男を探しだすためなら、どんなお手伝いでもしますよ。お手伝いするのがわたしの義務でもありますが、あのゲシング老人のためにも是非そうしたいのです。わたしはあの老人を心から尊敬していたのです」

「そういうふうにお感じになるだろうと思っていました。ところで、こまかいことにうつりましょう。あなたはこの手紙の封筒をおもちじゃないでしょうね？」

「それは見たことがありませんね」とスホーフス氏は答えた。「手紙の封を切った者が破ってしまったでしょうから」

「その事務員の方をよんでいただいたほうがよろしいですね。よんできいてみましょう」

スホーフス氏は突然大げさな身ぶりをした。

「そうだ！」と彼は叫んだ。「あれはファンデルケンプ自身でしたよ。彼はこの事務所にいるときは支配人待遇ですから」

「それじゃその証拠は何もないわけですね。この手紙が実際に郵便できて、いつものように封筒をやぶいてしまったものか、それとも彼がその手紙を事務所へもってきて、ほかの手紙の中にまぜてしまったものか、そこのところははっきりしないわけです」

フレンチはふたたび手紙をとりあげた。いままでの経験から、彼はタイプで打った文書にはきわめて顕著な特徴のあることを知っていたので、この場合も何か手がかりが得られるかもしれないと思ったのである。

この手紙にはたしかに特徴があった。レンズで見ると、n《エヌ》の字の曲線のところがくぼんでいることがわかった。このタイプはこの曲線のところが幾分つよくあたるにちがいない。それからg《ジー》の尻尾がすこしかけている。

フレンチはつぎに本物の手紙を調べてみて、おもしろいことを発見した。その活字にもおなじような不規則なところがあったのである。だから、この偽造の手紙がロンドン事務所でタイプされたことは確実だった。

彼はじっくり考えながらすわっていた。あわせた歯と歯のすきまから無意識のうちにいつもの調子の口笛がもれた。偽造の手紙にはそのほかにも特徴があった。字がのきなみにすこしくぼんでいて、タイプライターのキーを普通よりつよく叩いたことをしめしている。紙をうらがえしてみるとこのことはいっそうよくわかった。句読点などはほとんど紙に穴があいてしまっている。本物の手紙を手にしておなじような特徴があるかどうか調べてみたが、このほうは叩き方がずっとかるくて、読点でさえやっと見えるくらいである。このことからつぎのような一歩進んだ推測もできなくはなかった。つまり、偽造手紙の作者はタイプになれていない、多分しろうとの人物で、本物のほうはくろうとがタイプしたものにちがいない。偽造手紙のほうはだれか権限外の人物が勝手にロンドン事務所のタイプライターをつかってタイプしたものであると見なしてさしつかえあるまいとフレンチは思った。

しかし、彼の思い及ぶかぎりでは、こういう推測もファンデルケンプの有罪あるいは無罪にかんして何の光も投げるものではなかった。例の手紙はロンドンにいるだれか別の人物がよこしたものであるかもしれないし、またひょっとしたらファンデルケンプがロンドンへ行ったおりに自分でタイプしたものかもしれなかった。結論をだすためにはもっと資料が必要であった。

スホーフスという人物を見たかぎりでは、夫子《ふうし》自身がいまになってようやくこれは大変な陰謀だと気がついたらしいこの事件に、よもや加担しているというようなことはあるまいと警部は思ったが、自分がたったいま発見したことは伏せておいて、どこまでも行方不明の外交員にかんする情報を相手に吐きださせようとつとめた。ファンデルケンプは背の高い男らしかった。というよりは、しゃんと背をのばしたら背が高くなるのだが、肩をすぼめ、うつむき加減に歩くので、実際より背が低く見えるらしい。体つきは頑健といってもよく、黒い髪と血色のわるい顔色をしているらしい。あごはきれいにそっているが、濃い、黒い口ひげをたくわえ、近眼だから眼鏡をかけているという。

フレンチは彼の筆跡の見本をいくつか手に入れた。しかし、写真は手に入らなかった。事実、スホーフス氏はこれ以上もはやどんな情報も提供できないらしかった。すこし英語ができるタイピストと給仕に質問してみたがたいした収穫もなかった。

「ファンデルケンプ氏はどこに住んでいたのですか？」この事務所で調べられることはもう調べつくしたと考えて、フレンチはこうたずねた。

外交員には妻はなく、スホーフス氏はハリントン以外に彼の親類があるのかどうかも知らないらしかった。彼の下宿はキンケルストラート通りのメフラウ・ボンディクスの家だったので、二人はそこへでかけていった。通訳が必要な場合にそなえて、フレンチはスホーフス氏に同行を願ったのである。メフラウ・ボンディクスというのはおしゃべりで小柄な老婦人で、彼女は英語はすこししか知らなかったが、スホーフスが質問するとまるで電鈴のボタンを押したみたいなことになった。彼女は会話の洪水で二人を圧倒したが、フレンチは一言もわからなかった。支配人でさえ彼女の言っていることを要約するのに骨を折ったくらいだった。しかし、話の要点はファンデルケンプが殺人の前の晩の八時半に家を出た、それも、ロンドンへ行くとかで九時の汽車にのると言って出かけたということであった。その時以来、彼女は彼を見たこともなく、手紙も受けとっていない。

「しかし」とフレンチは叫んだ。「あなたのお話では彼は殺人の日の昼の便であちらへわたったということではなかったですか？」

「彼がそう言ったのですよ」スホーフスはなんだかきつねにつままれたような顔つきで答えた。「彼は実にはっきりとそう言ったのです。わたしがそのことを特によくおぼえているのは、デューク氏に会ったあと、多分午後の大陸列車で今度の出張に出るように言われると思うから、自分はその前の日の昼の便で行って夜はロンドンでよくねむっておきたいということをあの男が言っていたからなのです。わたしが、社長に会うのなら夜の便で行っても充分間にあうだろうと言ってやったら、あの男がそう言ったのですよ」

「その汽車でたつと、何時にロンドンに着きますか？」

「ちょっとわかりかねますが、事務所で調べればわかるでしょう」

「もしいっしょにおいで願えるようでしたら、つぎは中央駅へ行きたいのですが」とフレンチは言った。「駅へ行けばそういうことがわかるでしょう。しかし、でかける前に、この中にファンデルケンプ氏がいるかどうかお教え願えませんでしょうか？」彼は暖炉の上や壁にかざられている何枚もの写真を指さした。

うまいぐあいに、それらの写真の中に行方不明の外交員が見つかった。スホーフス氏もメフラウ・ボンディクスもこの写真はよくとれていると証言した。

「ではこれをいただいていきます」フレンチはそう言って、写真をポケットへしのばせた。

二人の人物はそれから中央駅へ行き、汽車の時刻表を調べた。それによると、昼の便で行けば夜の十時五分より前にはヴィクトリア駅に着かないことがわかった。この意味をフレンチは見のがさなかった。オーチャードはハットン・ガーデンの事務所に十時十五分に着いたと言っていたし、アルコーン巡査の証言によってもそれ以後でないことははっきりしている。その時間には死体はもう冷たくなっていたのであるから、犯罪はそれより相当前に行なわれていなければならない。だから、アムステルダムを昼間の便でたった人間は殺人を行なう時間がなかったはずである。ファンデルケンプがスホーフスに昼の便で行くと言ったのはわざとうそをついたのだろうか？もしそうなら、それはアリバイをつくるためだったのだろうか？　彼はあの事件の夜、もっと早い時間にゲシングと秘密に会う約束をし、その時間に間にあわせようとして、その前の晩に出発したのであろうか？　こういう疑問こそは満足な回答を要求する疑問だとフレンチは感じた。彼はその回答を見いだすまでは一刻たりとも休むまいと心にきめた。

行方不明の男が問題の汽車で実際に出発したかどうかをたしかめるべく、フレンチは新しい友人の援助を得て中央駅の駅員に質問しはじめた。しかし、そのことについては何ひとつわからなかった。駅員はだれもファンデルケンプの様子を知らないらしかったし、こんなに時間が経過してしまったあとでは、彼の言うような旅客を見たかどうか、いかなる人間でも思いだせるものではなかった。その日と次の日をフレンチはこの魅力のある旧都ですごし、行方不明の人物の生活と習慣についてできるだけのことを知ろうとつとめた。彼はこの外交員を知っているといういろいろな人物と会ってみたが、だれ一人彼と本当にしたしくしていた者はなかった。そういう人々のうちだれ一人としてたいした情報を提供しえなかったし、だれ一人ファンデルケンプがいなくなったと聞いても気にしそうな者はいなかった。いろいろと、といただしたあげく、フレンチはつぎのような結論をくだした。ファンデルケンプの性格はいかにも犯罪者のもっていそうな性格である。しかし、動機にかんしては証拠がほとんどなかったし、犯罪の証拠にいたってはまったくなかった。

彼はその夜の便でロンドンに帰った。彼の乗った船がファンデルケンプの乗ったという船とおなじ船であることがわかったので、彼は船員たちに例の男にかんして根ほり葉ほりたずねてみたが、残念なことに何の結果も得られなかった。

つぎの日も彼の努力はやはり何の実も結ばなかった。彼はデューク氏と情勢を話しあうのにまる一日ついやしてしまった。そうして、タイプライターに近づき得た人物の表をつくってもみたが、どこからも一縷の光明も得られなかった。例の手紙の作者の正体はゲシング殺害とおなじく杳《よう》として謎につつまれたままであった。ファンデルケンプの写真を付した手配書を配布しおわってから、フレンチはその夜、気おちとわびしさにうちひしがれて家に帰った。しかし、彼はまだ気づいていなかったが、この瞬間でさえ、次のニュースが彼のほうに近づきつつあったのである。

5　フレンチ旅に出る

その晩、フレンチ警部がまだ夕食を終わらないうちに電話が鳴った。本庁へすぐ戻れという。例の事件にかんして何か情報がはいったらしい。

気をとりなおし、期待に胸おどらせながら家を出た彼は数分後にはふたたび本庁の自分の部屋にすわっていた。ほんのちょっと前、だれかがとどけた手紙が彼を待っていた。彼はもどかしそうに封をきって、文面に目をとおした。

「ロンドン市銀行　レディング支店

十二月十一日

拝啓、ある種の紙幣にかんする貴下のお問い合わせに対し、次のとおり御報告申し上げます。イングランド銀行券十ポンド紙幣A／V一七三二五八WおよびN／L三八六四二七Pは本日閉店直前に本支店に払い込まれました。幸い当店の出納係は払い込みとほとんど同時に当該番号に気がつきました。当該出納係によりますと、払い込み人は、不たしかではありますが、当市在住のフィツジョージ大佐であるらしく思われます。大佐の住所はウインザー・ロード、オークランズであります。

この御通知は本日午後そちらへまいります当支店員に託しておとどけ申し上げます。

敬具

支店長　ハーバート・ヒンクストン」

フレンチはこの通知を受けとってよろこんだのも束の間、すぐに不安を感じた。ちょっと見には、盗まれた紙幣が何枚か発見されたということは彼の捜査にこれ以上貴重なことはないというふうに思われたが、その紙幣を払い込んだのがレディングに住む陸軍の軍人であるということになると、この見込みのありそうな糸口も結局ぬかよろこびになるのではないかという疑念がすぐにきざすのだった。このフィツジョージ大佐なる人物が本当にその紙幣を払い込んだとしても、彼が泥棒であるとは絶対に言えないし、また彼が紙幣を泥棒から受けとったと言えないことも明らかであった。その紙幣がレディングの銀行にたどりつくまでには多勢の人の手を経たということもありうる。

しかし、いずれにしても、フレンチのつぎの行動はすくなくともはっきりしている。フィツジョージ大佐をたずねることがまぎれもなく彼の次にうつべき手だった。

彼は鉄道旅行案内をくってみた。どうやら、今晩のうちに行ってくる時間はあるらしい。パディントンを八時十分に発車し、九時前にレディングに着く汽車がある。

彼は本庁の大きい建物をかけおり、タクシーをよびとめ、駅へ車を走らせた。彼は発車一分前に汽車にとびのり、九時ちょっと前にはレディングのグレート・ウェスタン駅構外でタクシーの運転手と話をしていた。

「へい」と運転手はうけあった。「よく存じておりやす。ウインザー街道《ロード》沿いに十分も行きゃ着きます」

夜はくらく、まわりの様子は、何ひとつわからなかったが、彼はやがて、車輪の音から、車が街道をそれ、こまかい砂利をしきつめた道をすこし走ってオークランズに着いたことを知った。めざす家の玄関前に立ち、闇の中から大邸宅のたたずまいが頭上に気味わるくせまってくるのをみて、この邸宅の所有者はこの世の富をしこたまもっているにちがいないと思った。堂々たる執事が彼の依頼に応じて宏壮な広間をよぎり、ぜいたくな居間に彼を案内してくれたとき、この印象は確たるものとなった。そこで執事は彼を待たせ、数分後にまた姿をあらわして、主人は書斎でフレンチさまにお目にかかりますとつたえた。

フィツジョージ大佐は背の高い、白髪の老人で、腰はまだしゃんとし、ひどく礼儀正しい人物であった。フレンチが入ってくるのを見て、彼は一礼し、赤々と松の薪のもえている暖炉の前に、自分の椅子とむかいあわせに置いたクッションの深い革張りのひじかけ椅子をすすめた。

「寒い晩ですな、警部さん」彼は愛想よく言った。「どうぞお掛けください」

フレンチは礼をのべ、夜おそくたずねたことをわび、言葉をつづけた。

「今夜お邪魔にあがりましたのは、わたしが目下捜査中のある紙幣のことについてなのです。すこし以前のことになりますが、旧市内で盗難があり、たくさんなイングランド銀行券が盗まれました。紙幣の持ち主はさいわい銀行にといあわせて、自分の紙幣の番号を知ることができました。この事件がわたしどものところにもちこまれたとき、わたしどもは、無論、各銀行にそういう紙幣に気をつけてくれるように依頼しました。きょうまで何の知らせもなかったのですが、きょうの午後、閉店まぎわに、二枚の紙幣がロンドン市銀行のレディング支店に払い込まれたのです。はっきりしたことはわからないのですが、出納係の話ではその紙幣の払い込み人はあなたではないかと言っております。もうここまでお話ししましたら、わたしがここへ参上した目的がおわかりになったことと思います。その目的と申しますのは、つまり、どこでその紙幣をお受けとりになったかをお教えいただいて、泥棒の捜査に御協力願おうということなのです。その二枚の紙幣というのは、どちらも十ポンド紙幣で、番号はA／V一七三二五八WとN／L三八六四二七Pです」

フィッジョージ大佐は興味をもったらしかった。

「たしかに、きょうの午後わしは銀行へ行って金を少々預けました」と彼は答えた。「大部分は配当券でしたが、すこしは紙幣もありました。さあて、あの紙幣はどこでもらったかな？　いますぐにでもお答えできなければならないのだが、ちょっと思いだせませんな。少々考えさせてください」

豪奢な調度をそなえた部屋にしばし沈黙が支配した。いつでも一度は相手を疑ってみるフレンチはこの新しい知りあいをこっそり観察していたが、この人物には、犯罪者らしい徴候は何ひとつないことをみとめざるをえなかった。しかし、うわべだけではわからないぞと自分に言いきかせ、満足な返事をしないかぎり、殺人当夜のフィッジョージ大佐の行動を調べてやろうと決心した。

「思いだしましたよ」とつぜん大佐は言った。「どこであの紙幣を手に入れたかを。たしかだとお受け合いするわけにはいきませんが、多分そうだと思います。わたしが大変な勘ちがいをしているのでなければ、あれはシャモニーのボー・スジュール・ホテルの支配人から受けとったものです」

「シャモニーですって?」フレンチはびっくりしてくりかえした。これは彼が全然予期しなかったことだった。

「そうです。わたしはこの六週間スイスとサヴォワに行っておりまして、二日前、正確に言いますと火曜日の午後、シャモニーをたちました。ジュネーヴから夜行の汽車にのり、つぎの朝はパリに着き、それから、昨水曜日の午後にチャリング・クロスに着いたのです。きょうは手紙を書いたり、読んだりして、昼食後、配当券と余分の現金をもって、銀行へ預けにいったのです」

「そうして、その二枚の十ポンド紙幣はどうなさったのです?」

「その二枚の十ポンド紙幣は、いまも申しましたように、シャモニーのホテルでもらったと思います。わたしは最初に予定していたより早く帰らなければならなくなりました。もうスイスにそれ以上滞在しないわけですから、外国貨幣はほんのすこしを残してポンドに換えてしまおうと思ったのです。ホテルで換えておいたほうが好都合ですし、それに、カレーや船の中では全部換えてもらえるとはかぎりませんからね。わたしはボー・スジュールの支配人にフラン貨を英貨に換えてくれとたのみますと、すぐに換えてくれたのです」

「しかし、その肝心の紙幣をその支配人から受けとったということがどうしてわかるのです？」

「わたしは十ポンド紙幣しか受けとらなかったのです。彼は五枚くれました。五十ポンド相当のフランを交換したものですから。わたしはたしかにそのほかにも英国の紙幣をもっていましたし、ここの家にもほかに紙幣はありましたが、わたしのおぼえているかぎりでは、その中には十ポンド紙幣はありませんでした。五ポンド紙幣と一ポンド紙幣だけでした」

大佐の話はそこまでだった。ほかにもたくさん質問してみたが、もうそれ以上役にたつことは何も聞きだせなかった。しかし、その紙幣はひょっとしたらほかの場所で手に入ったのかもしれないという口実を設けて、彼は大佐の海外旅行日程のうつしをもらいうけた。それによると、チャールズ・ゲシング殺害当夜、この旅人は、つぎの日、ゲンミ峠を徒歩でこすのにそなえて、カンデルシュテークのベル・ヴュー・ホテルで泊まったことになっていた。これは、もしそれを調べる必要が生じた場合は、調査できる点だとフレンチは心にとどめた。

タクシーを待たしておいたので、ロンドン市銀行出納係の住居を苦もなく探しあて、その家の夜ふけの客となった。しかし、この出納係からは、レディング支店の支店長が手紙ににおわせていたよりも、もっとはっきり、フィツジョージ大佐があの紙幣をもってきたことをおぼえていたのがわかっただけで、そのほかには何ひとつ新しいことはわからなかった。彼は、記憶にたよっているだけですがといいながらも、大佐が来店する直前に手元の金を点検しおわったばかりで、そのときは例の盗難紙幣は手元になかったといった。

レディング駅からロンドン行きの最終列車に乗って、喫煙室の片すみにすわったとき、フレンチ警部はかなり悲観的な気分になっていたが、翌朝、いままで調べあげたことがらを上司に報告したときもほんのちょっぴり元気になっていただけだった。フィッジョージ大佐がそれを銀行に払い込んだかどうかは確実に言えることはそれだけだった。盗難紙幣のうち二枚が見つかった。決してたしかではなかったし、まして、大佐が本当にそれをシャモニーのホテルの支配人から受けとったかとなるともっとあやしいものだった。しかし、かりに大佐の記憶が正確であったとしても、たいして役にたつわけでもなかった。今度はその支配人があの紙幣をだれから受けとったかをおぼえていそうもない。百歩をゆずって、もし彼がおぼえていたとしても、そうして、何かの奇跡でフレンチがその相手の人物を探しあてたとしても、十中八、九までその人物も無実であるということになりかねないし、まだまだ道は遠いということにもなりかねない。この紙幣の一件は失敗だったとフレンチは思い、上司にもそう言った。

しかし、偉い人は別な見方をとった。彼はさっきフレレンチが別の場合に言ったのと同じ言葉で答えた。

「うわっ面《つら》だけじゃわからないぜ」と彼は言った。「きみはこのいいチャンスを見逃して、しかもくよくよしているんだ。おれにはそう見えるな。しかし、そのホテルへ行って支配人に会ってみれば、思いがけないことがわかるかもしれないよ。もし泥棒がそのホテルに泊まったとすりゃ、宿帳をつけたはずだ。それを見たら何か手がかりがあるかもしれない。いいかね、そりゃおれもあまり期待はできまいと思う。しかし、希望が全然ないのよりは、すこしでもあるほうがいいだろう」

「それじゃ、シャモニーへ行ったほうがよいとおっしゃるのですか?」

「そうさ、費用はたいしてかかるまいし、何か手がかりがあるかもしれない。きみはあちらへ行ったことがあるかい?」

「ありません」

「じゃ、きっとたのしいぜ。きみの代わりにおれを行かしてくれりゃ御《おん》の字だ」

「ああ、それはたのしいでしょうが、結果があやふやなので」

課長はあっさりした、しかしやさしい微笑をうかべた。

「フレンチ、いつものきみはそんな途方もない悲観論者じゃなかったぜ。まあ、行ってみるんだね。そうして、最善を期してやってみるんだ」

フレンチは前の晩シャモニーとカンデルシュテークの位置を調べておいたので、ちょっとまわりみちをすれば、カンデルシュテークへ行くみちすがらシャモニーに寄ることが可能であることを知っていた。だから、彼は殺人の夜のフィッジョージ大佐の居場所についても気のすむまで調べてやろうと決心した。彼はこの人物を疑っていたわけではないが、たしかめておくに越したことはないと思った。

しかし、そのためにはもう少したくさん材料をあつめておくことが必要だった。できれば大佐の写真と筆跡見本を手に入れなければならない。時間はまだ十時になっていなかったから、彼はそういうものを手に入れ、午後の大陸行き列車に乗りこむことはできるだろうと考えた。

彼は十一時半にはレディングに戻っていた。彼は汽車の中で書いた手紙をタクシーの運転手にわたし、それをフィツジョージ大佐のところへもってゆき、返答を駅で待っている自分のところにもってきてもらいたいとたのんだ。この手紙はわれながら上出来とは思わなかったが、このときはこれが精いっぱいの苦心の作であった。その手紙に、彼は、おちかづきになってそうそうに御迷惑をおかけするのはまことに心苦しいが、例の盗難紙幣を入手されたというシャモニーのホテルの名を書いたメモを迂闊《うかつ》千万にも紛失してしまったので、もう一度その名前をお教えくださるよう、卒爾《そつじ》ながらフィツジョージ大佐のお手数をわずらわせたい、と書いた。

その手紙をもたせてやってから、彼は次の仕事にとりかかった。いつもの周到な観察眼で、彼は大佐の書斎の暖炉の上に大佐自身の写真がかかっているのを見つけ、それがレディングのゲール・アンド・ハードウッド写真館の撮影したものであることをおぼえておいた。タクシーの運転手からこの写真館の所在を聞いておいたので、彼はその写真のコピーを一枚手に入れるため、その写真館へ行った。

このほうは思いがけないほどうまくいった。ゲール・アンド・ハードウッド写真館では飾窓にその写真の焼増しが一枚出してあったので、それは五分後には警部のポケットにうつされた。駅に戻って待っていると、やがてタクシーの運転手が彼の手紙に対する返事をもって帰ってきた。

このほうも彼は運がよかった。運転手がフィツジョージ大佐の邸宅に着いたとき、大佐はいましもレディングへ出かけようとしていたところであった。運転手はフレンチの手紙を返した。その手紙の上に、しっかりした、武骨な手で「ボー・スジュール。B・L・フィッジョージ」と書いてあった。

写真と手紙を手帳の中にしまって、彼はロンドンに帰り、その日の午後二時にヴィクトリア駅をたって、第二回目の大陸旅行にでかけた。彼は以前にフランスとドイツへは行ったことがあったが、スイスへは初めてだった。で、彼はこの国のすばらしい山の景色が眺められるという期待に胸をおどらせた。

カレーに上陸し、税関を通って、レッチバーグ・サンプロン急行に乗りこんだが、生粋の英人気質《かたぎ》というやつで、何を見ても気にいらなかった。しかし、やがて汽車がアッベヴィルからアミアンにかけてのこころよい田園風景にさしかかり、素敵な食事が出されるころには彼の気むずかしさもいくぶんやわらいだ。そうして、上等の葉巻と、いままでめったにたしなんだことのないうまいコーヒーにはもうすっかり上きげんになって、昼から夜へのうつりかわりを眺めた。次の朝の六時半頃、いままでここをおとずれた無数の英人とおなじように、バールの長いプラットフォームにおりたって朝のコーヒーをのんだ。それからふたたび車中の人となったが、汽車がすすむにつれて、窓外の風景はますます美しくなりまさり、そうこうするうちに、やがてベルンをとおってシュピーツにさしかかった。シュピーツでトゥーン湖を見たが、この湖が本当にあの信じられないような色をしているのにおどろいた。ロンドンでスイスのポスターを見たときは、内心感嘆しながらも、こんな色の湖があるものかと鼻の先でせせらわらっていたのだが。いよいよフリューティゲン溪谷の中腹のループ線をぐるぐるはいまわりながら、汽車はカンデルシュテークにたどりついた。帽子に「ベル・ヴュー」の名をつけたポーターが目についた。車ですこし行ったところにホテルがあった。

彼は朝食をすませて支配人をよんだ。感じのいい人物で、彼の英語にはちょっぴりニューヨークなまりがあった。いや、いや、およびたてしたのは部屋のことではありません。今夜はここで泊まるわけにはいかないんです、とフレンチは遺憾の意を表した。暇になり次第またここへ来て、そのときは泊まらせてもらいますよ。しかし、いまは仕事がありますんでね。実は、支配人に内々の話があるんです、とフレンチは言った。わたしは実は探偵なんでして、……つまり、その、あなたの御援助を仰ぎたいというわけなんです。これがその紳士の写真なんですがね。

「なるほど、いや、よくわかりました。おや、これは」支配人はその写真を見たとたんに言った。「あのフィッツジョージ大佐の写真じゃありませんか。ロンドンからいらっしゃったあの英国紳士の。あの方はここにお泊まりになりましたよ。ええと、あれは、二、三週間前のことでしたかな。ちょっと宿帳を調べて参りましょう」

さらに質問をかさねるうちに、大佐がこのホテルに三泊し、殺人のあった日の翌朝早々、徒歩でゲンミ峠をこえ、ロイカーバートへ行くと称してホテルを出たことが明らかになった。

カンデルシュテークでの仕事が終わったので、フレンチはシャモニーへ行く次の列車を念入りに調べてみたが、あいにく、その日はもう列車がなかったし、長旅でつかれてもいたので、そこであくる日の朝まで滞在することに決心した。その日の午後は美しい溪谷の眺望にうっとりしながら時間をすごし、夜は窓の下を流れる渓流のせせらぎを聞きながら眠った。

次の朝、彼は南方行きの列車に乗った。延長九マイルのレッチバーク・トンネルをすぎ、レッチェンタールの荒涼たる原野やローヌ渓谷の雄大なくぼみに腹の底から敬服し、列車が目もくらむ千仭《せんじん》の断崖にそって走るのに驚嘆した。ブリーグで乗りかえ、ローヌ渓谷をくだり、マルチニーでまた乗りかえ、鼻にかかった物言いをする道連れの男が「えらく豪儀な旅だ」と称する列車で四時間もゆられ、ヴァロルシーヌ、アルジャンティエールを経てシャモニーに着いた。分水嶺をこえると、視界がぱっとひらけ、空高く渓谷の上にそびえる巨大なモンブランの山容に、彼は文字どおり息をのんだ。彼はいつか休暇をもらったらこの大山脈の圧倒的な景色の中で日をすごそうと心に誓った。

シャモニーで、歴史はくりかえした。彼はホテルに到着すると、大いに食欲をみたしたあと、支配人に面会をもとめた。ムッシュー・マルセルはカンデルシュテークの同業者とおなじように、礼儀作法を絵にかいたような人物で、フレンチの話に耳をかたむけていたが、手助けをたのまれた問題の性質をのみこむと、頭をゆすり、肩をすくめるばかりだった。

「それは困りましたな、ムッシュー」と彼は悲痛な声で言った。「お役にたちたいのは山々ですが、お役にたちようがございませんね。英国紙幣はざらに交換いたしますから……英国の紳士があの十ポンド紙幣をおもちになったことはおぼえております。なにしろ、わたしどもではフランス貨を英貨に換えてくれとたのまれるようなことはめったにございませんもの。ですが、英国紙幣をいただくことはしょっちゅうでございますから、あの十ポンド紙幣をどなたからいただきましたものやら、これはもう何とも申しあげようがございませんね」

フレンチは、大方そんなことだろうと予期していたのであるが、そうとわかるとやはり失望した。フィツジョージ大佐の写真を支配人に見せたところ、支配人はただちにそれは札を交換してさしあげた英国紳士であるとみとめた。しかし、それ以上のことは遂にわからなかった。

この糸口がぷっつり途絶えてしまったので、フレンチは宿帳を見せてもらい、筆跡の鑑定でもやってみようと決心した。しかし、その前に彼はファンデルケンプのことをたずねてみた。最近このホテルに泊まった客の中にそういう名の人物はいなかっただろうか？

支配人はそういう名をおぼえていなかったが、念のため、ホテルの者に命じて、記録を全部ひっくりかえさせた。これも無駄骨に終わった。そこで、フレンチはアムステルダムで手に入れたファンデルケンプの写真を支配人に手渡し、この写真の人物を見たことがあるかとたずねてみた。

今度はうまくいった。ムッシュー・マルセルは顔をかがやかせた。「見たことがあるどころじゃありませんよ、ムッシュー」彼は何度もうなずきながら叫んだ。

「そのお知りあいの方なら、四、五日ここに御滞在でございました。おたちになりましたのは二週間ばかり前のことでございます。ムッシュー・ハリソンはお国の中部地方の何とかいう町の方でございましょう？　その町の名前はおうかがいしたのですが、忘れてしまいました」

「その男です」フレンチは大よろこびで叫んだ。この思いがけない展開が無性《むしょう》にうれしかったのである。「わたしはその男を追いかけてきたんですよ。宿帳の書き込みをお見せいただけますか？」

ふたたび記録がひっくりかえされたが、フレンチはそれを見て完全な勝利のよろこびを味わった。彼は支配人の指さした「英国、ハダスフィールド、J・ハリソン」という書き込みとスホーフス氏にもらったファンデルケンプの筆跡をくらべてみたが、どちらもまちがいなく同一人の手で書かれたものであった。やっぱりファンデルケンプだったのだ！　もうこうなれば、彼が犯人であることは絶対まちがいない。

彼はしばし黙然とこの発見の意味を考えていた。ファンデルケンプが、ハリソンという偽名で、犯行の二日後の正午頃、このボー・スジュール・ホテルに到着し一週間滞在したあと、どこかへ高とびしたことはいまや明らかである。しかし、事はそこで終わっているのではない。突然、芝居じみた身ぶりで、支配人はもっと話すことがあるということを示した。

「そう言えば、こんなことを思いだしましたよ、ムッシュー」と彼は言った。「わたしはそのムッシュー・ハリソンに紙幣の交換をたのまれました。まったく、あのときのことは何もかもよくおぼえております。あの方のお勘定はかれこれ四、五百フランになりましたが、あの方はそれを英国の十ポンド紙幣でお支払いになったのです。現行の換算率でいきますと、三百フランほどお釣りをさしあげなければならなかったのですが、ちょうどそのとき、もう一枚の十ポンド紙幣を換えてくれと言われましたので、わたしはその分とあわせて千フランばかりおわたしいたしました。ですから、ひょっとすると、はっきりとは言えませんが、これはひょっとするとひょっといたしますね……」彼は肩をすくめ、両手をひろげて、たとえひょっとしてもそれはあたしのせいじゃない、運命のせいだと言わんばかりに、物問いたそうな顔つきで訪問者の顔をのぞきこんだ。

フレンチ警部は小躍りしてよろこんだ。これでどうやらこの事件にもけりがついた。アムステルダムでファンデルケンプが犯人《ほし》ではないかと思うだけの理由を見つけたのだが、いまやここでのっぴきならない証拠をおさえたのだ。彼は外交員に不利な、事件の要点をざっと思いうかべてみた。ファンデルケンプは犯罪を起こすに必要な、特別の知識をすべてもっている。彼はダイヤモンドの収集のことを知っていたし、ロンドン事務所の内部の事情に通じていたうえ、従業員の性格や習癖をよくのみこんでいた。彼は決して裕福ではなかったから、この知識は大いに誘惑であったろう。ここまでが一般的な根拠である。

それから、今度は細目である。事件を起こすためにはあの男をロンドンによびよせる手紙とか、何かそれに似た工作をする必要があったはずである。ところでその手紙は実在しているのだ。おまけに、それをタイプした機械はファンデルケンプの手のとどくところにあった。彼はスホーフス氏には、殺人事件の起こったあとでロンドンに到着するはずの列車で出発すると言っておきながら、実際にはもっと早い便でたったにちがいない。それなら犯罪をおかすのに充分間にあったはずである。こういう証拠は状況証拠ではあったが、かなり有力な証拠であった。しかし、それにくわえて、ファンデルケンプが何の説明もなしに社から姿を消し、殺人の二日後にシャモニーに着き、偽名と偽の住所で宿帳をつけ、しかも、デューク氏の金庫から盗まれた紙幣のうち二枚を支払ったとなると、ファンデルケンプの有罪はもうごかしがたいものとなる。彼の罪を信じないわけにはいかなかった。事実、フレンチ警部はこんな明白な事件にはめったにお目にかかったことがなかった。あとはもう、ファンデルケンプを見つけて逮捕してしまえばよいのである。

しかし、この勝利の興奮のまっただなかで、彼の運はまたもやつまずいた。あの男は一週間前にボー・スジュールを出発してしまっているし、支配人はどっちのほうへ行ったのか全然心あたりがないのだった。フレンチは自分の質問がきっかけになって、支配人が何か思いだしてくれるようなことがないともかぎらないと、あれこれ質問を重ねてみたが、むだだった。しかし、支配人は多少ともこのお尋ね者と接触のあった者をこころよくフレンチ警部の前によびあつめてくれた。そうして、ここでも、彼は行きとどいた調査のおかげで、まさしく彼の知りたいと思っていたヒントを得ることができた。

一人一人あたってみても、かんばしい結果が出そうもないので、もういい加減に切りあげようと思っていた矢先、フレンチは、ふと、ファンデルケンプの出発の日、だれ一人彼の部屋から彼の荷物を運びだしたという者がいないのに気がついた。フレンチは、そこで荷物を運びだしたのはだれかと単刀直入にきいてみた。さらによく調べてみると、受持ちの男がいなかったので、いつもは台所まわりの仕事をしている下ばたらきの男が代わりに運んだということがわかった。この男はファンデルケンプのスーツケースの上のレーベルを見たといった。それはバルセローナのあるホテル宛になっていた。その男はホテルの名前は思いだせないが、町の名前はたしかだとうけあった。

フレンチは支配人に礼を述べ、従業員に祝儀をはずみ、ヘッド・ポーターに手伝ってもらってシャモニーからバルセローナへの旅の準備をしおわったとき、これでもうサヴォアでの仕事はすんだと思った。彼はいい気持ちで寝につき、次の朝、早い汽車でスペインへ出発した。

6　バルセローナのホテル

フレンチ警部のように、プリマスやニュー・カスルへちょっと足をのばすくらいを大旅行だと思っている出不精《でぶしょう》な人間には、ヤン・ファンデルケンプのあとを追う西南フランス越えの旅行は自分がその上に生をうけ、その上をうごきまわっている地球というものの大きさなる概念を眼前に開いてみせてくれたようなもので、彼はいささか畏怖の念にさえとりつかれた。サヴォアからスペインへの旅ははてしない旅路と思われ、距離は信じられないほど遠いものに見え、彼自身と故郷の間のひろがりは際限のないものに感じられた。何時間も汽車の中に坐っていたが、そのあいだにもニレの木やカシの木の姿は見えなくなり、その代わりに糸杉やオリーヴがあらわれ、りんごの木はぶどうにかわり、小麦はとうもろこしにとって代わった。そうするうちに、二日目の日がくれて、汽車はバルセローナのフランシア駅にすべりこんだ。

シャモニーのボー・スジュール・ホテルのポーターは英語が通じると思われる二、三のホテルの名前を書いておいてくれたので、フレンチは駅を出てその書きつけをタクシーの運転手に見せた。その男は、最初は、うさんくさそうに紙片をちらっと横目で見たが、その意味がわかるとにっこり笑って何やらわからないことをべらべらとまくしたててタクシーのドアを開き、客を中へまねき入れ、エンジンをふかして夜の町へ走りだした。フレンチはいままで見たこともないような広い、あかあかと街灯のともった、まんなかにシュロの並木のある通りをつっ走っているらしいのを感じた。車はまんなかに記念碑めいたものの立っている大きな広場へ入ってそこを通り抜け、今度はやや狭い並木通りに入り、やがてぐっと歩道へ横づけになると、フレンチはめざすオリエント・ホテルに着いていた。

うれしいことに、ヘッド・ポーターは英語ができた。フレンチは彼にたのんでタクシーの運転手と話をつけてもらった。まもなく、彼は豪華な風呂と食事のおかげで、旅の疲れを忘れはじめた。

一日分の仕事はもうやりすぎるくらいやったという気がしたので、葉巻でくつろいだあと、ややあってホテルの前の、並木と明るいアーク灯のある広い街路に出た。彼はこのとき、このゆるやかな坂になっている通りが、ロンドンのピカディリーや、パリのシャンゼリゼーや、ニューヨークの五番街とおなじように世界的にその名を知られているランブラ通りであることを知らなかった。一時間ほど散歩したあと、くたくたに疲れはててオリエント・ホテルに戻り、数分後には夢ひとつ見ない深い眠りにおちいった。

あくる朝はやく、彼はやはり英語のできる支配人と同席した。しかし、支配人も従業員もフレンチの知りたがっていることを教えることができなかったので、フレンチはオリエント・ホテルにかんするかぎり、からくじをひいたことをみとめた。しかたなく、彼は他のホテルを物色しはじめた。大きいほうからはじめて、カタルーナ広場のコロン・ホテル、クアトロ・ナシオーネスなどといったところをあたり、それからもうすこし小さいホテルへ行ってみた。ところが四番目のホテルで、彼はとつぜん思いがけない光景にぶつかり、はっとしてたちどまった。

そのホテルは、彼が昨夜車でとおった海岸《パセオ・デ・コロン》通りからすこしわきに入った小さい通りにあり、入口の扉を入ると休憩室になっていた。その中に昼食を待つらしい人が六人ばかりやすんでいた。一人だけをのぞいて他の人々は明らかにスペイン人だったが、そのたった一人の例外こそは、フレンチは誓ってもいいと思ったが、あの写真の主だった。

こういうめぐりあいこそ彼の待ちのぞんでいたことだったのであるが、警部は思わずあとじさりした。しかし、彼のためらいは一瞬だった。すぐさま彼は休憩室のうらの小さい事務室に行き、英語で言った。

「昼食をやりたいのですが、すぐできますか？」

黒目、黒髪の小娘が出てきた。愛想のいい顔だが、さも困ったように頭をふり、何やらぶつぶつ言ったのは、どうやら、あたしはあなたのおっしゃることがわかりませんとでも言ったのだろう。

「英語がおわかりじゃないの、お嬢さん？」探偵は大きな声で、非常にはっきりと言葉をつづけた。「わたしは昼食ができるかと言っているんですよ。昼食はすぐできますか？」

小娘がやっぱり頭をふっているのを見て、フレンチは休憩室のほうをふりむいた。

「恐れ入りますが」と彼はその場にいあわせた人全部によびかけた。「どなたか英語のおわかりになる方はいらっしゃらないでしょうか？　この若い御婦人はわたしの言うことがおわかりになりませんので」

この小さい計略は図にあたった。ファンデルケンプに似た男がやおら立ちあがった。

「わたしは英語ができます」と彼は答えた。「何をお望みですか?」

「昼食をとりたいのです」とフレンチは答えた。「すぐ間にあうかどうか知りたいのです」

「わたしが代わって御返事しましょう」相手は小娘にわけを説明してから、言った。「昼食はかっきり五分間でできます。外来の方でもいつも歓迎していますよ」

「ありがとうございました」フレンチはのんびりした、話好きらしい調子で言った。「わたしはオリエント・ホテルに泊まっているものです。あちらには一人、二人英語のできる者がいるのですが、用件があってこっちのほうまで来てしまい、昼食のためにわざわざホテルまで帰るのもどうかと思いましてね。いや、まったくこの言葉というやつは困ったものです。ちょっと何か話しかけようというときは大弱りですよ」

「まったくですね」と相手はうなずいた。「大きいホテルですとフランス語か英語が通じるものですが、小さいところじゃ皆目通じません。このホテルでもフランス語のちょっぴりわかる給仕が一人おりますが、英語もイタリア語もドイツ語もだめなんです。スペイン語さえろくに話せないのがおりますからね」

　フレンチはもっと大きい問題に心をうばわれていたが、これには興味をもった。

「スペイン語もですか?」と彼はききかえした。「どういう意味ですか? スペイン語でないとすると何語を話すのです?」

「カタロニア語です。ここは御承知のようにカタロニアですから、人種も言葉もスペインの他の地方とはちがいます。ここの連中は南のほうの連中よりもっと活気があり、進取の気象に富んでいます」

「それはちょっとアイルランドに似ていますな」フレンチは言った。「わたしはベルファストにも南部にも行ったことがありますが、やはりおなじことが言えますね。もっともダブリンは立派な町であることにまちがいありませんが」

彼らは人種の話、言葉の話、どこの国でも北のほうほど人間が勤勉だというような話を時計の針が正午をさし、昼食の時刻になるまで語りつづけた。このときフレンチは待望のきっかけをつかんだ。初対面の男は食事を共にしようと申し入れたのである。

警部は愛想のいい態度をくずさず、食事がすんだあと、休憩室の人影のない片すみへコーヒーと葉巻に相手をさそった。そこで、もう相手が警戒をといた頃だと思い、会話がちょっと途絶えたのを潮に新しい話題をもちだした。

「まったく世間にはいろいろな職業があるものですな」彼はコップに二杯目のコーヒーを注ぎながら感慨深げに言った。「ところで、もしあなたがわたしの商売とわたしが何しにここに来たかをお当てになったら十ポンド紙幣を一枚賭けてもいいですよ」

相手は笑った。

「実を言うといまそれを考えていたところですよ」と彼は白状した。「賭けても負けそうです。わかりませんよ」

「よろしい。それではお話しいたしましょう。もっともわたしどもの商売は普通はあまり話さないものなんですが。わたしはスコットランド・ヤードの警部です」

そう言いながらフレンチは相手の顔を見つめた。もし、これが彼の探している男なら、フレンチ警部と聞いたとたんに何か感情をおもてにあらわすだろうという確信があったからである。しかし、彼の思惑《おもわく》ははずれたらしかった。彼の新しい知りあいはまたしても笑いだした。

「それなら、わたしの負けでしたよ。そんな御職業とは夢にも思いませんでしたからね」

フレンチは観察をつづけ、今度はもっとしかつめらしい態度で語をついだ。

「本当なんです。そうして、いまかなり重要な用件でここに来ているのです。ロンドン旧市内《シティー》で殺人強盗の罪を犯した犯人を追っているのです。まったくひどい事件でしてね。その男はハットン・ガーデンのダイヤモンド商の支配人を殺害し、金庫の中身を盗み、何万ポンドだかの宝石をもって逃げたのです」

フレンチの話がはじまったばかりのときは、見知らぬ男はありきたりの好奇心をたいして出ない程度の気持ちで彼の話を聞いていたが、ハットン・ガーデンのダイヤモンド商というくだりにいたって、はっと坐りなおし、聞き耳をたてた。

「ハットン・ガーデンですって？」と彼は聞きかえした。「それは奇妙な一致ですな。いや、なに、わたしはハットン・ガーデンのダイヤモンド商のものですからね。あの辺の人ならみんな知っていますよ。で、殺されたのはだれなんです」

フレンチ警部はわけがわからなくなった。この男がファンデルケンプであることに疑いはなかったが、どうやらこのファンデルケンプが犯人でないのか、それともこの男が途方もない名優であるのか、どっちかである。この男の様子をもうすこし探ってみようと思い、彼は返事をすこしそらせた。

「あなたは御存じなかったのですか？」彼はさも、びっくりしたふりを装ってたずねた。「あなたはいつから便りをお受けとりになっていないのです？」

「店を出てから手紙らしいものは一本ももらっていませんよ。もうかれこれ三週間も前からですが。正確に言いますと、先月の二十五日このかたずっとです」

「二十五日？　いや、これも偶然の一致ですな。気の毒なゲシング老人の殺されたのはちょうどその晩ですよ」

ファンデルケンプは急に体を硬直させ、ひじかけ椅子の腕の上で手を握りしめた。

「何ですって？」と彼は叫んだ。「まさか、デューク・アンド・ピーボディ商会のチャールズ・ゲシングのことじゃないでしょうな？」

いまはかくそうともしないで、相手の様子をじっと見つめていたフレンチはその問いにうなずいてみせた。

「その人ですよ。では、あなたは被害者を御存じだったのですか？」

「知っていましたとも。それはわたしの会社ですよ。おどろきましたね。あのゲシング老人が殺されたとは！　で、あなたはいま金庫がやられたとおっしゃいましたね？　まさかデューク氏のダイヤモンドの収集がやられたのではないでしょうね？」

「全部やられたのです。それから金《かね》もです。犯人はごっそりもっていってしまいましたよ」

ファンデルケンプはいまいましそうに口笛をふき、悪態をついた。

「そのことを話してください」

フレンチはますますわからなくなった。外交員の態度、彼のおもてにあらわれた感情、質問など――どれもこれも無実の人間のそれのように見えた。彼は心に疑問がうかんでくるのを感じた。ひょっとしたら、これには何かわけがあるのかもしれない……彼は返答をさしひかえ、何とかして相手をおどろかせ、泥をはかせるうまい方法はないものかと思案をめぐらせた。

しかし、ファンデルケンプも何やら考えていたらしく、突然、ひどく心配そうな顔をした。彼は何か言いたそうなそぶりを見せたが、ちょっとためらった。彼の目に用心深い色があらわれた。それから、せきばらいして、今度はちがった口調でたずねた。「それは何時《なんじ》ごろのことでしたか？」

フレンチはとっさに身を前にかたむけ、相手を見据えながら、低い緊張した調子で言った。

「それはわたしのほうからお尋ねしたかったことですよ、ファンデルケンプさん」

その男は愕然とした。彼は返事をしなかった。用心深い目つきがどうにもならない心配にかわり、それは時がたつにつれて次第に深まっていった。ついに彼は口を開いた。

「警部さん、いまあなたのおっしゃったことから、ここであなたにお目にかかったのが、はじめわたしの考えていたように、偶然の出来事ではなかったということにようやく気がつきましたよ。あなたはわたしが犯人だと思っていらっしゃるんですね。わたしは事件がどういうふうになっているのか知りませんし、何の証拠があってわたしに嫌疑をおかけになるのかもわかりませんが、わたしが絶対に無罪だということはいますぐでも申しあげられますし、だいいち、わたしはたったいまあなたのお話をうかがうまでそんな犯罪が起こったということすら知らなかったのですよ。わたしは自分の身のあかしをたてるために何でもあなたにお話ししますし、どんな御質問にもお答えしますよ。あなたが信じてくださるかどうか、わかりませんが」

フレンチはうなずいた。たしかに、この男がもし犯人であったとしたら、これは稀代の名優だろう。しかし、すくなくとも、この男が犯人ではないかもしれないということだってありえないことではない。そこで、フレンチはこんなふうに答えた。

「わたしはあなたが犯人だと言っているのではないのです、ファンデルケンプさん。しかし、ちょっと説明を要するような疑わしい状況があるのです。あなたがそういう状況を全部ちゃんと説明してくだされば結構なことだとは思っていますがね。ここでちょっと御注意申しあげておきますが、もし説明がおできにならない場合は、あなたの逮捕もあり得ないことではありません。そうして、その場合は、いまあなたのおっしゃることはすべてあなたに対する証拠として使われるかもしれませんよ」

ファンデルケンプはこのときまでにひどく落着きを失っていた。彼の顔はあおざめ、何だかひきつったような、憔悴したような表情をうかべていた。ちょっとのあいだ、彼はだまって考え込んでいた。それから急にくよくよしていてもしかたがないといったようなそぶりで話しはじめた。

「わたしの知っていることは洗いざらいお話ししますよ、警部さん」と彼は思いつめたように言った。「あなたがわたしを逮捕しようとなさっているのに、そんなことをしてはたしていいのかわるいのか、わたしにはわかりません。しかし、これだけは誓って申しあげますが、わたしの言うことは文字どおりの真実なのです」

彼は警部を見た。警部はわかったというふうにうなずいた。

「もちろん、わたしはあなたにああしろ、こうしろと口出しすることはできませんよ、ファンデルケンプさん」と彼は言った。「しかし、やっぱりわたしはあなたが賢明なことをしていらっしゃると思いますね」

「よわりました」とファンデルケンプはつづけた。「わたしはあなたが御承知のいきさつをほとんど何も知らないのですからね。ですから、むしろ、あなたのほうから質問してくださったほうがよくはないでしょうか？」

「質問はいたしますが、その前にあなたのお話をうかがいたいのです。わたしはあなたのお名前や会社での地位などは知っています。それから、スホーフス氏が先月の二十一日に、スエーデンで重要な仕事があるからあなたをロンドンによこすようにという一通の手紙を受けとったことも知っています。それから、あなたがキンケルストラートの下宿を二十四日の晩の八時三十分に出発なさったこともわかっています。わたしはそれからあとのあなたの行動についてもまだこの他にいくらかの事実を知っていますが、それはいまのところお話しする必要はないでしょう。いまわたしがあなたにしていただきたいことは、あなたが下宿を出られてから現在までのあなたの行動を細大もらさずにお話しくださることです」

「お話ししましょう」ファンデルケンプは何とかして身のあかしをたてようとして熱心な口調で

言った。「しかし、わたしがお話ししなければならないことで、時間の点から言って、他のことより先にお話ししておかなければならないことがひとつあります。多分、もうデューク氏からお聞きになったことと思いますが、とにかく、わたしからもお話ししておきましょう。つまり、わたしのロンドン行きにかんする追加の指令のことなのです——個人的な指令です。あなたはその写しを御覧になりましたですね？」

いつでも用心深いフレンチはしかとは返事をしなかった。彼は相手が何のことを言っているのかわからなかったが、ただこんなふうに言った。「ファンデルケンプさん、わたしがそれを見なかったことにして話をつづけてください。どちらにしても、わたしがあなたの陳述をわたしのもっている資料と照らしあわさなければならないことははっきりしていますからね」

「では、多分あなたはそのことをもう御承知だとは思いますが、わたしはわたしのロンドン行きについて追加の指令を受けとったことをお話ししておきましょう。デューク氏はわたしの下宿のほうへ個人的な手紙をよこし、こんなことを言ってきたのです——ここにその手紙がありますから御自分で御覧になってください」

彼は手帳の中から一つの封筒をとりだしてフレンチにわたした。封筒の中には、スホーフス氏のところへ来ていた偽手紙とほとんどおなじような外見の手紙が入っていた。その文面は会社の安物のメモ用紙の上におなじ活字、おなじリボンの色でタイプしてあった。レンズでしらべてみると、nとgにおなじような欠陥があり、署名は明らかに偽造だった。つよいタッチで叩いてあるので紙の裏まで字がくいこんでいる。明らかに二通の手紙は同一人物がハットン・ガーデンのタイプライターで叩いたものにちがいない。文面は次のようになっていた。

「前略、今月二十六日水曜日の午前中に貴下にここへ来ていただく件にかんするスホーフス氏あての通信に対する追伸ですが、貴下にお願いしたかった用件は最初わたしが考えていたより緊急を要することになりましたので、貴下にお目にかかる時間をくりあげていただき、そのあとすぐロンドンからパリへ——ストックホルム行きではありません——出発していただきたいのです。わたしは今月二十五日火曜日の夜、食事をすませて事務所に戻りますから、貴下がその日の午後八時三十分に来てくだされば幸甚です。そこで用件をお話しいたします。この時間ですと、サザンプトンとル・アーヴル経由パリ行きの九時三十分の汽車に間にあうはずです。問題の用件は特に秘密を要しますので、計画の変更を誰にも口外しないよう、折入ってお願いする次第です。

草々

R・A・デューク

ファンデルケンプ殿」

フレンチ警部は非常に興味をおぼえたが、この手紙が証拠としてはいっこうに要領を得ないのが癪の種であった。この手紙がファンデルケンプの言うように、デューク氏から彼のところに来たものなら、彼は犯人ではないかもしれないし、彼が自分で書いたものなら、彼が犯人にまちがいない。今度はたしかにロンドン東中央郵便局の消印と正しい日付のついた封筒がそえられてあったが、それにしても、その封筒が本当にその手紙の封筒であるという証拠はない。こんな点が警部の頭をかすめたが、彼はそんなことはあとでゆっくり考えることにして、ふたたび相手に話しかけた。

「この手紙を拝借してよろしいですね」と彼は言った。「どうぞ話をつづけてください」

「わたしはこの手紙の指示どおりにやりました」ファンデルケンプはふたたび話しはじめた。「時間が変更になりましたので、二十四日の夜の汽車でアムステルダムを出発しなければならなくなりました。そうして、あくる日はロンドンのホテルで寝てすごしました。晩の八時三十分にわたしは旅行鞄をもってハットン・ガーデンに着きました。おもての事務所のほうはまっくらでしたが奥の部屋の入口から光がもれていました。部屋の中にはゲシング氏が一人でいました。あの人はわたしに、入って扉をしめるように言いましたので、わたしは言われたようにし、来客用のひじかけ椅子に腰をおろしました。ゲシング氏は空いていたデューク氏の机のところに坐っていました」

「金庫はあいていましたか?」

「いいえ。それにわたしのいたあいだにも金庫はあけられませんでした。ゲシング氏の話では、デューク氏が自分で来てわたしと話をすることになっていたが、土壇場になって来られなくなったので、ゲシング氏を代わりによこしたのだということでした。デューク氏はコンスタンチノープルの、ある信頼のおける周旋人から、一人のロシア旧貴族が家の宝石をもってボルシェヴィキの手をのがれ、いまその旧貴族が手元の宝石全部を適当な値段で売りたがっているという報告を受けていたのです。その旧貴族は、以前は、ウラル地方に領地をもつセルギウス公爵だったとかで――その地名は二階のわたしの手帳にひかえてあります――いまはフランツィスコ・ロートという名のポーランド人に化けているのだそうです。その宝石の収集はとびきりすばらしいものだそうで、デューク氏は元値の三分の一か、あるいはもっと安い値段で買いとれると信じていました。

デューク氏は周旋人を通じてその公爵に近づき、取り引きを申し入れました。しかし、困ったことに、ソビエト政府が公爵の逃亡を知り、その公爵を逮捕しようと躍起になっているのです。ソビエト政府の手先はヨーロッパのすみずみまで探しまわっているので、ロートは戦々兢々なんです。なにしろ見つかったが最後ですからね。ゲシング氏もはっきり言っていましたが、ひょっとしてわたしが宝石の買い取りに成功したとしても、その宝石を社にとどけてしまうまではわたしの生命は風前のともしびみたいなものです。ゲシング氏は、そういうわけでデューク氏もわたしの手数料を思いきりひきあげる気でいると言い、この仕事をひきうけてくれるかどうかたずねました」

「で、ひきうけたのですか?」

「さあ、あなたはどうお考えになりますか? もちろん、わたしは承知しました。わたしはもっと詳しい話を聞かせてくれるようたのみました。するとゲシング氏はそれを話してくれました。わたし自身の安全とロートの安全のため、わたしはいままでにない用心をしなければなりませんでした。わたしの名前はヨーロッパじゅうの業者仲間に相当知れわたっていますから、ソビエトの手先にも知られているにちがいありません。そこで、わたしは偽名をつかうことになりました。

わたしはジョン・ハリソンというハダスフィールドのブリキ製造業者になりすましました。何か連絡したいことが起こったら、事務所に直接報告をおくらず、ハムステッドのデューク氏の家の近くに住む友人のハーバート・ライオンズ氏を通じて連絡することにきまりました。手紙を書く場合は、よほど注意ぶかく文面をこしらえて、万一わたしが疑われ、手紙が盗まれるようなことがあっても、取り引きに影響がないようにすることを申しわたされました。わたしへの指令はハリソンあてとし、社名の印刷してない普通の用紙をつかい、いまお話ししたのとおなじような注意をはらって文面を工夫することになっていました。ゲシング氏は折合いのついた金額を打電するための暗号表をくれました。金は特別の使者がわたしのところにもってきてくれることになっていました。といっても、それは取り引きが成立したときの話ですが」

ファンデルケンプは言葉を切り、警部を見やった。しかし、相手が口を緘したままなので、話をつづけた。

「ロートはコンスタンチノープルに身をかくし、西のほうに逃げる算段をしていたそうです。彼はそうするためには陸路がいいか、船がいいか迷っていました。陸路トルコから脱出できればダニューブをさかのぼってオーストリアからスイスに入り、最後にシャモニーのボー・スジュール・ホテルにたどりつくことができるでしょう。それができない場合は、船で脱出するより他はありません。イタリアのゼネラル海運会社のどの船かに便乗してジェノアに行き、そこからバルセローナに来て、ゴーメス・ホテル、つまりこのホテルに来るというわけです。彼はコンスタンチノープルにいる例の友人を通じてデューク氏に、もし自分が四日までにシャモニーに姿をあらわさなかったら、自分はボルシェヴィキの罠にかかったか、または海路バルセローナにむかったかのどちらかだと伝えてきました。ですから、わたしの任務は、まず、シャモニーへ行き、ボー・スジュールに投宿して、四日まで、フランツィスコ・ロートと名のる背の高い、色の白い、髪の黒い男があらわれるのを待ち、その日までにその男があらわれない場合はボー・スジュールをひきはらって、ここに来るということでした。ここで二週間待ち、それでもその男のことを耳にしない場合はコンスタンチノープルへ行ってデューク氏の周旋人に会い、ロートがどうなったかを探ることになっていました」

「で、その任務を実行に移されたのですか？」

「そうです。わたしはシャモニーへ行き、あそこに一週間いました。それらしい人物があらわれませんでしたので、わたしはこちらへまわり、それからずっとここで待っていたのです。わたしは明日にもコンスタンチノープルへ行くつもりでした」

フレンチは葉巻の吸殻をすて、新しいのをえらんだ。

「そういう旅行は金がないことにはできませんね」と彼はおもむろに言った。「そっちのほうはどうなっているのですか？」

「ゲシング氏は十ポンド紙幣で百ポンドわたしてくれました。二枚はシャモニーで交換しましたが、残りの八枚はポケットに入れたままです」

「それを見せていただけませんか？」

ファンデルケンプはすぐに応じた。警部の思ったとおり、その八枚の紙幣は金庫から盗まれた紙幣の一部だった。彼はまた質問をはじめた。

「あなたはハットン・ガーデンの事務所へ八時半頃着いたとおっしゃいましたね？」

「そうです。それから、事務所を出たのは九時頃でした。わたしの用件は半時間たらずで片づいたのです」

「で、ゲシング氏しかいなかったとおっしゃいましたね？」

「ほかにはだれもいませんでした」

フレンチはひょっとしたら自分が逮捕することになるかもしれない相手に葉巻を一本すすめ、だまりこくったまま、考え込んでいた。脱出したロシア人の話がはじめからしまいまでつくり話であることは疑いなかった。話自体が眉つばものであるばかりでなく、この話の出どころですでに馬脚をあらわしている。ファンデルケンプの話だと、ゲシング氏はその話をデューク氏に聞いたことになっている。そうして、はじめはデューク氏が自分で彼、ファンデルケンプにその話をしにくるはずだったところ、何か予期しない事情にさまたげられて、それができなくなったのだということになっている。これも明らかにつくり話であった。しかし、そんなことをこの話の中に挿入した理由そのものは明白だった。それがないことにはこの話に権威がなくなってしまう。デューク氏の名前を持ちだすことは、スホーフスとファンデルケンプに対する指図の手紙にデューク氏の署名に似せた署名を付することが必要だったのとおなじように、この計画の重要部分だったのだ。

しかし、そこまではフレンチも自分の仮定にまちがいないという気がしていたのであるが、それから先ということになると、例の偽造手紙のときとおなじ難問が前途にたちふさがって、二進も三進もいかなくなるのだった。ゲシングが犯人で、疑惑をファンデルケンプにむけるためにこんなこみいった筋書きをでっちあげたのであろうか？　それとも、ファンデルケンプが犯人で、こんなつくり話も、犯行後の足どりをうまくごまかすための計略なのであろうか？　これは実に難問だ。フレンチは坐りこんだまま、何とかうまい試験方法がないものか、獲物がぬけだすことのできないような罠はないものかと思案にふけっていた。

しばらくはまるでいい知恵がうかばなかったが、やがてためしてみてもいいような名案が頭にうかんだ。二通の偽手紙のタイプから何か手がかりがえられるかもしれない。ファンデルケンプはタイプがうてるだろうか？　もしうてるとしたら、彼のタッチは軽いだろうか、つよいだろうか？　フレンチは相手のほうにむきなおった。

「犯行のあった晩の、ロンドンでのあなたの行動を手短に文章にしていただけませんか？　あなたのおいでになったいろいろな場所をあげていただいて、そこに到着した時間とか立ち去った時間などを書いていただきたいのです。タイプはおできになりますか？」

ファンデルケンプは血の気のうせた顔に微笑をうかべた。

「できると思います」と彼は答えた。「わたしは四カ国語でタイプも速記もできます。しかし、ここにタイプライターをもってきていませんので」

「事務所で借りてください」フレンチは相手の腕前に賞賛の言葉をのべてから、そう言った。

そのためにはわざわざ事務所へ行かなければならなかったが、ファンデルケンプは警部の気まぐれに服従しなければならないという気持ちから、事務所に君臨している物憂げな、黒目の美人のためらいをやっとの思いで口説きおとし、タイプライターをかかえて意気揚々とひきあげてきた。十分後にフレンチは彼の足どりを記入した時間表を手にしていた。

彼は即座にファンデルケンプが腕のいいタイピストであることを見てとった。軽い、確実なタッチであざやかに文字をうちだしているが、紙はへこんでいなかった。それはファンデルケンプに有利な点であった。これだけで断定することはできないけれども、そうかといってこれを無視することは決してできないことであった。

フレンチ警部は首をかしげた。彼の経験から言えば、この世の中には、普通の、あたりまえの、明白なことが起こるべくして起こるのである。犯罪の行なわれたとおぼしき時刻に犯罪現場をひそかにおとずれ、その後、ある不思議な、ありそうもない使命を帯びて——その使命をさずけたということになっている当の本人がその事実を否定しているような使命を帯びて出国し、しかもポケットの中に犯罪現場から盗みだされた紙幣をもっている人間がいたとすれば、こんな人間は普通の、散文的な、日常の生活では当然犯人とみなされるだろう。これは常識であるとフレンチは思った。そうして、常識というものは百のうち九十九までは正しいのだと彼は思った。

しかし、残りの百番目の機会というものも常にあるのだ。不可能と見えることや偶然の一致がときとして実際に起こるのだ。もしこの場合が法則そのものを証明する除外例であることがわかったら、彼はその場でいくら出しても惜しくはなかったろう。

彼は自分のたてた第二の解釈が多少無理なところはあるけれども、やはり全然あたっていないともいえないと思った。たしかにファンデルケンプのほうがうまくだまされているのかもしれない。真犯人が別にいて、ファンデルケンプが現にいまかぶせられている嫌疑を彼に着せ、本物の犯行のあとをくらませることを目的として、彼にこんな雲をつかむような使命をあたえたのかもしれない。かなりたくさんの事実がそのことをにおわせている。偽手紙を出したこと、スホーフスにその取り引きなるものをかくしていること、ロシアの貴族がどの会合場所にも姿を見せなかったこと、偽名で旅に出したこと、それから、これは決してゆるがせにできないことだが、会見中のファンデルケンプの態度など、こうしたことはすべてたしかにこの外交員がひとつの大がかりな、偽の手がかりをつくりだすためにつかわれたという考えを裏書きしている。

もしもそうなら、なんというひどい罠をこの不幸なお人好しにしかけたものだろう。フレンチは何のためにそんなことを企んだのかわかるような気がした。ファンデルケンプはこの不思議な旅行の途中で——コンスタンチノープルにいるデューク氏の代理人のところまで行けば確実に——殺人事件の起こったことを知るだろう。そのとき、彼は、ただちに、自分がいかに犠牲に供されたかを悟るだろう。詳細を知れば知るほど、自分がいかにまんまと罠にはめられたかを思い知るだろう。彼は英国に帰って真相を話してみたところで、自分の冤罪《えんざい》をそそぐことは到底できないと観念するだろう。そこで、彼は見せかけの高飛びを本物にかえ、そうすることによって、自分が真犯人であることを暗黙のうちに、未来永劫認めたことになるだろう。何と巧妙に仕組んだ罠ではないか。そうして、これが本当にいままで見てきたような不可解な諸事実の裏面であったとすれば、それを考案した人間の性格や頭脳の程度もまたおのずから察せられようというものだ。

フレンチはその話が本当であるとはとても思えなかった。しかし、全体としては、たしかに外交員の逮捕と引き渡しをもとめてもいいだけの証拠を握っているけれども、できればそういう手段はとらないほうがいいと思った。もし相手が行方をくらまそうとしても地元の警察がすぐに彼を逮捕するだろう。そういうわけで、彼はふたたびファンデルケンプのほうに向きなおった。

「ファンデルケンプさん」と彼は話しはじめた。「わたしは大いにあなたのお話を信じたいという気持ちになっています。しかし、あなたも世故にたけた方《かた》ですから、あなたのお話を額面どおり承認するにはもっと完全な調査が必要だということはおわかりいただけると思います。で、問題はですね、あなたがわたしといっしょにロンドンに戻って、真相究明の手助けをしてくださるかどうかということです。英国に着いたとたんにあなたが逮捕されないというお約束はできませんが、あなたが公平な取り扱いをうけ、あなたの無罪を証明するためのあらゆる機会と援助をお受けになれるだろうということはお約束いたしますよ」

ファンデルケンプは返事を躊躇しなかった。

「まいりましょう」彼は即座に言った。「わたしはあなたがもしそのおつもりなら、スペインの官憲に申しでて、この場でわたしを逮捕することもおできになることがよくわかっています。ですから、わたしは得手勝手を言っていられません。で、わたしは、とにかく、あなたと御同道いたしましょう。わたしは何も法に照らしてやましいことをしていませんし、恥ずべきこともしていません。こうなっては、わたしの無実がわかっていただけるまで気持ちが落着きません」

フレンチはぐっとうなずいた。

「もう一度申しあげますが、あなたのなさり方は賢明だとわたしは思います。それでは今夜のパリ急行でまいりましょう。その前に、郵便局までごいっしょ願って、本庁に電報をうつのをてつだってくださいませんか」

翌々日の朝、二人はロンドンに到着した。デューク氏は話を聞いて、当然のことながら、あきれかえったが、詳しい事実を知ると、ファンデルケンプは未知の一人、あるいは数名の人物にうまうまとたぶらかされたものであるという意見をのべた。フレンチの直接の上司であるミッチェル捜査課長もこれと同意見であったのがなによりだった。そういうわけで、ファンデルケンプは日夜尾行をつけられはしたが、逮捕はまぬかれた。フレンチは彼の生活や環境を調査してみて、ちょっと首をかしげたくなるような暗いところがあったけれども、犯罪の証拠は何ひとつないことを知った。のみならず、消え失せた宝石はひとつも彼のところからはでてこなかったし、盗まれた紙幣も彼が話していたものをのぞいて一枚も発見できなかった。

またしても、新しい事実が何ひとつあらわれないままに日はすぎてゆき、時がたつにつれてフレンチはいらだちと落胆にとりつかれた。と、そのとき、彼の注意をまったくこれまでとは違った方面に向けさせるような事件が起こり、彼はふたたび新しい手がかりについて新たな希望と熱意をもって取り組むことになった。

7　結婚式をめぐって

フレンチ警部は、事件の捜査がまったく行きづまったと感じたときは、いつでもその事件の諸状況をあますところなく細君に話してきかせることにしていた。気の毒な細君は彼女の魂のよろこびとしている家事という神秘な任務からひきはなされ、しおしおと縫い物を手にとり、長椅子の片隅に静かに腰をおろす。すると、彼女の主人であり、関白であるフレンチは大またに部屋の中を歩きまわって、彼の前提をのべ、そこから仮借ない論理をとおして議論をすすめ、すくなからず身振りをまじえながら、自分のもっている材料をふるいにかけ、整理し、それをふたたびはじめから述べたてるといったふうにやる。……ときどき、話の途中で彼女が口をはさむこともあり、また何も言わないこともあった。彼女はしょっちゅうピアノのそばの小机を蹴倒《けたお》さないように夫に小言を言い、心の中ではいつも絨毯のまだすりきれていないところを歩いてくれればいいのにとはらはらしていた。しかし、夫の話にはよく耳をかたむけ、ときどき、まとまった意見をのべた。フレンチの表現によると彼女は「そういう見方をとる」のであった。いままで一再ならずそういう見方が問題点に新たな光を投じ、それはいままでにすくなくとも二つの事件で正しい捜査の線を指し示し、結局は謎を解く鍵になったのであった。

警部は、スペインから帰国した次の日の晩に、ハットン・ガーデン事件の要約と称して要約どころのさわぎではない長広舌を細君にふるっていた。彼女はいつもより注意ぶかく耳をかたむけていたが、やがて彼は細君がひとつの「見方をとった」ことがわかった。

「わたしはそのお気の毒な御老人がわるいことをしようとしていたとは思いませんわ」と彼女は言い切った。「お亡くなりになったからって、その方の御気性をないがしろにするのは恥ずかしいことだわ」

フレンチは部屋を歩きまわるのをやめて、ぐるりとふりかえった。

「しかし、わたしはあの老人の気性を無視しているわけじゃないよ、エミリー」彼は背後から不意打ちをくらったことに腹をたてて、言いかえした。「わたしはただわかっている範囲ではあの老人が鍵の型をとることのできた唯一人の人物だったと言っているだけだよ。かりにそうとしたら、彼は金庫の中身を盗もうとしていたことになる」

「そうかしら。わたしはあなたがまちがっていると思うわ」彼女はそう断言し、彼の論法とおなじくらい仮借ない論法で言葉をつづけた。「だって、もしその御老人が金庫の中身を盗もうとしていたのなら、その人はあなたのおっしゃるような人じゃなかったということになるわ。だから、その人は金庫の中身を盗もうとしていたのじゃないわ。あたしはそう思うわ」

フレンチはいささかぐらついた。それは彼が最初からみとめていた難点だったが、彼はいままで、それをじっくり考えてみたことがなかったのである。しかし、いま、彼女に、いつも彼女が自分の考えを述べるときの流儀で、あからさまな、妥協をゆるさない言葉づかいでそのことをつきつけられてみると、それは俄《にわか》にまったく重大な見おとしであったように思えてきた。彼女の言ったことは本当だった。そこのところに齟齬《そご》があったのだ。もしも、本当にゲシングが彼を知るすべての人が言うような性格の人物であったとしたら、彼は泥棒ではなかったはずだ。

彼は落着きのないうごきをやめて、机の前に坐り、手帳をひろげ、故人にかんしていままで実際に知り得たことをもう一度検討しはじめた。検討していくうちに、彼はますます女房の言うことが正しいと信ずるようになった。こんなに多勢の証人たちがみなびっくりするほど眼鏡違いをしていないかぎり、ゲシングは無実だったということになる。

彼はディレンマのもう一方の面に心を向けてみた。もしゲシングが無実であったとしたら、だれがあの鍵の型をとったのであろうか？　型は銀行に預けてある鍵からとったものでないとすると、デューク氏のもっている鍵からとったものでなければならない。だれがそれをやったのか？デューク氏がよほど間違っているのでないかぎり、事務所の者ではない。この点、フレンチは社長が間違えるなどということがあろうとは夢にも信じなかった。こんな重大なことがらについて彼の日常の慣習がやぶられたのであったら、ほとんど間違いなくそれは頭の中に残り、記憶されたであろう。いや、フレンチはそこのところはデューク氏の陳述を信用してもよいと感じた。

しかし、彼の家の者がだれ一人鍵に手をふれなかったはずだというデューク氏の主張はどうも根拠がうすいと思った。事が事だけに、このダイヤモンド商は家の者に対しては仕事上の関係者に対するよりも気をゆるしていただろう。家にいるときは親しい者ばかりだという気のゆるみから知らず知らずのうちに、ほどほどの用心で充分という気持ちになったであろう。デューク氏のだれも鍵にさわるまいという気持ちが、本当にだれも鍵に手をふれなかったという申したての根拠になってしまったのではなかろうか？

フレンチはこの辺に自分の見落としがあったかもしれないと思った。こういう結論が出た途端に自分の失敗をうめあわせる方法を考えはじめるのが人間というものである。

はじめ、彼はデューク氏にうちあけ、何か口実をかまえて彼の家に入る便宜を得ようと思ったが、やがてこの老紳士が自分の計画を全然知らないほうが好都合だと思いなおした。でないと犯人かもしれない人物に不用意に警告をあたえてしまうことになりかねない。

おなじ理由で――つまりデューク氏に知られる恐れがあるから――彼は自分でその仕事をやらないほうが賢明だろうということにした。その代わり、彼はこの仕事にぴったりの男を知っていた。それはパトリック・ノランという部長刑事で、この男はいささかドン・ファンめいたところがあり、女をたらしこむことにかけてはなみなみならぬ才能をもっていた。彼がもし何とかしてデューク家の女中どもと慇懃《いんぎん》を通じることができさえすれば、待つほどもなく彼女たちの知っていることは何でも聞きだしてくれるであろう。

そこで、次の朝、彼はノラン部長刑事をよびにやり、彼に自分の考えを説明した。ノランは自分の上司に対してははなはだ寡黙の士であったから、「はい承知しました」と言って、ひきさがった。

次の日、彼は最初の報告をもって帰ってきた。どうやら、彼は腕ききの職工の身なりよろしく、道具一式をもって、電灯の配線を点検に来た電気屋というふれこみでデューク邸に入りこんだものらしい。

デューク嬢はちょうど外出中であったが、なかなか別嬪の女中が扉をあけて、訪問者の人好きのする態度に魅せられ、躊躇せず中へ入れてくれた。彼は家じゅう歩きまわり、デューク氏の寝室に特別の注意をはらった。正午になると、持参のスープの罐を台所の火であたためてくれとたのみ、それを承知してもらった。彼はこの機会をのがさずうまくもちかけて邸を出る前に、この別嬪の女中から明日の晩の彼女の外出のときに夕食と映画見物にいっしょに行くという約束をとりつけてしまった。「ちょっぴりあの女をたらしこみさえすれば、あの女の知っていることは全部聞きだしてしまいますよ」それから彼はこう結論した。「もっともたいしたことは知らないでしょうが」

「そこまではうまくいったようだな」とフレンチはみとめた。「そこで、実際にわかったことというとどんなことだね？」

「そうですね、まず家族関係についてですが、あの家は父親とシルヴィアという娘一人の小家族です。母親は生存しておりますが、永年《ながねん》精神病院に入院したきりで治る見込みはないそうです。レーチェルというその女中の話ですとシルヴィア嬢は美しいお嬢さんで、人好きのする娘さんだそうです。それから、その他に召使たちがおります。今、申しあげましたレーチェルともう一人アンニーという娘とそれからサラーという料理女とそのほかにマンリーという名の運転手がいます。その男の姿は見つかりませんでしたが、女たちのほうは皆大丈夫のようで、つまりどっちにしても金庫の鍵をねらうような連中ではありません」

「どんな家だね？」

「かなり大きな家で、家具調度類は、いまではすこし古ぼけてみえますが、買ったときは上等の品物だったにちがいありません。デューク氏の寝室は建物の左翼のはずれにあり、デューク嬢の寝室は正面にあります。ですからだれにも見つからずにデューク氏の部屋に行くことができます。デューク氏がたとえば風呂に入っているときなど、もし部屋に鍵を置いていったとしますとだれでもその型をとることができます」

「たとえばきみのような商売人で邸の中に入っているものがいるとか、だれか邸に滞在している者があるとかいったような可能性があったかね？」

部長刑事は頭をよこにふった。

「そこまではわかりませんでした」と彼は言った。「一日分の仕事としてはちとやりすぎのような気がしまして。あとでわたしのことをあやしまれてもどうかと思ったものですから。しかし、そのことは明日の晩にでもレーチェルから聞きだしましょう」

「そのマンリーという運転手に会ったほうがいいな——いや、きみよりわたしが自分で会おう。きみはいまやりかけたことをつづけてくれたまえ。ほかに何かあるかね？」

「いえ、ほかにはありません。いま女どもはシルヴィア嬢の婚約の話でもちきりです。彼女は旧市内に住んでいる友人と婚約の間柄で、月末には結婚することになっていたらしいのですが、何だかぐあいがわるくなって延期になったらしいです。破談になったというわけではないようですが」

「そうかね？　それでその理由は話さなかったのかね？」

「話してくれませんでした。しかし、その件についてお知りになりたいのでしたら、やはりレーチェルから聞きだせると思いますが」

「いや、無理にとは言わないが」とフレンチは答えた。「しかし、聞きだせることは何でも聞きだしておいてくれたまえ——山をかけてな。きみはその青年というのがだれだか知っているかね？」

「いえ、知りません。連中が話してくれませんでしたので」

フレンチは自分の手帳を調べた。

「その件についちゃわたしのほうがきみよりたくさん知っているらしいな」と彼はつぶやいた。「その男というのはデューク氏の事務所にいる社員で、名はハリントン、——スタンレー・ハリントンだ。わたしは殺人の翌日に事務所で他の連中といっしょに彼に会ったとき、その男は婚約のことを話していた。あのときはうまくいっているような話だったのだがね。いつ延期になったのだろう？」

「それも聞かなかったですね」

「じゃ、そのこともついでにきいてくれたまえ。いまのところはそのくらいでいいだろう」

その晩、フレンチは失業中の職工というういでたちで、デューク邸の近くで張り込んでいたが、待つほどもなく、老紳士が事務所から戻ってくるのが見えた。一時間後、彼は運転手がガレージを出てエスター街道をちょっと入った狭い横町の一軒の家に入るのを見とどけた。そこでフレンチはまた一時間くらいねばっていたがその甲斐あって当の獲物がまた姿をあらわし、街路をとおりすぎ、「ばらとあざみ」酒場の中に姿を消したのを見た。これこそ警部のねらっていたところだったので、彼は数分たってからやはりその酒場に入った。

近づきになるのは至極簡単だった。フレンチは失業中の自動車修理工というふれこみでどの自動車運転手とも話をできるだけの予備知識をもっていたから、ビールをコップに二杯もかたむけないうちに、最初はこのあたりで仕事があるか、ないかといったような話から、次には、たくみに鎌をかけ、その新しい相棒の仕事の内容だとか、デューク家の内幕についてこまごましたことをたくさん聞きだした。しかし、彼はほんのちょっぴりでも疑わしいことや興味のもてる話になると全然聞きだすことができなかった。おまけに、その男というのがまるで正直そのものの、悪気のない男で、自分から進んで金庫の鍵に手をだそうとは到底思えないほどの鈍物だった。

それからまる一日というものは捜査はまるで捗《はかど》らなかったが、やがてノランが報告をもってきた。その報告によって、警部の目は全然別の手づるにむけられることになった。ノランは別嬪の女中レーチェルをつれてまず映画に行き、それから大衆食堂で夕食を共にしたらしい。その女中たるや部長刑事の表現をかりると弁舌の才というのがあるらしく、ときたま時宜を得た話題を供給してやりさえすれば、あとは多かれ少なかれそれと関連のある情報が彼の地獄耳に次から次へと流れこむのであった。

はじめ、彼は最近だれかが夜間か明け方にデューク氏の居間に入らなかったかどうかをたしかめようとした。まもなくわかったところでは、彼がデューク邸に入るまでもう何カ月も職人は家に入らなかったらしい。おまけに、かなり長いあいだ、夜も泊まっていった唯一人の客というのがデューク嬢の婚約者スタンレー・ハリントンだった。若い二人は地元の素人演劇会の公演する芝居のリハーサルに夢中になっていたが、公演に先立つ四晩というものデューク嬢は婚約者が下宿から彼女の家まで往復するのは時間の浪費であるというので自分の家に泊まるように言い張った。これは殺人の一ヵ月ばかり前のことであったが、そのときハリントンはデューク氏の部屋の真向かいの部屋に寝た。だから、もし鍵がデューク氏の居間に置き忘れられるようなことがあったとしたら、ハリントンはいつでも何の苦もなく必要な型をとることができたはずである。

ノランはさらに結婚延期について聞いてきたことを報告したが、フレンチはその話を聞いて、これはよく考えてみなければならないと感じた。それがどんな性質のものかわからないが、悶着はどうやら突然に起こったものらしい。しかもそれは殺人の翌日に起こっているのである。犯行のあった晩、レーチェルの話によると、デューク氏は家で食事をとらなかった。しかし、ハリントン氏がやってきた。彼とデューク嬢はいっしょに食事をした。そうして、そのときはすべてがばら色だった。食事がすんでから二人はおそろいで外出した。十時すぎにデューク嬢は帰宅し、そのまま寝てしまった。だから、その晩デューク氏が事務所へ行ったことを彼女が知らないことはまず確実である。次の朝、彼女は父親と朝食をとり、そのとき悲劇を聞かされたものであろう。しかし、朝食がはじまって五分もたたないうちに、彼女は部屋をぬけだし、電話をかけ、デューク氏が家を出たあとすぐ身なりをととのえ、これも家を出た。二十分ほどして帰宅し、さっさと寝室に入り、頭痛がするといって、一日中そこですごした。レーチェルがたまたまその部屋に入ったときは、彼女は横になっていたが、何時間も何時間も部屋の中をこつこつ歩きまわっている足音が聞こえたから、彼女の考えでは、女主人の病気は肉体的というより精神的なものだった。その日の午後四時頃、ハリントン氏がやってきた。デューク嬢は彼女の居間で彼と会ったのであるが、このさしむかいの話しあいのときに何かひどい口論でも起こったにちがいない。ハリントン氏は半時間ほどして帰っていったが、そのとき彼のために扉をあけてやったレーチェルの話だと、彼はまるで死の宣告でも受けたような顔をしていたそうである。彼の顔はひどい狼狽《ろうたえ》と悲しみのいろをうかべ、彼はまるで夢うつつの人のように、何か恐ろしい災難に呆然としている人のように見えた。いつもなら帰りぎわには女中に愛想のひとつも言っていく人なのに、このときは彼女がそこにいることさえ気がつかないように見え、盲人のように手さぐりしながら家の外へまろび出、うちひしがれた人のように蹌踉《そうろう》として立ち去った。その日の夜おそく、彼女はデューク嬢をちらと見たが、そのとき、彼女は令嬢が目を赤く泣きはらしているのを見た。そのとき以来、令嬢はまるで人が変わってしまった。彼女は口をきかなくなり、憂鬱になり、陰気になった。彼女はやせおとろえ、ふけて見え、食事ものどを通らなくなった。何とかしなきゃ、いまに胸でも病むんじゃないかしら、というのがレーチェルの意見だった。

フレンチ警部はこういう報告にすくなからず興味をもった。チャールズ・ゲシングの殺害と結婚延期との間に何か関連があろうとはにわかには信じがたかったが、しかし、いろいろな事実の中にはどうやらそういう方角をさしているものがいくつかあった。

かりにデューク嬢が朝食のとき父親からはじめて例の悲劇のことを聞いたのだとすると、それを知ったのが彼女が電話をかけた理由であったのだろうか？　それにしてもいったいだれに電話をかけたのだろうか？　二十分ばかり家をあけたとき、彼女は何をしたのだろうか？　フレンチはこういう疑問に解答が出るまでは休むわけにはいかないと思った。そういう解答を出すためには問題の時期に令嬢が何をしたのかを詳しく調べてみることよりほかに方法はないという気がした。

彼は長いあいだ机にむかったままいろいろな方法、手段などをあれこれ考えていた。揚句のはて、彼はもういちど電話でノラン部長刑事をよんだ。

「いいかね」彼が姿をあらわしたのを見てフレンチは言った。「きみに例の女中からもうすこし聞きだしてもらいたいことがあるんだ。今度その女中に会うのはいつだい？」

「日曜日です」と色男が言った。「もう一度御用があるかもしれないと思って、あの女とは手をきらないようにしておきました」

「きょうは金曜日だね。すると、待つよりほかはないわけか。それじゃ日曜日にその女に会って、いまから言うことを言うとおりの順序で聞きだしてくれたまえ。まず、犯行のあった晩にデュークの嬢はどんな車で友だちのやっている女子クラブへ行ったかということ。第二番目は、どんな車で帰ってきたかということ。それから第三番目は、その晩彼女が帰ってから次の日ハリントン氏がたずねてくるまでのあいだに何か手紙とか伝言とかを受けとったかどうかということだ。もちろん、令嬢が電話をかけたときから、朝食のあと家をあけているあいだにかけて、その女中が何か見たり聞いたりしたことがあればそれも聞いておいてくれたまえ。いいかね？」

ノランは了解の意を表して部屋を出た。フレンチはあれこれとひどくおくれてしまった日常の仕事に注意をむけた。

その次の月曜日の朝、ノラン部長刑事は報告をもってきた。彼は日曜日の午後、美人の情婦《いろ》をさそってテームズ河の上流へ行き、そこで情報をしこんできたのだった。

デューク嬢とハリントン氏は八時ちょっと前にデューク氏の車で家を出た。運転手のマンリーがレーチェルに話したところによると、彼の若い女主人はデューク氏が夜おそくクラブから家に帰るとき車が必要だろうから自分のことを待っていなくてもよいと言ったらしい。彼女は十時頃タクシーで戻ってきてそそくさと家に入り、すぐに自分の部屋に行ってしまった。レーチェルの知っているかぎりでは、そのときから翌日ハリントン氏がたずねてくるまで、質問に関係のないものをのぞいては、彼女には訪問者もなかったし、手紙も伝言もなかった。

フレンチは自分がデューク嬢の行動を洗っていることを秘密にしておきたかったのでその問題についてマンリーにきくことはさけようと思った。彼はハリントンから女子クラブの所在地を聞いておいたから、そこへ行って調べてみれば知りたいことがわかるだろうと思った。そこで、一時間後には、彼はシャドウエル地区の、うすよごれた陰気な家々の立ち並ぶ狭い通りにある、もういい加減荒れはてた教会付属の学校の前に立っていた。学校はしまっていたが、隣の家できいてみると管理人は四十七番地に住んでいることがわかった。

四十七番地へ行ってみると、青い顔をした、くたびれたような若い女が赤ん坊を腕に抱いていたので、ちょっとお話ししたいことがあると言うと、どうぞと言って、彼をとりちらかした、あまり清潔とは言えない台所に招き入れた。彼女は彼の質問に答えて、例のクラブはエイミー・レストレンジ嬢をはじめとして、多勢の婦人たちによって運営されていると言った。クラブは毎晩ひらかれるが、彼女、つまりその話し手の女は出席せず、部屋を掃除するだけが仕事である。しかし、彼女の夫は、管理人であるから、毎晩クラブに顔を出す。で、その若い御婦人がクラブに着いたときは、ひょっとしたら主人はそこにいたかもしれないが、はっきりしたことはわからない。しかし、彼は近くの工場で働いていて、あと半時間もしたら食事に戻ってくるから、もしよかったら、お待ちになってくださいという。

　フレンチはまたあとでおたずねすると言って、陰気なこの界隈をゆるゆると通りぬけた。四十五分後に彼が四十七番地に戻ってみるとちょうど管理人が帰ってきたところだった。フレンチは彼に食事をつづけてくださいと言い、彼が食事をしているわきに腰をおろした。その男は、この事件は金になると思ったらしく、知っていることは何でもぺらぺらしゃべりたがった。

　問題の晩、彼はクラブにいたらしい。フレンチが例の若い一組の男女のことを話すと、彼はその二人がクラブに着いたときのことをおぼえていた。あんな立派な車がこんな陰気な裏町の要塞に侵入してくるのはめったにないことなので、その車のあらわれたこと、二人のことが彼の記憶に残ったのであった。紳士の方がまず車からおりて、カーチス・ストリート・クラブというのはここかとたずね、それから連れの女を扶《たす》けおろした。婦人は運転手に待っている必要もないし、迎えにこなくてもいいと言った。それから彼女はクラブに入り、紳士のほうは舗道にとり残された。九時半頃タクシーがやってきて、さっきの紳士が車からおり、彼、つまりその管理人にハリントン氏が外でデューク嬢をお待ちしているとつたえさせた。若い婦人はほどなくクラブの会長のレストレンジ嬢といっしょに出てきた。しばらくのあいだ三人で話をし、それから見知らぬその二人連れはタクシーに乗って去ったという。

「いい娘さんだよ、あのデューク嬢という人は」とフレンチは言い、管理人に煙草を一服すすめた。「いつ見てもにこにこと愛想のいいお嬢さんだ」

「まったくだ」相手は目をほそめて、パイプに煙草をつめながら答えた。「それにたいした別嬪じゃありませんか」

フレンチは満足そうにうなずいた。

「なんなら一ポンド賭けてもいいが」と彼は言いきった。「あの人は来たときも帰るときもにこにこして愛想がよかったでしょう？」の人はいつもそうなんだから」

「ちげえねえ。賭けてりゃ勝ったところだね。しかしね、旦那。あまりありりゃ自然と愛嬌もよくなろうてえもんじゃござんせんか。ねえ、そうでがしょ？」

フレンチは立ちあがった。

「それもそうだな。しかし、こちとら同様あの連中にはあの連中なりに苦労が絶えないのだろうさ」彼はその男の待ち構えている手の中に半クラウン貨をすべりこませながら、そう言った。

もし管理人の言うとおりデューク嬢がクラブを立ち去るとき上きげんでいたとすると、それがどんなものであったかはわからないまでも、例の事態の急転というものはその時までには起こっていなかったことになる。したがって、この次になすべきことは、当然、若い二人連れがハムステッドへ乗って帰ったというタクシーを見つけだし、途中で何か異常なことが起こったかどうかをきいてみることである。

彼は本庁へ戻り、部下を何名かよんで、問題点を説明した。しかし、彼がまっさきにみとめたように、今度の捜査の第一日目に早くも望みどおりの情報を得ることができたのは、指揮がよかったからというよりはむしろ運がよかったというほうがあたっていた。問題の晩に若い二人連れを乗せたのはジェームス・トムキンスという運転手だった。そうしてこの運転手は五時前にはもう本庁でフレンチのよび出しを待っていた。

8 シルヴィアとハリントン

運転手のトムキンスはやせこけた男で、無愛想な、いつでも愚痴をこぼしているような感じの人間だったが、いまはどうやらとんでもないことに係りあいになったものだとでも思っているらしく、フレンチ警部の質問にできるだけはっきり返事をしようという気持ちになっているらしかった。

彼は問題の夜のことをおぼえていた。リヴァプール通りの近くで一人の紳士によびとめられ、カーチス・ストリート・クラブへ車をやるように言われた。そこへ着いてから、しばらく待ち、一人の若い婦人を乗せた。

「どこまでやるように言われたのかね?」とフレンチはたずねた。

「ちょっと思いだせませんが」その男は頭をかきながら、ゆっくり言った。「ハムステッドのどこかだったと思うのですが、それがどこだったかよくおぼえておりません」

「ハムステッドのシーダーズじゃなかったかね？」

「それですよ、旦那。そこにちげえねえ」

「で、二人はいっしょに乗っていったのかね？」

「へえ、もう一人の御婦人は見送っただけでした」

「それじゃ、家に帰る途中だれかに会わなかったかね？」

「車に乗っていたあいだはだれにも会いませんでしたよ」

「それじゃ、新聞を買うとか、何かの用件で車をおりなかったかね？」

「車はとめやしたよ。そして、ほんのちょっぴり外に出やしたよ。新聞を買いにおりたんだか、どうだか、こちとらにはわからねえが」

「すると車をとめたんだな？　それはどこだった？」

「ホルボーンでしたよ。ハットン・ガーデンのはずれをちょっと行ったところで」

「何だって？」あまりおどろいたので、いつもの落着きはらった威厳のある態度はどこへやら、フレンチは思わず叫び声をあげた。「そこのところを話してくれ」

運転手は血のめぐりがわるいうえに、何か警戒しているようなところが見えたけれども、まもなく、詳しいことが判明した。ホルボーンに沿って坦々たる道を走っていたのだが問題の地点まで来たとき、若い男は伝声管で彼をよんだ。「ちょっととめてくれ、運転手さん」と彼は言った。

「はやくたのむよ」運転手は車を歩道のそばへつけたが、車がまだとまりきらないうちに若い男はとびだし、大急ぎで通りをよこぎった。婦人も車をおり、トムキンスにちょっと待っていてくれと言い、彼のあとを追った。トムキンスは最初料金を踏みたおされたのではないかと思ったが、二分もたたないうちに二人とも戻ってきて、女が車に乗った。彼女は連れの男におやすみを言い、彼トムキンスは男を舗道の上に残したまま、女を乗せて走り去った。ハムステッドに着いたとき、婦人は料金を払って家に入った。運転手が見たかぎりでは、若い二人連れのうちどちらも興奮したり、取り乱したりしていなかった。

この話はフレンチを考えこませた。殺人の翌朝ハリントンの陳述を聞いたとき、この若い男には何かかくしていることがあるという気がしたのだが、どうやらフレンチの勘はあたったようであった。あの若いのは殺人の行なわれた時とほぼ同じ頃に殺人現場から数ヤードと離れないところにいた事実を言わなかった。彼はシルヴィアを家まで送っていったと言っていたが、いまの話だと、それは事実ではなく、彼はほんの途中までしか送っていかなかったことになる。フレンチはこういう点にかんして自分の勘がめったにはずれないことに満足をおぼえた。

さらに、このニュースはデューク嬢もこの事件にかんして何事か知っているのではないかという、次第に深まっていく彼の疑惑を裏づけるものであった。犯罪現場付近に不意に停車させたこと、彼女自身とハリントンの精神的困惑、それから結婚式の延期などが例の悲劇に関係がないとみるのは、偶然の一致にしてはちょっと度がすぎるように思われる。しからばどんな関係があるのかとなると、彼にも想像がつかなかったが、彼は何らかの関係があるということを信じないわけにはいかなかった。

あまりおそくならないうちにこの点をたしかめてみようと思いたって、彼はハットン・ガーデンの事務所に車を走らせ、ハリントンに面会を求めた。この若い男は彼を鄭重《ていちょう》に迎えたが、フレンチは彼の態度にぎごちないところがあるのを感じた。

簡単なあいさつをかわしたあと、彼はすぐさま要点に入った。

「ハリントンさん」と彼は口をきった。「あなたにひとつうかがいたいことがあります。あの犯罪のありました次の朝のお話では、前夜デューク嬢を家までお送りになったということでしたね。あなたはハットン・ガーデンまでしかお送りにならなかったのに、どうしてまたそんなことをおっしゃったのですか?」

青年は心もちあおくなった。おどろいた様子はさらになく、むしろ長いあいだ予期していた危機にとうとう直面してしまったと観念したらしい様子がフレンチには見えた。彼はためらわずに返事をしたが、取り乱すまいと努力しているのがよくわかった。

「わたしがハットン・ガーデンのはずれの近くでデューク嬢と別れたことはおっしゃるとおりですが、それがあなたにお話ししたこととさしてくいちがうとは思いませんね。はっきり申しあげますが、わたしはあなたをだまそうなどとは思いもよりませんでしたよ」

「おっしゃる意味がわかりませんね、ハリントンさん」フレンチは手きびしく言った。「デューク嬢を家まで送っていくのとそうしないのとでは大変なちがいがありますよ」

青年は赤くなった。

「わたしはタクシーをひろって、デューク嬢を迎えにクラブへ行き、あの人を車に乗せて、家までの道のりの相当の部分を送っていったのです。ですから、わたしがあの人を家まで送ったと言っても一向にさしつかえないと思いますが」

「すると、われわれの言葉の意味の解釈はひどくちがうということになりますな。それじゃ、ひとつ御説明願いたいのですが、どういうわけであなた方お二人はハットン・ガーデンのはずれ近くで車をおり、それから今度はデューク嬢だけを車に乗せたのですか？」

今度はハリントンはおどろいたらしかった。しかし、彼はすぐに気をとりなおし、なかなかもっともらしい返事をした。

「いや、そのことには何の秘密も不思議もありませんよ。車を走らせていたとき、突然デューク嬢がよく見かける光沢《つや》のある青いレインコートを着た背の高い女の人を指さし、あの人に用があるから車をとめてくれと言ったのです。わたしは運転手に大きな声でストップを命じ、車が歩道のそばについたとき、とびだしてその女の人のあとを追ったのです。残念ながら、もうその女の人の姿は見えず、あちこち探しまわったのですが、とうとうみつかりませんでした。引きかえしてみますと、デューク嬢も車をおりていました。わたしがお友達の姿を見失いましたと言いましたら、あの人はただ『いいわ、仕方がないわ』と答えました。あの人がまた車に乗りましたので、わたしも乗ろうとしましたら、それをとめて、あまりまわり道をしてもらっては気の毒だから一人で帰るといったのです」

「あなたはその女の人というのを御存じだったのですか？」

「いいえ。デューク嬢はだれだか教えてくれませんでした」

「その女の人の特徴を話していただけますか？」

「それがよくわからないのです。背の高いレインコートを着た女の人で洋傘をもっていたということぐらいしかわかりません。あたりが暗く、街灯の光でちらっと見た程度でしたから。その人は足早にオックスフォード通りのほうへ歩いていきました」

「デューク嬢が車で行ってしまってから、あなたは何をしましたか？」

「前にお話ししましたように、家に戻りました」

フレンチ警部が彼から知り得たことは以上ですべてであった。何をきいても、青年はこの話から一歩もはみださなかった。

次にデューク嬢の陳述を得なければならないことがはっきりしていたから、フレンチはそのつもりでシーダーズへ車を走らせた。彼はハリントンが令嬢に電話で注進するのをふせぐために、彼に同行を求め、デューク家に到着したとたんにいささか冷ややかな微笑をうかべて別れを告げた。

デューク嬢は家にいた。フレンチが通された朝食室にまもなく彼女が姿をあらわした。

彼女は容姿のととのった、すこし太り気味だが、美しい、やさしい、健康な感じの女性で、見るからに人の心をあたたかくするようなところがあった。しかし、彼女の顔はあおく、悩みごとでもあるような風情だった。彼女のこのたびの経験は、それがどんなことであれ、彼女にとってつよい打撃だったのだろうとフレンチは感じた。

「おさわがせして申しわけありませんが、デューク嬢、わたしはいまあなたのお父上の事務所で最近起こりました犯罪にかんして、捜査をしているものですが、あなたに二、三質問をさせていただかなければならないことがありますので」

そう言いながら、彼は彼女を鋭く見つめていたが、彼女の澄んだ目にさっと不安の影がさしたのをみて、さてはと思った。

「おかけくださいません？」と彼女はこわばった微笑をうかべながらフレンチにすすめた。

彼はゆったりと腰をおろして、話をつづけた。

「わたしの質問は、おそらく、個人的なことにわたり、不作法なものになるかとも思いますが、どうしてもおたずねしないわけにはいかないのです。前置きはこのくらいにしてすぐ質問に入らせていただきます。まず、犯行の翌日、あなたがひどく取り乱されたのはどういうわけですか？」

彼女はびっくりしたように彼を見たが、その様子にはすこしほっとしたようなところもあるように見えた。

「まあ、なんてことを」と彼女は叫んだ。「あんな知らせを聞けばだれでも取り乱すのではございませんか？　それに、あたしは気の毒なゲシングさんとはずっと親しくしておりましたし、あの方はあたしにはいつでも本当に親切でしたわ。あたしはあの方が心から好きでしたし、尊敬もしていましたわ。それなのに、あの方があんなむごたらしい方法で殺されたということを突然聞かされたのですもの。ほんとに、恐ろしい――恐ろしいことですわ。たしかにあたしは取り乱しましたけれど、どうして取り乱さないでいられるでしょう？」

フレンチはうなずいた。

「いや、よくわかりました、デューク嬢、あなたのおっしゃるとおりです。しかし、あえて言わせていただきますなら、あなたの古くからのお知りあいの悲劇的な死ということ以上の何かがあなたのお気持ちの中にありませんでしたか？　もっとさしせまった、もっと個人的な関係のある何かがです。さあ、デューク嬢、その点はいかがですか？」

またしても不安の影が彼女の目にひらめいたが、今度も何かほっとしたようなところが見えた。

「ダイヤモンドがなくなったことですね」彼女は落着いて答えた。「それは、あたしは父のためにそのことを悲しみましたわ。でも、おっしゃるように、あたしが取り乱しましたのはゲシングさんがお亡くなりになったからこそですわ。ダイヤモンドはなくなってもすませますが、あのお気の毒な御老人に生命は戻ってきませんもの」

「わたしはなくなったダイヤモンドのことを言っているのじゃありませんよ、デューク嬢。そんなことよりもっと個人的な何かがあるのではないかと言っているのです。そのことを話していただかなければならないのです」

いまやこの令嬢が落着きを失っているのが目に見えていたので、フレンチはますますこれはおかしいぞと感じはじめた。しかし、彼女は何も白状しなかった。

「あなたは誤解していらっしゃるのですわ」と彼女は前より低い声で言った。「あたしが取り乱しましたのはあの方が殺されたという知らせのためで、ほんとにただそれだけですわ」

フレンチは首を横にふった。

「その御返事はどうかと思いますね。もう一度よく考えてみてください。ほかに何かおっしゃることはありませんか？」

「何もありませんわ。あたしに言えることはそれだけですわ」

「大変結構です。そのことはそれでよいといたしましょう。それでは、あなたがハリントン氏との結婚を延期なさった理由をお話し願えませんでしょうか？」

デューク嬢はまっかになった。

「警部さん。そんなことは御返事できませんわ」彼女は怒ったようなそぶりをみせて言いきった。

「そんな質問をなさる権利がおありなのですか？　そんなことはハリントンさんとあたしだけの問題ですわ」

「おっしゃるとおりです、デューク嬢。しかし、ひょっとしたらあなたが誤解なさっているかもしれませんよ。あなたはその御返答は絶対にことわるとおっしゃるのですか？」

「そのとおりですわ！　どんな女でもそんな御返事はおことわりすると思いますわ。そんな御質問をなさるなんて不作法ですわ」

「それでは」とフレンチはつめたく言った。「無理にとは言いませんよ――いまのところは。次には別の問題にうつりましょう。あなたは犯行のあった晩、カーチス・ストリート・クラブからの帰りみち、どういうわけでハットン・ガーデンに車をとめたのですか？」

一瞬、令嬢はおどろきのあまり答えもできないようにみえたが、やがて、腹だたしげに答えた。

「ほんとに、フレンチさん、これはあんまりですわ！　あなたはあたしが犯罪に関係があるとでも思っていらっしゃるのですか？」

「そんなことを言っているのではありません」フレンチはきびしい口調で言いかえした。「しかし」彼はそう言って前に身をのりだし、彼女の目を鋭く見つめた。「わたしはあなたがその犯罪について何ごとかを知っていらっしゃるとにらんでいるのです。デューク嬢、あなたはその気なら、わたしに犯人を教えてくださることができるのではありませんか？」

「いいえ、いいえ、いいえ！」令嬢はいたましい叫び声をあげ、そんな恐ろしい考えを目の前から払いのけようとでもするかのように手をふった。「よくもまあ、そんなことがおっしゃれますのね。はずかしい、恐ろしいことですわ！」

「もちろんデューク嬢、おいやならお答えにならなくてもいいのですよ。しかし、知っていらっしゃることをおかくしになる前に、もう一度よく考えて御覧になってもいいのではありませんか？　満足のいくようなお答えの得られない場合は、法廷でおなじような質問を浴びせられ、いやでも返事をしなければならなくなるのですよ。ですから、もう一度おたずねします。あなたはなぜハットン・ガーデンでタクシーからおりられたのです？」

「よくもそんなことを、何の根拠もなしにおっしゃれるものですわね」彼女はすこしふるえ声で言った。「あたしがタクシーをとめたのに何の秘密もありませんし、かくすつもりもありませんわ。どうしてそれがそんなに重大なのかさっぱりわかりませんわ」彼女は言葉を区切り、それからちょっと引込み思案をかなぐりすてるような身ぶりをして言葉をついだ。「実をいいますと、車で家へ帰る途中、あたしは、不意に、会いたくてたまらなかった女の人が通りを歩いているのを見たのです。あたしは車をとめてもらって、ハリントンさんにその人のあとを追っていただいたのですが、あの方はその人を見失ってしまわれたのですわ」

「その女の人というのはだれだったのですか？」

「存じません。知らないからこそお会いしたかったのですわ。全部お話ししなければいけませんかしら？」彼女は相手を見下したようにつんと頭を上げて、彼の返事も待たず話しはじめた。

「今年の夏、避暑に行っていたトンブリッジからロンドンに戻るとき、客車の中にはあたしとその女の人しか乗っていませんでした。あたしたちは話をはじめ、仲好くなりました。切符をあつめにきたとき、あたしは自分の切符をなくしていることに気がつきました。車掌はあたしの名前をひかえようとしましたが、その女の人が是非にと言ってあたしの汽車賃をはらってくださったのです。あたしはあとでお金をお返ししようと思ってその人のお名前とお所を紙きれに書きこみましたが、家に帰ってみるとその紙がなくなっていました。あたしはうかつにも所番地を頭の中におぼえておかなかったのです。お金をお返しすることができなくなってしまいました。その女の人はあたしのことをどう思っていらっしゃるでしょう。ですから、車の中からその方を見かけたとき、あたしがどんなにお会いしたかったか、おわかりになれるでしょう？」

「しかし、あなたはなぜ汽車賃の二度払いをなさったのです？　車掌にあなたの名前と住所を言いさえすればそれですむことだったじゃありませんか？」

「そうだったのでしょうね」と彼女はみとめた。「ですけれど、あたしはいろんなことを説明したり駅のほうへ手紙を書いたりする手数をかけるくらいならもう一度お金を払うほうがよかったのです」

フレンチ警部は口惜しくてならなかった。本能的に彼はその話を疑っていた。しかし、デューク嬢は彼の質問にぼろをださずに返事をしたし、彼女がそのつくり話を固執する以上、いかんともしがたいような気がした。こんなに時間がたってしまっているうえに、デューク嬢のその旅の道連れなる女性がつかまえどころのない以上、いまさらこの話をたしかめたり、あるいは別な状況を聞きだしたりすることはほとんど不可能であった。彼はこの陳述に対してはとりたてて批評を加えず、つぎの質問にうつった。

「殺人の翌朝、朝食のあとでどなたにお電話なさったのですか?」

デューク嬢は警部がいろんなことを知っているのにおどろいたらしかったが、即座に、答えた。

「ハリントンさんにですわ」

「何を話すためですか?」

「あたしの未来の夫との私的な会話をあなたに言わなければならないとおっしゃるのでしたら、お話しいたしますが、あたしはお話があるからすぐ来てほしいと言ったのですわ」

「その話というのはどういう性質のものだったのですか?」

デューク嬢はまた赤くなった。

「本当に」と彼女は叫んだ。「あたしは抗議しますわ。あたしたちの私的な用件があなたのお仕事とどんな関係にあるとおっしゃるのですか?」

「それはあなたがいけないのですよ、デューク嬢。あなたがわたしに本当のことを全部おっしゃってくださらないから、わたしが疑い深くなるのです。わたしはあなたの隠していらっしゃることを知りたいと思っていますし、きっと調べあげてみせますよ。あなたは、どうしてそんなに急いでハリントン氏にお会いになりたかったのですか？」

令嬢はひどく当惑げに見えた。

「どうしても知りたいとおっしゃるのでしたら、お話しいたしますわ。結婚の延期のことを御相談したのです」彼女は低い声で言った。「おわかりでしょうか、あたしたちは前の晩にそのことを話しあい、そのときは何とも話がきまらなかったのです。でも、一晩寝て考えた結果、あたしは延ばしたほうがいいという気になったのです。それであたしはそのことを早速ハリントンさんにお話ししようと思ったのですわ」

「しかし、何でまたそんなにおいそぎになったのですか？　朝からでなくて、もっとあとまでお待ちになれなかったのですか？」

「じっと待っている気になれなかったのですわ。あたしたち二人にとって重大なことなんですもの」

「それで、あなたは延期の理由はお話しくださらないでしょうな？」

「お話しいたしませんわ。あなたにはそんなことをおききになる権利がありませんもの」

「で、その朝、ハリントン氏にお会いになったのですね？」

「はい」

「どこで？」

「フィンチリー・ロードの地下鉄の入口のところでです」

「なぜあなたはあの人に来てもらわずに御自分で出かけられたのですか？」

「会社におくれてはすまないと思ったからです」

フレンチは、そのとき突然、犯行の翌朝自分が事務所にいたとき、ハリントンが出社してきて、デューク氏に遅刻の言い訳をしていたのを思いだした。あのときフレンチは気もとめなかったが、いまにして、デューク氏がハリントンに悲劇のことを話したとき、彼がそのことはもう知っていると言ったことを思いだした。だが、どこでそれを聞いたのだろう？ フレンチはいまその点を考えこんだ。朝刊で見たにすぎないのだろうか？ それともデューク嬢から聞いたのではあるまいか？ それともこれはもっとさしせまった疑問だが、彼らは二人ともその事件を前夜から知っていたのではあるまいか？

にわかに一つのもっともらしい仮説が彼の頭の中にひらめいたので、彼はちょっとの間だまって坐りこんだまま、それを考えていた。ハットン・ガーデンで車をとめたとき、ハリントンが何かの用件で事務所に寄るといったと仮定してみよう。それとも、デューク嬢が彼にそうしてくれとたのみ、そのために彼が彼女と別れたのだと仮定してみよう。あくる日の朝食のとき、彼女は父親から殺人のことを聞き、ハリントンのことでひどい衝撃にうたれる。彼女はもし彼が当夜事務所に行ったことをみとめれば、彼が容疑者にされてしまうかもしれないと思う。そこで、彼女は彼が事務所に着くまでに彼に注意してやろうと思って、彼を呼び出す。それともこんなことかもしれない。彼が事務所へ行ったと仮定して、デューク嬢自身がハリントンを疑い、彼の説明を聞こうとして、できるだけ早く彼に会おうと、彼をよびだしたのではなかろうか？　フレンチはこういう仮定に満足しなかったが、いずれにしてもこの若い二人が互いに示しあわせて大事なことをかくしているという確信をますます深めた。

　彼はひどくむしゃくしゃした気持ちでこの家を辞去し、またしてもハットン・ガーデンに舞い戻り、ふたたびハリントンに面会をもとめた。彼はこの青年を徹底的にしぼりあげ、事件当夜事務所にいただろうとあからさまに追及してみたが、ハリントンはそのことを頑強に否定し、フレンチはこの男から何ひとつさぐりだすことができなかった。彼は事件当夜のこの男の足どりについて再度質問してみたが、その点についてはすでにわかっていること以外に何もわからなかった。ハリントンはデューク嬢とわかれてから自分の下宿に戻ったと言うのだが、彼の陳述が本当からそか、直接の証拠は何も見つからないのだった。

　突然、もうひとつの仮説が探偵の頭にうかんだが、よく考えたうえで、これはしりぞけたほうがよいと彼は感じた。もし、ファンデルケンプが犯人であるとすれば、こういう不思議なことは一切解決する。ハリントンは伯父に深い感謝の気持ちをいだいているし、伯父に愛着を感じているようにみえる。デューク嬢がその気持ちを彼と分ちあっているか、あるいは分ちあおうとつとめているか、その辺のところはフレンチにはわからなかったが、デューク嬢がそういう気持ちになったとしても不思議はない。そこで、もし彼とデューク嬢がイースト・エンドから車で帰る途中、ハットン・ガーデンのはずれでファンデルケンプを見たとしたらどうだろう。さらに、ファンデルケンプの様子に何かしら人目を忍ぶような、うしろめたいところがあり、いつもとちがう何か異様なところがあって、二人の注意をひいたとしたらどうだろう。この点と、もうひとつ、この外交員が当時はアムステルダムにいるはずだった事実とをむすびつけて考えてみると、ハリントンはいやでも車をとめて伯父に言葉をかけてみたくなったであろうと思われる。しかし、彼が舗道におりたつまでに、ファンデルケンプの姿は見えなくなってしまった。この出来事を二人ともそのときは気にもとめなかっただろうが、翌日の朝食のときにデューク嬢が殺人のことをきくにおよんで、事の重大さがはっきりしたにちがいない。彼女は外交員が罪を犯したとは信じなかったかもしれないが、前後の状況からみて何らかの説明が必要だと考えたであろう。そのとき、とっさにハリントンに連絡をつけねばならないという考えがうかんだにちがいない。下手をすると、彼はうっかりして、犯行現場からほど遠からぬところで伯父を見かけたというようなことをしゃべってしまうかもしれないからである。恋人が下宿を出ないうちに彼をつかまえようとして、彼女はすぐさま電話をかけるだろう。電話では用件を話すことができないから彼女は彼と会う算段をするだろう。彼女は事務所のほうがどうなっているか知りたいからできるだけ早く自分のところに来てくれとハリントンにたのむ。で、彼はその日の午後彼女をたずね、そのとき二人は状況が不確かであるから、結婚式は延ばそうと話をきめるだろう。ファンデルケンプが逃走しているらしいのがなおさら二人の疑惑をあおり、そのために二人があんなに取り乱しているのだろう。

この仮説はなかなか上出来だったので、次の日フレンチはまたもやハリントンとデューク嬢に会い、二人の見たのはファンデルケンプではなかったかと単刀直入にきいてみた。しかし、二人ともそれを否定した。フレンチは焦り、いらだち、またしても有望な手がかりが泡のように消えていくのをいきどおろしい気持ちで見まもっているだけだった。彼は若い二人に尾行をつけ、長い間かかって二人の過去を調べてみたが、何の成果もなかった。

一日すぎ、一週間すぎして時は移っていったが、この謎の解決はまだまだいつのことか雲をつかむような感じであった。

9　ピッツバーグのルート夫人

ハットン・ガーデンの殺人から六週間目のある朝、フレンチは課長によばれた。

「やあ、フレンチ」と課長は声をかけて、「ゲシング事件に大分てこずっているようだな。もうこれ以上時間を無駄にしたくないのだが、今は何をやっているところだね？」

フレンチは日頃の威勢のよさもどこへやら、おそるおそる、目下のところはあまりたいしたことはしていないことをみとめ、いささか言いにくい次第ではあったが実は何もしていないこと、何をやってもさっぱりだめで二進も三進もいかなくなっていることを白状した。

「そうだろうと思ったよ」課長は言った。「そんならきみはコックスパー通りのウィリアムズ・アンド・デーヴィス商会という金貸しのところへ行ってみる時間はあるだろう。たったいまそこから電話があって、最近ダイヤモンドを何個か手に入れたのだが、それがデューク・アンド・ピーボディ商会から盗まれたものに似ていると言われたのだそうだ。この件を調べてみてくれたまえ」

十五分後にコックスパー通りのストレーカー・ハウスの階段をのぼってウィリアムズ・アンド・デーヴィス商会にむかったフレンチはまるで別人のように活気づいていた。疲労も落胆も、うんざりと考えこんだような様子もどこかへ行ってしまい、その代わりに、ふたたび以前の陽気な楽天主義や、笑顔の自信や元気のいい足どりなどが見られた。彼はスイング・ドアをおしあけ、小さい給仕の少年に、慈父のような態度で、ウィリアムズ氏にお目にかかりたいと言った。

社長は折から仕事がなかったので、フレンチは二分後にはせまい、いささか暗い部屋に通された。そこには背の高い、身なりのよくととのった人が坐っていた。髪は霜を交え、きちょうめんな、いくらかペダンチックな態度が見える人だった。

「あなたがおいでになるとスコットランド・ヤードから電話がありましたよ、警部さん」フレンチが自己紹介をすませたとき、相手はそう言った。

「折角来ていただいて骨折り損にならなければと思っていますよ。しかし、どうしても調べていただかなくてはと思いましてね」

「わたしは事情をまだよくうかがっていないのですが」とフレンチは注意を喚起した。「何か役に立つ情報がいただければ、もちろん、大変うれしいです」

「電話で詳しいことをお話しするのもどうかと思ったようなわけでして」とウィリアムズ氏が説明した。「だれが盗み聞きしているかもしれませんからな。わたしは以前にある女が結婚の申し込みらしい話をことわっているのを聞いたことがありますよ。ところで、御足労願ったのはほかでもありませんが、六週間ばかり前、アメリカ人らしいチョーンシー・S・ルート夫人と名のる婦人が店にまいりまして、わが社の重役のうちの一人に会いたいと言ったのです。その婦人はわたしのところに通されましたが、自分はピッツバーグの富裕な鉄鋼業者チョーンシー・S・ルート氏の妻であると述べました。その女はヨーロッパで保養をするためにオリンピック号で海をわたり、前の晩にロンドンに着いたばかりだと言っておりました。何でも不運つづきで大変困ったことになっているから助けてほしいと言うのです。まず、馬鹿な話ですが、その女というのが航海中に賭の仲間に入り、彼女の話によると『お金をうんとこさ』損したのだそうです。彼女は大変はっきりした、アメリカ式の物言いをする女でしたが、なかなかどうして、目から鼻にぬけるような、頭のいい女に見えました。損害額は数百ポンドだと言いましたが、はっきりしたことは話しませんでした。それで現金をすっかりはたいてしまった上に何枚か証文まで書いてしまったのだそうです。しかし、そんなことは、その額より何倍も多い信用状をもっているから何でもないのだが、サザンプトンでもっとひどい災難にあってしまったというのです。サザンプトンの埠頭の雑踏の中で、現金や書類などを入れておいた小さな手提鞄をすら
れてしまったので、文無しになった上に、信用状もパス・ポートも、他の身分証明になるようなものも一切なくしてしまったというのです。その女は、もちろん、警察にとどけましたが、警察では首をかしげて、できるだけのことはしましょうと約束してくれたそうです。その女は旅行中に知りあった人から二十ポンド紙幣をかりてやっとロンドンにたどりついたという始末で、いまではもうまったくの一文無しなのです。それで、その女は賭の負けを払い、新しい信用状が着くまでロンドンに滞在する費

用として三千ポンド貸してほしいというのです。幸い、腕がいいという噂のロンドンの宝石商に嵌《は》めてもらおうと思ってもってきた、まだ台に嵌めていないダイヤモンドの収集をもっているから、そのダイヤモンドを担保にしたい、利子はこちらの相場どおりにお払いするというのです。そういう条件でこの会社では金を貸していただけないでしょうかというわけなのです」

「その女はどうして主人に電報を打たなかったのですか？」

「それはわたしもたずねました。ところが、その女は、ルート氏は賭事が大きらいで、いままで何度も彼女の賭博癖でおもしろくないことが起こったから、とてもそんなことを言ってやれないというのです。事実、夫婦の間は相当せっぱつまっていて、その女が改心を約束してやっとおさまりがついているのだそうで、いまさらそんなことを言ってやったらもうおしまいだというのです。手提鞄に入れていたにしてはあまりに大きい金額ですから盗まれたとも言ってやれないのだそうです。それで、その女は自分の事務を見てくれている人間に手紙を書いて自分の持株を現金に換えてもらうまで借金をしてやっていきたいというのです。

わたしはこういってやりました。わたしどもの店では貸金の担保に宝石や装身具のたぐいをしばしばお預かりすることがあるので、あなたのお申し出はそれはそれで結構ですが、何分にもあなたははじめてのお方であるから取り引きをする前に当然あなたの誠意を証明する何らかの証拠物件が必要です、というふうにね。すると、その女はそれはもっともだと答え、自分は書類をなくしているし、とくにパス・ポートをなくしているので何かそういう種類のものが必要であることは充分承知している。だから、どんな調査をしていただいても結構であるが、金が至急入用であるから、できるだけ早くしてほしいというのです。で、どのくらい時間がかかるかとききますので、二十四時間くらいはかかると言ってやりますと、そのくらいはやむをえないだろうとみとめました。その女は、もし取り引きをするのだったら、その石をロンドンで一番名の通っている宝石商で値ぶみをしてもらってくれといいました。わたしはそれを承知してボンド・ストリートのハースト・アンド・ストロンジ商会のストロンジ氏に電話をかけ、値ぶみをやってもらえるかをたずねてみました。この人は、多分あなたも御承知かと思いますが、世界でも指折りの専門家なのです。氏が承知してくれましたので、わたしは鑑定料をうちあわせました。そういうわけで、もし身元調査の結果が満足すべきものであった場合は、その女は石をもち、わたしは小切手帳を持参して次の朝十時半にハースト・アンド・ストロンジ商会で会うことに話がきまりました。わたしはダイヤモンドの価格の六分の五をその女に支払うことにしました。その女はおよそ四週間先に借金を返済できるだろうと言い、そこで適当な利率がとりきめられました」

　ウィリアムズ氏はちょっと間《ま》をおいて、相手が自分の話をその話にふさわしい熱心さで聞いているかどうかをたしかめるようにフレンチの顔を見た。しかし、フレンチが耳をすまして聞いているらしいのに安心して彼は話をつづけた。

「わたしのほうの調査では、すべて満足に思われました。わたしはサヴォイ・ホテルにいるルート夫人をよびだして、わたしのほうは取り引きの用意があることを言ってやり、指定の時間にハースト・アンド・ストロンジ商会で会いました。ストロンジ氏はわたしたちを自分の私室に通してくれましたが、ルート夫人はそこで石の袋をだしてみせました。大部分はダイヤモンドでしたが、ダイヤモンドのほかにエメラルドが少々、それから大きなルビーが一個あり、いずれも台をつけてありませんでした。値打ちにして四十ポンドから四百ポンドまで、ならして二百ポンドか二百二十ポンドくらいの石が十六個ありました。ストロンジ氏は非常に綿密に石の鑑定をしてくれまして、わたしたちは長いあいだ待たされた揚句、やっと氏の鑑定を聞かせてもらったのです。全部で約三千三百ポンドということでしたから、わたしは契約にしたがってルート夫人に二千七百五十ポンドの小切手をさしあげましょうと言いました。夫人はわたしの言うことはもっともだとみとめましたが、どうしても三千ポンドいるというので、ちょっと話しあってからわたしは夫人の希望どおりにすることに同意し、その額の小切手をきりました。すると夫人はどこの銀行でも自分の身元調査をせずには金を支払ってはくれないだろうし、そのためにまたおくれることになるからと言って、わたしに銀行までいっしょに行って、夫人がその小切手の受取人にちがいないことを証明してほしいというのです。わたしはそれを承諾して、ロンドン・アンド・カウンティス銀行のピカディリー支店へ行きました。そこでわたしたちは支店長に会い、それからわたしは夫人とわかれました。わたしはここに戻って石をわたしの金庫におさめました」

「支店長はあなたの身元保証に満足したのですね？」

「はい、そうです。わたしは支店長とは個人的な知りあいですから、何の困難もありませんでした。わたしのほうはそれで用件がすみましたから、それから四週間たつまで、わたしはもうそのことを考えてもみませんでした。しかし、五週間たっても、六週間たってもあの婦人が何も言ってきませんので、わたしはおかしいなと思いはじめたのです。サヴォイ・ホテルに電話しますと、その女はあの取り引きのあった日に立ち去ったと言うじゃありませんか。しかし、わたしはあの女が多分大陸のほうにでも行っているのだろうと思い、かりにも不正なことがあるなどとは夢にも思わなかったのです」

「それでは、あなたはどうして疑いをおもちになったのですか？」

「いまその話を申しあげるところですよ」ウィリアムズ氏はちょっと冷淡に答えた。「わたしは、今朝、別の用件でわたしのところに来たわたしの個人的友人で、ダイヤモンド商のスプラウルという男になにげなくその宝石を見せたのです。もちろん、それがどうしてわたしの手に入ったかは言いませんでした。彼はその石を見て非常に興奮し、わたしにそれをどこで入手したのかとたずねました。わたしは彼になぜそんなことをきくのかと思って、よくきいてみますと、何でもわたしのところにある石はどれもこれもデューク・アンド・ピーボディ商会で盗まれた石の回状にあるのとそっくりだというのです。彼はデューク・アンド・ピーボディ商会のほうに連絡すべきだと主張したのですが、わたしはまず警察にお知らせしたほうがよいと思ったのです」

「それは大変賢明でした」とフレンチはみとめた。「そのほうがたしかに正しい手続きでしたよ。ところで、いまわたしどもの第一になすべきことはあなたのお友達のスプラウル氏の想像がはたして正しかったかどうかを調べてみることだと思います。わたしはこのポケットに盗難ダイヤモンドの明細表をもっていますが、わたしは石の鑑定の専門家ではありませんから、デューク氏に来てもらったほうがよいと思います。電話をお貸し願えますか？」

デューク氏は当然新しい発展の詳細を知りたくてたまらなかったから半時間もたたないうちに

ウィリアムズ氏の事務所でほかの人々といっしょになった。フレンチは状況を説明して次のようにしめくくった。「で、デュークさん、これらの石があなたのおなくしになった石であるかどうかをお調べ願えますな？」

ダイヤモンド商は大いに興奮の態でさっそく検査にとりかかった。彼はレンズで石をこまかく調べ、持参の精密なはかりで目方をはかり、そのほかの検査をくりかえしたが、同席の二人は固《かた》唾《ず》をのんでその成り行きを見まもっていた。一個一個鑑定がすすんだが、全部彼のところから盗まれたものであった。いまここにあるのは、盗まれたダイヤモンドのうちでも一番小粒の、一番値の安い十六個の石だった。

その結果は、三人三様の感慨をもたらした。デューク氏の利益はウィリアムズ氏の損失であり、それからくる満足と狼狽の色が互いの顔にくっきりあらわれていた。一方、フレンチは喜色満面といった顔つきだったが、煙にまかれたようなところもないではなかった。

「大変なことになった！」ウィリアムズ氏は動揺と興奮にふるえる声で叫んだ。「いっぱいくわされたのだ！　三千ポンドもひっかけられたのだ！」彼はまるで警部が悪者であるかのように彼を睨《にら》みつけた。「この石がこの方《かた》のものであるということになると、損害はわたしのほうにかかってくるのでしょうな？　わたしにはとてもそんな力はない」

「そうならないように、望みましょう」とフレンチは気の毒そうに言った。「運よくあなたがお金をとり戻されるように望みましょう。しかし、いまはぼやぼやしている場合ではありません。わたしはまず銀行へ行って金が全部ひきだされたかどうか調べてきます。ウィリアムズさん、ごいっしょに来ていただけますか？　デュークさん、あなたには事件の成り行きは逐一お知らせします。もちろん、所定の手続きがすみ次第、石はあなたの許《もと》に戻りますよ」

ウィリアムズ氏は気をとりなおし、宝石を金庫に入れて錠をおろした。三人は事務所を出て、通りへおりた。そこで、フレンチはデューク氏に別れを告げたが、こちらはちょっとしぶしぶの態で別れた。で、残りの二人は銀行へいっしょに歩いていった。ちょっと待たされただけで、二人は支店長の部屋に通された。

「スカーレットさん、わたしはひどい目にあいましたよ」まだ腰もおろさないうちからウィリアムズ氏は切りだした。「たったいまわたしは三千ポンドの詐欺にあったことを知らされました。こちらはスコットランド・ヤードのフレンチ警部です。わたしどもはこの件であなたの御協力をお願いしにきたのです」

スカーレット氏は流行の服装に身をととのえた、物腰のやわらかい、立派な中年の紳士で、いかにも心配そうな顔をした。彼はフレンチと握手をかわし、お得意さんの損害に対して手短にすらすらと同情の意を述べ、役に立てればさいわいですと言った。

「あなたはおぼえておいででしょうか？」ウィリアムズ氏はせきこんで言った。「六週間ほど前わたしが一人の婦人を連れてきてアメリカのピッツバーグのルート夫人ですと言って御紹介したことを？　その婦人はわたしの切った三千ポンドの小切手をもち、わたしがあなたにその婦人を御紹介したのですが」

支店長はそのときのことを思いだした。

「あの金は貸付金でして、あの婦人はダイヤモンドを抵当に入れました。で、そのダイヤモンドをハースト・アンド・ストロンジ商会のストロンジ氏に鑑定してもらい、わたしはその値打ち以下の金額を用立てました。わたしとしては充分用心はしたつもりだったのですが、ところが、いま」ウィリアムズ氏は力なく絶望のしぐさをしてみせた。「いまになって、その石は全部盗品だったということがわかったのです」

「盗品ですって」スカーレット氏はおどろいてききかえした。「それは大変です。どうも、大変お気の毒だとは思いますが、それを発見なさるのがちと遅すぎましたよ。あなたの小切手はほとんど全額ひきだされています」

ウィリアムズ氏は明らかに凶報を予期していたのであるが、小さいうめき声をあげた。何か言いかけたが、フレンチが割って入った。「そうですか？　わたしどもはそのことをききにまいったのです。では、その取り引きについてできるだけ詳しくお話し願えませんか？」

「もちろん、お話しいたしましょう」とスカーレット氏は答えた。「しかし、そんなことをお話ししてもあまり役に立たないと思いますが」彼はそう言って卓上電話をとりあげた。「プレンチアス君にここに来てもらってくれたまえ」と彼は指図した。若い、金髪の青年が入ってきたとき、彼は話をつづけた。「これがあの取り引きを全部扱ったプレンチアス君です。ウィリアムズさんがおっしゃったように、ウィリアムズさんとその女の方がたずねてこられましたのは」彼は日記のページをくって言った。「十一月二十六日木曜日の正午頃のことでした。ウィリアムズさんはその婦人をピッツバーグのチョーンシー・S・ルート夫人と紹介され、その夫人が自分の切った小切手の受取人であることを証明しにきたとおっしゃいました。夫人は三千ポンドの小切手を見せ、ウィリアムズ氏はそれが自分の切った小切手であることをお認めになりました。夫人は礼を述べ、ウィリアムズ氏は帰られました。そのとき、夫人は臨時に口座を開きたいといい、千五百ポンドを現金にし、残りを預けておくと言いました。その翌日、残額は数シリングを残して全額ひきだされました。その数シリングはいまも残っていると思います。そうだったね、プレンチアス？」

「そうです」と金髪の青年は答えた。「そのとおりです。残額の正確な数字はすぐに調べられます」

「ありがとう、プレンチアスさん。しかし、ちょっと待ってください」とフレンチは口をはさんだ。「その前に、あなたとその婦人がこの部屋を出てからあなた方お二人のあいだでどんなことがあったのかお話し願えませんか？」

上役の顔をちょっと見てから事務員は答えた。

「ルート夫人はわたしに三千ポンドの小切手をわたし、半額を預金したいと言いました。わたしは必要な書類をつくって夫人の署名をもらい、夫人に預金通帳をわたしました。全部いつもやるとおりにやったのです。それから夫人は残りの千五百ポンドを小額紙幣で現金にしてほしいと言いました。夫人は、自分はロンドンははじめてだが、もうイングランド銀行券をくずすのがむずかしいことはよくわかっていると言いました。夫人は、小銭のもちあわせがなかったのである店で二十ポンド紙幣を出したらことわられ、ちょうど隣あわせの銀行で両替えをたのんだところ、出納係は取り引きのない人に紙幣を両替えすることはゆるされていないとていねいにことわったのだそうです。そういうわけで、札をくずすためにわざわざホテルまで戻らなければならなかったというのです。だから十ポンドより大きいお札はいらないと言い、十ポンド札を百枚、五ポンド札を百枚欲しいと言いますのでわたしはそのとおりにしました。夫人は紙幣を持参の手提鞄にしまいました。わたしはそんなに大きな金額をもち歩くのはあまり安全ではないと言ったのですが、夫人は笑って、大丈夫だと思う、だれもこの中に金が入っているとは気がつかないでしょうといいました。それからさようならを言って帰っていきましたが、それっきりあの人には会っていません」

「その女の態度や振舞いに何かおかしなところはなかったですか?」

「そんなことはまったくありませんでした」

「預金はあとで引きだされたとおっしゃいましたね。その点を話していただけませんか?」

「引きだされたというのはほとんど全額に相当する金額の小切手が切られたという意味です。あの婦人は自分では二度とここに来ませんでしたし、口座も元のままです。まだ残金が少々ありますが」

フレンチはうなずいた。

「そうですか。おっしゃることはよくわかりました。それでは、その帳簿と振り出された小切手をお見せ願えませんか」

数秒後に事務員は大きな帳簿をかかえて戻ってきた。彼はヘレン・セイディ・ルートの勘定のところをひらいた。口座はすこししか書きこみがなかった。借方の欄には千五百ポンドの記入があるだけで、反対側の欄には二百ポンド十シリングから千四百九十五ポンド七シリングまでの六つの記帳があった。支払い済みの六枚の小切手はその記入とあっていた。フレンチはそれを調べながら、それらの小切手がみなロンドンの流行の宝石店あてに振り出してあるのをみて興味をそそられた。

「これをお貸し願えませんか？」彼はそれらの小切手をさして言った。事務員は躊躇したが、そのときスカーレット氏が間に入った。

「よろしいですよ」と彼は即座に答えた。「ただ、監査役に見せるための受取証をお書きくださ い」

これはすぐ終わり、フレンチがそのほかに二、三質問をしたあと、彼とウィリアムズ氏は銀行を出た。

「さて」フレンチは相手が一言も言わないうちに、威勢よく言った。「わたしはこれからその六軒の宝石店をまわってみるつもりですよ。しかし、その前にあなたからもうすこしおうかがいしたいことがありますから、あなたのお店までごいっしょにまいりましょうか？」

ウィリアムズ氏はすぐさま承知した。彼は冷静なきちょうめんさをなくして、ただだっ児みたいに、はたしてうまくいくだろうかといったような質問を相手に浴びせた。フレンチは彼のいつもの陽気な、楽天的な口調で答えていたが、二人がウィリアムズ氏の私室にもう一度腰をおろしたとたんに、彼はその慈父めいた態度をかなぐりすてて、元どおりスコットランド・ヤードの抜け目のない有能な警部にたちかえっていた。

「はじめにですな」フレンチは手帳をとりだしながら、切りだした。「わたしはその女の人相をあなたの口からおききしたいのです。どうやら、その女というのは外見も態度も魅力のあるなかなかの美人だったというふうに思えますが、あなたもそういうふうにお感じになったのですか」

ウィリアムズ氏はちょっとためらった。

「ええ、まあ、そうですね」と彼は認めたが、何だか言い訳がましいところがあるとフレンチは思った。「たしかに一風変わっていましたね。普通のお客さんとはちがう何かがありましたよ。あの女の態度そのものにはちっとも怪しいようなところはありませんでしたが」

「女のペテン師というのは大概《たいがい》きれいな顔をしていますよ」フレンチはやんわりと言った。「それは連中の資本みたいなものです。ところで、ひとつ、できるだけ詳しく人相を話してくださいませんか?」

その女は、背丈は中背、髪の毛とまつ毛は非常に黒かったが、目の色はそれほどでもなく、むしろ金色がかったとび色だったという。鼻は先がすこし上向き、小さい口が卵形の顔におさまっていた。顔の色はおどろくほど青白かったが、病的ではなかった。髪は耳にかぶさるくらいたっぷりしていて、笑うと思いがけないえくぼができた。ウィリアムズ氏はそういう詳細な点を実によくおぼえていたので、フレンチは心の中で苦笑を禁じえなかったが、表向きはしかつめらしい顔でそういう特徴を手帳に書きとめた。金貸しは彼女の服装についてはまるでおぼえていなかったが、スカーレット氏がそのことはよく観察していて、彼女の服装はもう記入済みだったからそのことはたいして問題ではなかった。

「それでは、ウィリアムズさん。つぎに、その女が自分の身元についてどんなことを言い、またあなた方でその女の申したてを調べるためにどんな調査をなさったかを話してくださいませんか？　その女はパス・ポートをなくしていたのですね？」

「そうです。わたしはその点についてあの女がどんなふうに言ったか、いや、何を言ったかはもうお話しいたしました。あの女は名刺をだし、ピッツバーグあてに来た何通かの手紙の封筒を見せたりしました。それからオリンピック号でとったという多勢うつっている写真を何枚か見せました。その中にはあの女もうつっていました。それから出帆して三日目の食事のメニューも見せました。あの女は、かえりの切符はパス・ポートといっしょに盗まれてしまったからそれは見せることができないと言いました」

「しかし、そいつはたしかじゃありませんな」とフレンチは批評した。「そんな証拠はみんなでたらめかもしれませんからね」

「おっしゃるとおりです。わたしもそのときそう思いました」と金貸しは言った。「で、わたしはそれだけで安心せず、御存じかと思いますが、あの私立探偵のダッシュフォードに調査を依頼したのです。わたしはピッツバーグにいるあの連中の代理人にルート夫人の人相書きと夫人がオリンピック号でイギリスにわたったかどうかを調べるために電報をうってくれとたのみました。ここにその返事があります」

彼はファイルから一枚の紙片をとりだし、それをフレンチにわたした。それには上部に「私立探偵社J・T・ダッシュフォード事務所」と刷ってあり、内容は次のとおりだった。

「拝啓
チョーンシー・S・ルート夫人にかんして
小社では昨日の御照会の件にかんし、ピッツバーグの小社代理人に電報で照会した結果、つぎのような回答を得ましたのでお知らせ申し上げます。
『ちょーんしー・S・るーと。当地ノ鉄鋼会社重役。富裕、妻ハ美貌、中背、髪黒ク、色白、ウリザネ顔、口元小サク、態度快活、魅力ニトム。おりんぴっく号ニテ渡欧。家族O・K』
以上の報告で御満足願えるものと信じます。
敬具
J・T・ダッシュフォード事務所」

フレンチは思案しながら口笛をふいた。

「こりゃ充分すぎるくらいですな」と彼はゆっくり言った。「わたしはダッシュフォードの連中を多少知っていますが、連中はこういうことにかけては充分信頼できますからね。どうやら替玉めいてきましたな」

「ああ」とウィリアムズ氏が叫んだ。「替玉ですか！　そいつは気がつかなかった」こんどは彼のほうがちょっと間《ま》をおいて、それからまたつづけた。「しかし、わたしにはどうもそんなことはありえないように思われます。わたしはダッシュフォードに依頼しただけでなしに、ホワイト・

スター汽船にも電話をしましたが、そこの話だとやはりルート夫人は実際に航海をしたことになっていたのです。わたしはサヴォイ・ホテルにも電話をしましたが、そこの話では、夫人は、わたしに言ったとおりの時間に、オリンピック号のレーベルをはったトランクをさげてホテルに着いたと言っていました。おまけに、わたしは、もっと念を入れようと思いまして、サザンプトン警察に電話して手提鞄が盗まれた話が本当かどうかをきいてみたのです。そこでもやっぱりルート夫人の話のとおりだったのです。これだけ調べてみたのですから、わたしは絶対大丈夫だと思ったのですが」

「あなたがそうおっしゃるのはすこしも無理ではありません」とフレンチはみとめた。「たいていの人はそれで満足すると思いますよ。しかし、今となっては事情は全然別ではありませんか？すでにもう疑惑が生じているのですから。その婦人があなたをたずねてきたときの事情にはその女の話を疑わせるようなものは何もなかったというわけですね。わたしはあなたに心から御同情申しあげますよ、たいしてお役にも立たないでしょうが……しかし、もちろん、今ではおわかりのことと思いますが、あなたのおあつめになった情報はどれひとつ本当に確実なものではなかったのです。わたしは、オリンピック号でヨーロッパにわたったピッツバーグのチョーンシー・S・ルート夫人なる女性がいること、それから、一般的に言ってその夫人があなたのお友達に似ていただろうということは疑いませんよ。しかし、その人がはたして借金を申しこんだ当の婦人であったかということになるとわたしは非常に疑問に思いますね。おわかりでしょうか、本物の身分証明、つまりその女の名前を記入したパス・ポート、帰りの切符などが足りません。それに、その女はルート氏に相談するのをことわったというではありませんか？　いや、ここにあらわれた婦人はどうみてもルート夫人ではありませんね。しかし、その女はルート夫人ではないけれども、ルート夫人とは個人的な知りあいであるか、あるいは夫人について非常によく知っているかどちらかにちがいありませんね。あなたはこの点をどうお思いになりますか？」

「そうかもしれません。たしかにそうかもしれません、警部さん。あなたのおっしゃるとおりだろうと思いますね。しかし、もしそうだったとしたら、わたしの金をとり戻す方法がいったいあるのでしょうか」

フレンチは首を横にふった。

「どうもその見込はあまり明るいとは言えませんね」と彼はみとめた。「しかし、いまのところまだわかりませんよ。もちろん、われわれはその女を捕えるように努力しますが、ひょっとしたら金を全部つかいはたしているかもしれません。ところで、他に何かおっしゃることがなければ、わたしはこれからサヴォイ・ホテルとその女が小切手で支払いをした店をまわってみようと思いますが」

フレンチ警部はゆっくりコックスパー通りを歩いていった。彼の頭はこの予期しない発展にいささかぼんやりしていた。ルート夫人の替玉だろうということは容易に——あるいは比較的容易に——理解することができた。そんなことはちょっと機転のきく女ならたいしてむずかしいことではあるまいと思った。もっともサザンプトン警察にとどけたというのはたしかにおどろくべき深慮遠謀にはちがいなかった。しかし、彼がまったく理解に苦しんだのはこの女がいったいどうしてデューク氏のダイヤモンドを手に入れたかということであった。ルート夫人の替玉をたてるということは実際には盗みをはたらく前に仕組まれていたのにちがいない。とすると、これは彼が思いも及ばなかった大がかりな犯罪であるということになる。そうして、この犯罪には一人以上の人間がぐるになっていることになる。もっともこれは謎《なぞ》の婦人が実際に人殺しをしたのでなければの話だが、フレンチにはその女が下手人であるとは到底信じられなかった。彼は目前に待ちかまえている手がかりのことを思って満足そうに微笑した。どうやらこれでいままで丸つぶれだった面目をとりかえすことができるというものだ。

彼は突然デューク嬢のことを思いだした。あの令嬢とその謎の女とのあいだには関係があるのではないだろうか？ ルート夫人というのがあのレインコートを着た女だったのではないだろうか？ その女というのはデューク嬢その人ではないだろうか？ これは遠大な疑問である。こういう問題を考えながら、彼はこれでどうやらここ数日の仕事にはことかかないわいと思った。

10　毛布数枚

短い昼食のあいだにもフレンチ警部は、ウィリアムズ氏の話からすぐに出てくる問題、つまり今後の調査をどの点から攻めていくのが一番いいかという問題をしきりに考えていた。

いろいろな事実について詳しい調査を行なわなければならないことははっきりしていた。彼は、この犯罪について包括的な仮説をたてる前に、そういう調査をいつもの系統的なやり方できちんとやってのけなければならないと感じた。彼はまずルート夫人と名のる謎の女についてできるだけ詳しく調べなければならなかった。このためにはピッツバーグに照会することが必要であるし、ホワイト・スター汽船、サザンプトン警察、サヴォイ・ホテル、小切手の振りだされたあちこちの宝石店で調査することが必要である。できれば、ルート夫人、あるいはその替玉を見つけださなければならない。以上のことが片づきさえすれば、こんどはその見つかった女性とデューク嬢の関係、あるいは、どんなことをしてでも、その女性とデューク氏の宝石との関係、さらにはチャールズ・ゲシング殺害との関係を洗うために努力もできようというものである。

食事を終える頃までには、彼はまず作戦の手始めにサヴォイ・ホテルを洗ってみようと腹をきめていた。十分後にはホテルの中庭に入って、事務所へ行き、支配人にお目にかかりたいとたのみこんでいた。

フレンチは立派な支配人に用件を順序よく説明したところが、この支配人は、何を求められているのか理解しても、ただ頭をふって、どうすればよいかお教え願いたいとフレンチにたのむ始末だった。

「まず第一にですな、宿帳をお見せ願いたいのですよ」とフレンチは説明した。

「それなら、たしかに、お安い御用です」

支配人はフレンチを事務所に案内し、彼を美人の受付嬢に紹介した。それから宿帳をぱらぱらとめくっていたが、ほどなく叫び声をあげた。「これらしいですな、警部さん」

記載事項は次のようになっていた。「十一月二十四日。チョーンシー・S・ルート夫人。ピッツバーグ、米国。一三七号室」

フレンチはスカーレット氏から受取った小切手をとりだして、署名を注意ぶかく調べてみた。

「これですな」と彼は言った。「間違いなく同じ手ですよ。ところで、問題はですな、こちらの御婦人がその女性をおぼえていらっしゃるかどうかということです」

受付嬢はもじもじした。

「あの日はアメリカ人のお客が多勢いらっしゃいましたので」彼女はゆっくり言いながら名簿の上に目を走らせた。「皆さんのことをおぼえているのは容易なことではございません。それに六週間も前のことでございますから」彼女はまた言葉を切り、頭をふった。「ちょっと思いだせそうにありませんわ」

「あれはオリンピック号がサザンプトンに着いた日なんですがね」とフレンチは気をひいてみた。「あの特別船からおりた人は多勢いたでしょうな」彼は、もう一度宿帳に目をやった。「ほら、ここにこんなに多勢アメリカ人がいますよ。ニューヨーク。ボストン。ニューヨーク。ニューヨーク。フィラデルフィア。その他。これは、みな特別船の乗客ですね。しかし――」彼はちょっと間をおいて宿帳の欄に指をはしらせた。「おや、これはなかなかおもしろい。ルート夫人の名前はこの人たちの中には見あたりませんよ。ほらここに、名簿のずっと下のほうにあります。というのは、つまり、夫人が午後おそく来たことを意味しますな。そうじゃありませんか？　すると何か思いだせませんか、ピアスン嬢？」彼は返事を待ったが、娘が答えないので、言葉をつづけた。「それじゃ部屋におぼえがありませんか？　一三七号室というと何か思い出すことはありませんか？」

　娘はかわいい頭をふった。

「勘定のほうを見てごらん、ピアスンさん」と支配人が知恵をつけた。

　娘がもう一冊の大きな帳簿をもってきたので、三人でその記帳を見ていった。それによると、ルート夫人は組部屋《スイート》を――一三七号というのは寝室と浴室と居間からなる組部屋であった――十一月の二十四日、二十五日、二十六日と三日間借りてその代金を払ったらしい。彼女はホテルで到着の夜の夕食、それからあと二日間の朝食、昼食、夕食と都合七回食事をしたことになっている。食事は全部自分の部屋に運ばせたらしい。

「人目をさけたというわけか」とフレンチは思った。それから口に出してこう言った。「すると出発の朝の朝食はやらなかったのですか？」

　この言葉にピアスン嬢が叫び声をあげた。

「いま思いだしましたわ」と彼女は叫んだ。「あなたのお話をきいているうちに思いだしましたわ。そうですわ、あの方はその朝は食事はなさいませんでした。前の晩にたたれたんですもの。あのときの事情をいま全部思いだしましたわ。あの方は夜お着きになりました」彼女は宿帳に目をやった。「二十四日の夜でしたわ――かなりおそく――七時から八時までのあいだだったと思います。そうして、組部屋を三、四週間借りたいとおっしゃいました。髪の毛の黒い、顔色の青白い方で、言葉にはつよいアメリカなまりがありましたわ。わたしはあの方に一三七号室をとってさしあげましたら、食事を部屋に運んでくださいとおっしゃいました。二晩あとの八時ちょっと前にまた受付にいらっしゃいまして、パリから急な電報が来たので、その晩にたたなければならなくなったとおっしゃいました。一週間くらいしたら帰ってこられると思うが、はっきりしたことはわからないから部屋のほうは解約したいということでした。わたしは勘定書をつくってさしあげましたが、そのときここの規則でその晩のお泊まりの分もお代金をいただかなければならなかったのです。そんなことがありましたから、そのときのことを思いだしたのですわ。でも、あの方はそんなことはちっとも気になさいませんでした。そんなときいろいろなことをおっしゃるお客様もいらっしゃいますが。で、それからおたちになったのですが、それっきりお目にかかっていませんわ」

美人の受付嬢の話はこれで全部であったから、フレンチはこんどは、問題の夜、一三七号室の世話をした女中をよんでほしいとたのんだ。

この女中からは彼は最初何ひとつ聞きだすことができなかった。十五分ばかり思いださせようとしてしきりに骨をおったが、うまくいかなかった。ところがそのとき、受付嬢の場合とおなじように、ある偶然のきっかけから光明がさした。その女中は、オリンピック号のレーベルをはった、ルート夫人という名札のついた荷物を見た記憶があるかとたずねられて、彼女は不意にそのことを思いだしたのだった。彼女は新聞でおなじ名前の有名なアメリカ人のことを読んだことがあり、ルートという名前に注意をひかれ、この荷物の持ち主がその人と何か関係があるのかしらと思ったのだった。彼女はその荷物のことをはっきりおぼえていた。大型の、新品らしいアメリカふうのトランクが二個で、汽船のレーベルがはってあり何とかルート夫人と書いてあった。そうだ、たしかチョーンシーという名だった。そういうふうな、アメリカ人にしかないような、何だか変てこな外国ふうの名前だった。しかし、荷物のことはおぼえていたけれども、この女中はその婦人については何も思いだせなかった。

ほかにもホテルの従業員を何人か調べてみたが、何の効果もなかったので、フレンチは人気《ひとけ》のない社交室《ラウンジ》の片隅へひっこんで、この問題を考えにかかった。やがて、ふと、そのトランクが一つの手がかりになるかもしれないと思った。トランクを運ぶためにはタクシーがいる。タクシーで運んだのなら、そのタクシーを探しだすことができるのではあるまいか？

彼は主任ポーターのところへひきかえして質問をはじめた。車はたいていこの近所の通りにならんでいるのをよんでくるという。もちろん、その瞬間に通りすがりのタクシーをよぶこともたびたびあるが、十のうち七までは通りにならんでいるのを雇うということであった。

フレンチはホテルを去って、タクシーの列のところへぶらぶら歩いてゆき、先頭の車の運転手に話しかけた。その男は、そこにならんでいるタクシーはみなメトロポリタン交通会社というひとつの会社の車であるとおしえてくれた。運転手は一日車を走らせたあと運転日誌をつけるから、ヴィクトリア通りにある事務所へ行けばそのこともわかるかもしれないということであった。

フレンチは事務所へ行ってみることにした。そうして、十五分後には支配人と話をかわしていた。しかし、その紳士は望みどおりの情報を提供できるかどうかおぼつかなげであった。この事務所にはたしかにかなり完全な走行記録が保存してあり、それはメーターの記録や納入された代金と照合されることになっていたが、乗客の名前や人相などは書いていないのが普通である。したがって、十一月二十六日の夜、七時四十五分頃サヴォイ・ホテルからヴィクトリア駅まで行った車があるかどうかということならわかるが、どんな乗客がその車に乗ったかということまではわかりかねるというのである。

「それじゃ、七時四十分から八時十分までのあいだに、行先はともかくとして、あのホテルから出た車を書きだしていただけるでしょうか」とフレンチは言った。「わたしは一人一人の運転手にあたってみます。ひょっとしたらその女をおぼえている者がいるかもしれませんから」

「それは書きだしてさしあげましょう」と支配人は承諾した。「しかし、ちょっと時間がかかりますよ」彼は電話で事務員をよんで必要な指示をあたえ、椅子に背をもたせながら、いかにも話好きそうに言った。「何かあったのですか？　おたずねしてはまずいですか？」

フレンチはおだやかな微笑をうかべた。

「とんでもない」と彼は相手を安心させた。「全部話してあげますよ。どうやらわたしの探しているその女というのはとんだ悪党らしいのです——ダイヤモンド泥棒らしいのですよ。その女は自分はアメリカの大金持ちの鉄鋼王の妻だと称しているのですが、わたしどものほうでは真赤なうそだと信じています。で、その女はその晩トランクを二個とそれから小さい手荷物をいくつかもって、ヴィクトリア駅八時二十分発のパリ行きに乗るために例のホテルを出て、そのまま行方をくらましてしまったのです。それでいまその女を追跡中というわけですよ」

支配人は好奇心をいだいたらしかった。

「そうですか」と彼は言った。「いまおっしゃったことはなかなかいい手がかりじゃありませんか？　うちの運転手は荷物の記録をとることになっています。つまり、外に積む荷物は料金がかかるからです。ですから、外側に二個のトランクを積んだ車を探せばいいので、範囲はずっとせばまりますよ」

「それは一つの考え方ですな」とフレンチはみとめた。「しかもなかなかいい考え方です。しかし、わたしはその女が二個の大きなトランクとそのほかに手荷物をもっていたということしかわかっていないのです。ですから外の荷物は二個以上だったかもしれませんよ」

「そんなことはありません。御婦人が一人だけだったとしたら、手荷物は車内にもちこんだでしょうからね。さあ、リストが来ましたよ」

支配人のところに来た表によると、問題の晩、七時四十分から八時十分までのあいだに二十八台ほどのタクシーがサヴォイ・ホテルを出たことになっている。このうち二十台はあちこちの劇場へ行ったことになっていて、残りの八台のうち、二台はユーストン駅へ、一台はキングス・クロス駅へ、一台はハムステッド駅へ、一台はケンジントン駅へ、そうして三台がヴィクトリア駅へ行ったことになっている。

「御覧なさい」支配人はヴィクトリア駅へ行った二番目のタクシーを指さしながら言った。「特別料金の欄の下に『荷物二個』と書いてあるでしょう。これがあなたのおのぞみの車ですよ」

支配人の言うのが正しいようであった。ヴィクトリア駅へ行ったタクシーのうち、第一番目のは外の荷物がなく、第三番目のは五人連れの客をのせている。第二番目のタクシーは一人の乗客をのせ二個の外部荷物をつんで七時五十五分にホテルを出ている。

「こいつはなかなか有望ですな」とフレンチはみとめた。「その車の運転手さんがどこにいるか教えていただけるとありがたいのですが」

「ジョン・ストレーカーです」支配人は卓上電話をとりあげた。「彼はいま出ています。彼の場所はサヴォイ・ホテルのそばですから、そこへおいでになって、お待ちになっていらっしゃればやがて戻ってきますすよ。いま書いたものをさしあげますから、それをお見せになれば、何かと話をしてくれるでしょう。一風変わった風采の男で、きれいにかみそりをあてた、やせた白い顔をしています。ちょっとかぎ鼻で、非常に黒い目をしています。すぐにわかりますよ。あの男の時間表をおもちになったほうがいいでしょう。それを見たら思いだすでしょうから」

フレンチは支配人に礼を言って駐車場に戻った。運転手らの顔を見ながら車の列に沿って歩いていると、一台のタクシーがやってきて列の後尾に止まった。その運転手はさっきの人相書きにぴったりだった。彼がエンジンのスイッチをきり、手が空いたらしいのを見てとって、フレンチは彼のところへ歩みより、用件を告げた。

しばらくその男は頭をかいたり、自分の時間表のページをくったりして考えていたが、やがてフレンチの顔を見た。

「あのときのことはおぼえていますすよ」と彼は言った。「おかしな話だが、あの週にヴィクトリア駅へ行ったのはあのときだけだったものですから。いつもなら、ちょいちょい行くところなんですがね。で、あの晩行ったことはおぼえていますよ。女の人でしたがね、大きな箱を二つもっていましたよ。車につむにしちゃその箱がちょっと大きすぎたのでよくおぼえているんでさ。もっとも、あたしはうまくつみましたがね」

「どこへ行ったんです?」

「ヴィクトリア駅の本線改札口のほうだったと思いますよ。たしかなことはおぼえていませんがね」

「それだけわかれば御《おん》の字だ!」とフレンチはうれしそうに言った。「で、その女の様子を話してくれませんか?」

これは、しかし、運転手の手にはおえなかった。彼はその女のことを特に注意して見ていなかったし、荷物を運んだ赤帽のこともおぼえていなかった。しかし、フレンチはそんなことまで期待していなかったので、この運転手が話してくれたことだけで充分驚きもし、よろこびもしたのであった。

そのときから次の日ほとんど丸一日かかって、彼はヴィクトリア駅の赤帽や監督や改札係やその他ひょっとして獲物を見たかもしれない職員を全部あたってみた。しかし、彼は全然ついていなかった。未知の女は依然として未知のままだった。

問題をしきりに頭の中でこねまわしているうちに、トランクにかんしてもうひとつの手がかりがあるのにふと気がついた。そのトランクは二つとも大型のものであったから客車にはもちこめなかったはずである。とすると、チッキでおくったことはほとんど確実だった。その記録がひょっとして残っていないだろうか？

彼は手荷物の受付へ行って、係にたずねてみた。はい、その記録はございますとも。しばらく保存しておいて、それから破棄するのです。十一月二十六日付のニュー・ヘーヴン行き汽船連絡列車のチッキの記録なら苦もなく見つかりますよ。警部さんのためならよろこんで見つけてあげますよ。

しかし、その記録をよく調べてみたが、それにはルート夫人の名前もなければ、だれかがその汽車で大きなトランクを二個あずけたというような事実も記載してなかった。

フレンチは問題のそのトラックをチッキでなしにおくる方法があるかどうかをたずねてみた。それはあることはあるが、まずそんなことはしないだろうという。どっちにしても、そんなことをしたら、税関が見逃すはずがないとその受付の男は言った。しかし、税関でそんなことがあったかどうかを調べるのにはちょっと時間がかかりますよと言う。

「そんなことはしなくてもいいですよ」とフレンチは言った。「すくなくともいまのところは」

かりにこの女の悪党が、フレンチの信ずるように、ルート夫人になりすましているとすれば、ダイヤモンドを処分することができさえすれば、たちまち姿をくらまして元の自分に戻るのではあるまいか？　もしそうなら、邪魔なトランクを厄介ばらいしてしまうのではないだろうか？　彼女は本当にトランクが必要だったのだろうか、それとも、ヴィクトリア駅に着いたときにトランクは用済みになってしまったのではあるまいか？

彼はこの考えに一縷の望みをかけることにした。もし彼女がトランクを厄介ばらいしたいと思ったなら、彼女はどんなふうにして目的を達するだろうか？

いくつかの方法があるが、一番簡単で、一番いい方法は一時預り所に預けっぱなしにしてしまうことだということに気がついてフレンチはしめたと思った。何か問題が起こるまでには非常に長時間経過するであろうし、問題が起こったとしても、鉄道のほうでトランクを開き、中身を競売にしてしまうくらいがおちであろう。

彼は一時預り所にまわって、たずねてみた。すると、たちまち意外な吉報に見舞われた。紹介された係員はにっこりわらって書類をひっくりかえし、ある一項目を指さした。「アメリカふうの大型トランク二個。ホワイト・スター汽船のオリンピック号のレーベルつき。チョーンシー・S・ルート夫人。サザンプトン行きの乗客」

「ちょっぴり運がよかったのですな」と係は言った。「わたしはきょうこのリストを調べていたところだったのですよ。そのとき、この項目に気がついたのです。あの箱二つは先月の二十六日に預かったまま、まだ引取人があらわれません」

「それをあけてみて、本庁へもっていきたいのですが」

必要な権限はすぐに得られたので、フレンチは係にしたがって、あらゆる種類の荷物をつめこんだ大きな部屋に入っていった。係の赤帽をよぶと、二人は二つの大きなトランクの置いてある一隅につれていかれた。フレンチはレーベルを見て、それがたしかにもとめているトランクであることを悟った。

「それをひっぱり出してくれ、ジョージ」係員が指図した。「こちらの方があけてみたいとおっしゃるんだ。場合によってはお持ちかえりになるそうだ。そうでしたね、旦那？」

フレンチは一人きりになって、まずレーベルの筆跡が小切手の筆跡とおなじであることをたしかめた。それから、合鍵の束をポケットからとりだして錠をあけにかかった。まもなく二つともあいた。

しばらくのあいだ、彼はあっけにとられてその中身を見おろしていた。全部毛布だった！　まったく安物の、新品だが、べらべらの毛布だった。毛布はかなりぎっしりつまっていて、完全にトランクいっぱいになっていた。

彼は毛布をひきだして、一枚一枚ひろげてみたり、ふってみたりして、毛布の中に何か小さいものがかくしてないかどうかをたしかめてみた。しかし、何も入っていなかった。

からっぽのトランクの中には指紋の残っていそうな滑らかな表面も見あたらなかった。内側はズック張りであった。質は上等だったが、指紋がつくには粗《あら》すぎた。

フレンチ警部はまんまといっぱいくわされたのを感じた。この毛布は一体何のためなんだろう？　そうして、こんな毛布をもち歩いていた女は一体どこへ行ってしまったのだろう？

これではあの女の捜査は一歩も前に進んだことにはならない。あの女はフランスへわたってしまったのか、それとも南部線のどこかへおちのびたのか、それともただこの駅から外へ歩いて出て、ロンドンという荒野の中にのみこまれてしまったのか、いずれにせよ、彼女はふりだしとおなじく杳《よう》としてその行方が知れないのだった。トランクの発見という予想外の収穫がこんなにわずかのものしかもたらさないとは何という間《ま》のわるさだろう。しかし、ひとつだけはっきりしたことがある。つまり替玉の問題が解決したのだ。ほかのどんな仮説をもってしてもトランクの放棄という事実は説明し得ないからである。

それまでにすでに考えていたことがまた彼の頭に戻ってきた。もし未知の女がルート夫人になりすましていたのなら、その女はルート夫人の知人であるか、あるいは彼女のことをたくさん聞き知っているのにちがいない。だから、ひょっとすると、ルート夫人がその未知の女を知っているかもしれないのだ。フレンチはこの未知の女のことを心の中でX夫人とよぶことにしていたが、この夫人が実際にオリンピック号で大西洋をわたってきたこともほとんど確実であるらしい。でなければどうして彼女はレーベルや食事のメニューを手に入れたりすることができるだろう。この二つの不可能性を容認すれば、本物のルート夫人とX夫人が船の上ではじめて会ったことはほとんどまちがいない。そうだとすると、これはルート夫人に会ってみる値打ちがあるのではないだろうか。そうすれば彼女は消去法を用いてこんな奸計をやってのけた人物を一人なり二人なりあげてくれ、フレンチにもう一つの攻撃点をあたえてくれるかもしれないのである。

この点は調べてみる値打ちはあると考えて、彼はスコットランド・ヤードに戻り、ピッツバーグの警察に電報をうってルート夫人の現在の居所を知らせてくれるように依頼した。

彼は時計を見た。まだ五時にはなっていなかった。それで、彼は退庁時間になるまでにもう一軒たずねる時間があるだろうと思った。十五分後に、彼はストランドのはずれのサフォーク通りにあるダッシュフォード探偵事務所の扉を押しあけた。

「パーカー氏はおいででしょうか?」彼は受付のところに出てきた美しい娘にたずね、彼女の問いに答えて自分の名を言った。「スコットランド・ヤードのフレンチ警部です。パーカー氏の旧友でして、このまま中に入れていただきたいのですが」

娘が彼をうさんくさそうに見ているうちに、彼はカウンターを通りぬけ、事務所を通りすぎて、そのむこうの壁についている扉をノックした。彼は返事を待たず扉を押しあけ、中に入り、背後の扉をしめた。

その部屋の中央で机にむかって書きものをしていたのは図体の大きい屈強な男だった。彼は上を見ず、短気そうに「どうした?」とつぶやいた。

「そっちこそどうしたい?」フレンチは相手の調子をまねてつぶやいた。

太った男は顔をあげた。彼の赤ら顔に微笑がうかんだ。彼はのっそりと立ちあがって、大きな手をさしだした。「やあ、ジョーかい。よく来たな。ずいぶん久しぶりだったじゃないか。椅子を暖炉のほうへもってきたまえ。ニュースってのを聞こうじゃないか」

フレンチは言われたとおりにしながらこんなことを言った。

「景気は上々だな、トム、忙しいんだろう?」

「貴様と話もできないほど忙しくはないさ。本庁のほうはどうだい?」

「本庁のほうはまずまずだ。いつまでたってもうだつがあがらないや。きみが早いとこ見切りをつけて商売替えをしたのは賢明だったと思うことが何度もあるぜ。一国一城の主《あるじ》だもんな、そうだろう?」

太った男は頭をふった。

「どうだか」彼は煙草入れを客にわたしながらゆっくり言った。「どうだかなあ。そりゃ一国一城の主にゃちがいないが、それだけ苦労もあるというもんだぜ。仕事がなけりゃあごが干上がっちまう。貯金の利息のほかには、定年になって年金をもらうというわけにもいかない。おれはやめてからこっち年金のことを何度考えたかしれやしないぜ」

「くだらねえ！」フレンチはパイプに煙草をつめながら愉快そうに言った。「年金のことを考えるにはまだちと若すぎるぜ。実は一週間ほど前にきみに会いにきたのだが、そのときはスコットランドにいたらしいな」

「うん、例のマンロー事件だよ。マンロー老人を何とかしてやろうと思ってね。どうやら、爺さんうまくいきそうだよ」

「そうだろうな」話は次第にあらぬほうへそれていった。そこでフレンチは自分の用件のほうに話を戻した。

「おれはいまきみのほうでも手をつっこんだある事件にかかっているんだ。それで、きみのほうでその件について何かやってもらえるかどうかをききにきたんだがね。一件というのは六週間前にコックスパー通りのウィリアムズ・アンド・デーヴィス商会がこっちに依頼したピッツバーグのルート夫人にかんしてなんだ。その女の人相とか、そいつがオリンピック号で大西洋をわたったといったようなことを調べてくれといってきたろう？」

「うむ」と太った男は言った。「しかし、その件はもうすんだぜ。あれはおれが自分でやったんだ」

「何のために必要だかは言わなかったかい？」

「いいや。ただそういうことをきいてきただけだったよ」

「そいつがそもそものまちがいのもとだったんだな。まあ、聞けよ。一人の女がウィリアムズのところに来て、自分はルート夫人だと名乗り、オリンピック号でわたってきたと言ったんだ。手提鞄をとられたので、パス・ポートも切符も金もなくなってしまったと言って、トランクの中のダイヤモンドを抵当に三千ポンド貸していただきたいと言ったんだ」

「それで、それがまずかったのかい？」

「そこまでは完全によかったんだ。ウィリアムズはきみの報告でその女がルート夫人だと思いこんで金を貸してしまったんだ」

フレンチは言葉を切り、微笑をうかべた。相手はうなった。

「畜生！　その先を話せよ。その石は模造だったのか？」

「どういたしまして。ハースト・アンド・ストロンジ商会のストロンジに見てもらったところ、全部本物で三千三百ポンドの値打ちものだったんだ。ところがだよ」——フレンチはここで言葉を切り、非常につよい口調になった。「その石は全部その前の晩にデューク・アンド・ピーボディ商会から盗まれた石だったのさ」

太った男はさっと顔色を変えた。彼はフレンチを、まるでこの哲学者が自分の目の前でルート夫人に早替わりしたかのように、まじまじとねめつけた。それから彼はどしんと自分の太腿を叩いた。

「あん——畜生！」彼はゆっくり言った。「その前の晩にね！　とんでもない野郎だ！　で、その先を話してくれよ」

「それで話はおしまいさ」とフレンチは言った。「その女は表むきオリンピック号で来たと称して前の晩八時頃サヴォイ・ホテルに着き、それから次の晩にホテルを出て行方をくらましてしまったんだ。いままでのところ何の手がかりもない。おれは糸をたぐってヴィクトリア駅までは行ったのだが、そこで足どりは消えているんだ」

太った男はすっかり考えこんでしまった。

「しかし、もしウィリアムズ・アンド・デーヴィス商会がその件でわれわれに文句をつけたとしても、それは見当ちがいだぜ」やがて彼はそう言った。「むこうはこっちに質問を出し、こっちはむこうさまに正確かつ迅速なる回答をさしあげたのだからね」

「それは承知している」とフレンチは同意した。「ウィリアムズはきみに質問の出し方を間違えたのだよ。ルート夫人に化けているやつがあるんだ。すくなくとも、おれはそうにらんでいるね。ところで、おれがきみにききたいことはきみがその情報をどこから手に入れたかということなんだ。ないしょの話だが、きみはあれに満足しているのかい？」

太った男は気さくに拳をふった。

「おい、お若いの」と彼は言った。「やけにあらたまるじゃないか。いいとも、話してやるよ」それから急にまじめな口調になって言った。「ピンカートンのところをとおしたんだ。うちはあそこと協定ができていてね。おれはあそこのニューヨーク事務所に電報をうったら、先方で情報をとってくれたんだ」

「大丈夫だろうとは思っていたんだ」とフレンチは答えた。「しかし、おれはきみがどんなふうにやったかを知りたかったんだ」

二人の男はしばらくむだ話に興じていたが、やがてフレンチはこれで失礼すると言った。半時間後に彼は自分の家にたどりついた。彼は自分のスリッパ、自分のひじかけ椅子のことを思いつつ、ほっと溜息をついて家に入った。

11　宝石の取り引き

フレンチ警部の陽気な自信は目先の捜査方針に何の不安もないときにいちばん強く発揮される。明らかに何かしなければならないことがあるとなると、彼はつねに勇猛果敢にその仕事にとびこんでいき、それをやりとげてしまう。そんなときはどんな困難、どんな不愉快なことにもひるまない。自分の仕事をやりとげて立派な成果をあげることができるとわかっているときはいつでもそうである。この男が陰気にふさぎこんでいるのは大体先の見通しがつかないときと相場はきまっているが、そんなときはまるで頭痛にせめられている熊みたいなもので、彼の部下たちは自分たちの仕事がゆるすかぎり彼から遠ざかっていようとする。

探偵事務所のあの大男の代表と話しあった次の朝、彼はことのほか上きげんだった。つまり、その日の計画が満足な形で存在していたばかりでなく、その計画のすばらしさについて何の疑いも彼の気持ちを曇らせなかったからである。彼はまっさきにX夫人が小切手を振り出した宝石店を歴訪し、それから、これが何も新しい攻撃の線を指し示さなかった場合は、ホワイト・スター汽船の事務所で調査をやってみようと思っていた。そのときまでにはピッツバーグからの返電が来ているだろう。

本庁でいつもの報告を提出したとき、彼は小切手をとりだし、訪問すべき場所を書きだしておいた。最初の二軒はピカディリーにあったので、彼はまず手はじめにバスでそこへ行くことにした。

一時までに六軒ともまわりおえ、クランボーン通りの小さいフランス・レストランで昼食をしたためながら、彼は調べてきたことを頭の中で吟味した。どこの店でも、待つほどもなく、X夫人に応対した店員が見つかった。六人とも彼女のことをおぼえていたが、彼女との取り引きはどこでも似たようなものだったらしい。どの店でも彼女はまもなく結婚する親しい友達への贈り物にするのだからといって、何か簡素な、しかし上等の装身具をひとつ見せてほしいと言ったらしい。ダイヤモンドの指輪か、宝石をちりばめた腕輪か、何かそういう若い娘のよろこびそうな、値の張るちょっとした品物をというのであった。どの店でも彼女の買物は大体二、三百ポンドどまりであったらしく、どこでも彼女は小切手で支払った。彼女は自分はこの店ははじめてでもあり、店の人が自分の小切手をすぐに受けとってくれるとは思わないから、だれかが銀行へ行って帰ってくるまで待っていると自分から言いだしたらしい。応対した店員はみなそんなにまでしていただかなくてもと言いながらも、用心をするに越したことはないと、ていねいに応対して彼女をひきとめておいたらしい。そのうちに銀行から電話があって、大丈夫ということになったので彼らは彼女に品物をわたしし、送りだしたのだった。だれ一人この取り引きに何か変なところがあることに気づかなかったし、また疑ってもみなかった。万事O・Kということでみんな満足していたのだった。

フレンチはこの買物が一体何を意味するのが解釈にくるしんだが、一杯のコーヒーの刺激で、もっともらしい仮説が頭にひらめいた。

六軒の別々の店でこういう、値ははるが、ごくありふれた宝石類を買いあさることも、デュークス氏の十六個の宝石を金に換えるための計画のほんの一部にすぎないのではあるまいか？

そんなことを考えているうちに、フレンチはおぼろげながら計画の全貌がわかったような気がした。まず、ウィリアムズ氏もハースト氏も第一回目の訪問で次に起こることを予期していたであろう。第一回目の訪問には何の疑惑もあり得ない。このときはまだ盗難は起こっていなかったのだから。ここでフレンチは悟った。たまたま事務員のオーチャードが事務所へ行くというようなことさえなかったらこの二人の紳士は第二回目の訪問をうけたときにも盗難については何ひとつ知ることはなかったであろう。これは犯人の立場からすればなかなか賢明なやり口である。しかし、それはともかくとして、X夫人のこけおどしはうまく効を奏して、彼女は自分の石、いなデュークス氏の石をウィリアムズ氏の小切手とうまく交換することができたのだった。しかし、彼女は明らかに小切手全額を現金に換えることを恐れた。そうしてフレンチはその理由がわかるような気がした。つまり、口座をひらいて千五百ポンドの預金をしたのはなかなかぬけ目のないやり方で、そのねらいは三千ポンド全額を小額紙幣に換えた場合に多分生ずるかもしれない疑惑を未然に防ぐことにあったのだ。しかし、こういう万全の策をとったために、彼女は自分の預金をひきだす工夫をしなければならない羽目におちいった。そうして、この装身具を買うということこそその工夫だったのだとフレンチは悟った。彼女はたったいま買った品物を売ろうとするのではなかろうか？　もし売ることができたら、三千ポンド全額を足のつかない紙幣に換えてしまうことができる。

もちろん、買ったり売ったりするごとに損失があるだろう。まず第一に、宝石を処分するときに損があった。ストロンジ氏は宝石を三千三百ポンドと値ぶみしたが、彼女はウィリアムズ氏から三千ポンドしかうけとらなかった。ピカディリーとリージェント通りで買った装身具をたしかに売ったものとすると損失はますます大きなものになるだろう。それに彼女は銀行に残した小額の預金も損したことになる。しかし、それにもかかわらず、彼女の計画はやはりやってみるだけの値打ちがあった。このやり方で彼女は多分宝石の値打ちの七十パーセントか八十パーセントを受けとっただろう。ところが、かりに名の通った盗品買いに売ったとしたら十五パーセントかせいぜい二十パーセントくらいにしかならなかったろう。おまけに、この計画は安全であった。いまにいたるまで彼女は自分の身元をうまくかくしおおせているが、もし盗品買いにたのんだとしたらそいつにゆすられるか、あるいは仲介をたのんだ人物にゆすられることになりかねない。あの女はそんなことはやらないだろう。彼女のやり口の方がよっぽどすっきりしているし、このほうがよっぽどましなやり方だ。だから、フレンチの底抜けの楽天主義にもかかわらず、その女がなおうまく逃げおおせるかもしれないというはらいきれない懸念が彼の心の底にこびりついていた。

しかし、もしこの仮説が正しいとしたら、彼女がどこで宝石を売ったかを洗いさえすれば、このつかまえにくいX夫人の追跡をはじめるもうひとつあるいはそれ以上の手がかりが得られようというものである。彼のつぎの問題は、だから、X夫人が装身具を売ったかどうか、また売ったとしたら、その経路をたどることはできないだろうか？

彼は六軒の宝石商をもう一度たずね、売った品物の詳細な特徴を聞きだした。それから、本庁へ戻って、旧市内の住所録と自分の知識をもとにして、こういう取り引きをやりそうな商人の一覧表をつくりあげた。それから六名の私服をつかってそういう商人をたずねさせ、問題の品物のどれかが彼らのところに来ていないかどうか調べさせた。

フレンチ警部がこういう手配をおえたばかりのとき、一本の電報が彼に手渡された。それは前夜彼がうった電報に対する返電であった。文面は次のようになっていた。

「ちょーんしー・S・るーと夫人。今月末マデみゅーれん市べるぎゃるど・ほてるニ滞在」

ミューレン市？　スイスの町じゃないか？　彼は地図と大陸鉄道案内をとりよせて、調べてみた。たしかにスイスの町だった。おまけにその町は彼が先だっていったところからほどとおくないところだった。つまり、あの美しい色あいの湖、トゥーン湖をすぎて、インターラーケンやベルン高地にいたる、前から彼が行きたいと思っていたあの地方にあるのだった。彼はたいした熱のいれようで、ルート夫人に会いにいく理由を頭の中でおさらいし、どうやらうまくいきそうだという自信がついたので上司の部屋に足をふみ入れた。上司は彼の話を聞き、納得してくれたので、フレンチはよろこびにわくわくしながら次の晩の出発準備にとりかかった。

翌朝本庁に行く途中、彼はホワイト・スター汽船の事務所にたちより、問題の航海のときのオリンピック号の船客名簿の写しを手に入れた。現在、オリンピック号はニューヨークに入港中で、三日後に出港するから、来週の水曜日にサザンプトンに入港するということだった。

彼は各船客の筆跡見本も入手できることを聞かされた。切符を買ったり、荷物を通関したりするとき、書類に記入したり申告書に署名をしたりするので、船会社のサザンプトン事務所か同市にある税関へ行けばそういうものを調べることができるだろうというのであった。

フレンチはルート夫人との会見がむだ足に終わった場合は、この忠告にしたがおうと決心した。そうして、行くからにはオリンピック号がサザンプトン港に入っているときに行って、船員にも会ってみることにしようと決心した。

本庁に戻ってみると、もう宝石にかんしていくらか情報が入っていた。六名の私服のうち一人が幸運をつかんだのだ。最初にたずねたオックスフォード通りのロブソン宝石店で彼は例の女が買ったという品物とそっくりの指輪を見つけたのだった。それは、X夫人が銀行に口座をひらいた日の翌日の午後、ある婦人が売りにきたということであった。彼はその指輪を、例の婦人と取り引きをしたルーイス・アンド・トテナム商会にもっていったところ、それは間違いなく夫人に売ったもので、ルート夫人と称する女が小切手で支払いをすませた品物だった。ロブソンはそれを百九十ポンドで買いとったが、ルーイス・アンド・トテナム商会での売り値は二百二十五ポンドだった。だから、あの女はこの取り引きでかなり損をしたことになる。彼女は代金を小額紙幣で受けとったので、紙幣の番号はわからなかった。

ロブソン宝石店の、夫人の応対をした番頭は彼女がどんな様子だったかを思いだせなかった。実際、彼は仕入台帳を繰ってみてようやくそんなことがあったのを思いだしたのだった。しかし、そのときのお客がアメリカ婦人だったことはたしかですといい、あまり年をとってもいず、さりとて、それほど若くもない、どっちにしてもあまり目だつほどの女ではなかったと思うといった。

フレンチ警部はこの知らせによろこんだ。これでほとんど疑いなく彼の仮説の正しいことが証明されたようなものだった。ああいう装身具類を買いあさったのは盗んだダイヤモンドを足のつかない金に換えるという計画の一部にすぎなかったのである。さらに、それはあの女がヴィクトリア駅にタクシーを走らせた晩にフランスに渡らなかったのではないかという彼の推測が正しかったこともしめしている。あの翌日も彼女はまだロンドンにいたのだ。

しかし、そうはいっても、この発見はあの謎の女を探し出すという点ではまるで何の足しにもならない。宝石店の番頭は彼女の人相をおぼえていないし、彼女はたぐっていけるような足どりは何も残していないのだった。実際、この有望そうな糸口もどうやら竜頭蛇尾に終わるのではないだろうか？　ひょっとしたらそんなことになるかもしれないと思っているうちに、無念さがこみあげてきて、よろこびにふくらんでいた気持ちがしぼみはじめた。

午前中、もう一人の私服がまたひとつ掘りあて、それから昼食までには第三番目の取り引きも明るみにでた。残念ながら、この二つの場合も、最初の発見とおなじようにたいして収穫をもたらさなかった。店の連中はだれもその装身具をもってきた人のことをおぼえていないのだった。フレンチは自分でどちらの店にも出かけ、執拗にくいさがったのだが、それ以上何の情報をひきだすこともできなかった。

その晩、彼はミューレン市へ出発した。予定の時刻にベルンに着き、列車を乗り替えて、シュピーツをすぎ、ニーゼンの大きな円錐形の丘の下を通り、トゥーン湖のほとりをすぎて、インターラーケンに入った。そこで一夜をあかし、あくる朝、南にむかって、ベルン高地の巨大な山塊のただ中にわけいっていく狭軌の鉄道に乗った。マッターホルン、アイガー、メンヒ、ユングフラウなどの山々が互いにつらなり、天際にそそりたつ光景は彼を圧倒した。そうして、汽車が狭い渓谷にそってうねりながら山中に入っていくとき、彼は大きな山の塊が両側から自分にのしかかってくるような威圧感を覚えた。ラウターブルンネンからケーブルでミューレン高原にのぼり、そこから電車で有名な保養地への旅をつづけた。ミューレンに着いて、ベルギャルド・ホテルのほうへ歩いて行くとき、彼は恍惚としてユングフラウの雄大な斜面を見やった。白銀の頂がやがてまた他の頂へとつらなり、上へ上へすみきった水色の空にむかってそびえたっていた。旅の道連れの一人が、さんざん雪の中をやってきてこれでようやく世間並みの酒にありつけますとうれしそうに言ったが、そのくらいの言葉ではフレンチはなかなか地上にひき戻されなかった。彼は彼の新しい友人といっしょにベルギャルド・ホテルの酒場へ行って、スコッチを二杯あけた。すると山の魔法は次第に消えてルート夫人との会見がまた元どおりの重要性をとり戻しはじめた。

宿帳を調べてみるとサヴォイ・ホテルのときとおなじようにアメリカ合衆国、ピッツバーグ市、チョーンシー・S・ルート夫人という名前が見つかったが、こちらのは筆跡が全然別だった。
「今度こそ本物のルート夫人だ」フレンチは事務所からひきあげるとき、そう思った。

彼はその婦人にあたってみるのは昼食のあとにしようと決心したが、給仕頭にたのんで、彼女が食堂に入ってきたとき、あの人がそうですと教えてもらった。彼女はどこから見てもアメリカの探偵社が知らせてきた人相書きにぴったりだったし、それとおなじくらいウィリアムズ氏の教えてくれた人相書きともぴったりだった。しかし、彼女をつくづく眺めてみて、彼はあの人相書きがどれほどあてにならない、不充分なものであったかを思い知らされた。あんな人相書きにあう女なら何百人だっているだろう。

昼食をすませてから、彼は社交室《ラウンジ》で彼女に話しかけた。お邪魔をしてまことに申しわけないが、自分はかくかくしかじかの身分の者で、是非会見をゆるしていただきたい、できれば何らかの資料を提供してほしいと申し入れた。

「よござんすとも」と彼女はひきうけた。「それじゃあたしの居間にまいりましょう」そのときフレンチは、アメリカ合衆国をのぞいて、地上のどこの国へ行ってもこんななまりは聞かれまいと思った。

「あなたはチョーンシー・S・ルート夫人でいらっしゃいますね？」このホテルの中でも最上の組部屋《スイート》の居間に落着いたとき、フレンチが口をきった。「お話をはじめます前にあなたのパス・ポートを拝見させていただけましたら、ありがたいのですが。その理由はのちほど申しあげます」

「はじめにその理由をおっしゃってくださいな」肱かけ椅子に背をもたせ、巻煙草に火をつけながら、彼女が言いかえした。

フレンチは微笑した。

「お望みどおりにいたしましょう、奥さん。実は、どちらもアメリカ合衆国、ピッツバーグ市のチョーンシー・S・ルート夫人と名乗る二人の婦人がオリンピック号で海をわたってサザンプトンに着いたのです。わたしはスコットランド・ヤードからどちらが本物であるかをたしかめにまいったのです」

婦人は信じがたいような顔をした。

「おや、おや、どうしてまたそんな奇妙な話になったのでしょう？　あたしはたしかにオリンピック号で来ましたが、ほかにそんな名前の人は船に乗っていませんでしたよ」

「ところがです、オリンピック号で着いたというチョーンシー・S・ルート夫人と名乗るもう一人の婦人が、船がリヴァプールに着いた日に、サヴォイ・ホテルにあらわれ、ロンドンに住む一人の男から三千ポンドに達する詐欺をはたらいたのです。よもやあなたではあるまいと思いますが、奥さん、わたしの上司を納得させるために証拠が必要なのです」

好奇心と驚きのいりまじった小さい叫びをあげて婦人は立ちあがり、手提鞄をあけて一冊の帳面をとりだした。

「その旅券をすぐにでも御覧ください」と彼女は言った。「なかなか面白いお話ですわ。さっそくそのお話を聞かせてくださいな」

フレンチは書類を調べてみたが、そのうちに最後の疑念も消えてしまった。彼の目の前にいる婦人はルート夫人であった。X夫人はいぜんとしてX夫人だった。

この話を内密にしておいてくれるようにたのみ、彼はウィリアムズ氏のところに来た謎の訪問者について自分の知っていることをかなり詳しく話してきかせた。

「そういうわけですから、ルート夫人、わたしがどういうことであなたのお力ぞえを得たいのかおわかりになりましたでしょう。だれかがあなたに化けているのです。多分、あなたとおなじ船で、ニューヨークから海を渡った女だと思いますが、ここに船客名簿のうつしがあります。どうぞ、おいそぎにならずに、あなたが船でお会いになった人々を思いだしていただけませんか。あなたが信用できると思われる方々はのぞいて、そうでない人の上に印をつけてください。わたしのお願いしていることがおわかりでしょうか?」

「よくわかりますわ。でも、あなたの思っていらっしゃるほど簡単じゃありませんわ。おなじ船でニューヨークからロンドンに来た人を、みんなおぼえて帰るわけにはいきませんもの」

「そうでしょうな。しかし、どっちにしても、そんなにたくさんじゃありませんよ。注文どおりの女の人はほんのわずかしかいないでしょうよ。第一に、その女は大体あなたとおなじくらいの背丈で、あなたに似ています——もちろん、そっくりでなくても、大体のところでいいのです。髪の色や顔の色はどうでもよろしい。そんなのは化粧でごまかせますからね。もっとも、目の色は別ですが。その女の目の色は金色がかったとび色です。そういう目をした女の人をだれか思いだせますか?」

夫人は頭をふった。で、フレンチは言葉をついだ。

「それから、その女は頭のいい女にちがいありません。頭がよくて、勇気と決断力があり、それからすこしは芝居もできる。あれだけの仕事をうまくやってのける女ですからそれぐらいのことはあるにちがいありません」

フレンチは言葉を切って自分の言葉が相手に浸透するのを待った。それから、ふたたび口をひらいた。

「それから、その女はあなたのことをよく知っています。あなたの様子を観察していただけでなく、何かとあなたのことを研究していたようです。でないと、質問されたときに、困りますからね、いま言ったようなことでだれか心あたりの人がいませんか。ルート夫人、是非お力ぞえを願います。あなたのほうで何のお心あたりもないということになりますと、正直に言って、わたしのほうはこの次にどこを当たってよいのか見当がつかないのです」

「そうね、あたしもできるだけのことはしたいのですが、いまのところ全然見当がつきません」

彼女は部屋をよこぎって、もう一度手提鞄をかきまわした。「ここに、あたしのコダックでとった写真が何枚かあります。これを見ると何かの役に立つかもしれないわ」

船の上でとった船客の集団写真が二ダース以上あった。ルート夫人はその写真を一枚一枚正確に調べはじめた。女の船客を一人一人指さしながら、彼女は自分の知っていることをいちいち警部に話した。

「ジェフス夫人——この人じゃないと思いますわ——太りすぎていますもの。えーと、この人は何嬢だったかしら、名前を思いだせないわ。でも、どっちみち、この人は背が高すぎますわ。あたしより頭半分ぐらい高いんです。つぎはヘイディー・スクオンス。コンソリデーテッド石油会社のスクオンス老人のお嬢さんです。あたしが物心つく頃からのお知りあいよ。それから、この人は——ええと、この人はだれだったかなあ？　ああ、そうそうディンスモアというお嬢さん。アイルランド人だと思いますわ。この人もだめね——とてもうすい青目なんです。その次はパース夫人」こんなあんばいで暖炉の上の電気時計で二十五分ばかりたった。

フレンチはこの夫人の仕事ぶりが能率的なのを大いによろこんだが、その仕事の成果はがっかりするほど僅かなものだった。写真にうつっている女性のうち八名がマークされ、その中でルート夫人が名前をおぼえていたのは五名だった。この五名のうちで、ウオード夫人というルート夫人が船ではじめて知りあった婦人が、いくつかの理由で、一番有力だった。彼女はルート夫人より丈夫そうだったが、背丈はほぼ彼女くらい、目の色は、夫人の話によると、薄茶色だったらしい。この女性は彼女と親しくしていたが、そういえば、ちょっと詮索ずきなところがあったという。しかし、この女は国籍の点で除外された。自分でも英国人だと言っていたそうだが、ルート夫人は彼女が本当に英国人であることを疑わなかった。フレンチは小切手を彼女に見せた。しかし、彼女はその筆跡は見た記憶がないと言った。

ところが、彼女は、彼がこれは役に立つかもしれないと思ったヒントをひとつあたえてくれた。彼女の船室の世話をしてくれたスチュワーデスは実に聡明な、観察の鋭い女性だった。このスチュワーデスが彼女やほかの船客たちのことをひどくよく知っているのにルート夫人は何度もおどろかされたほどだった。ルート夫人は別にこの女がスパイをしていたといってとがめだてするわけではないが、ほかのだれよりもこのスチュワーデスがフレンチの質問に答えられるだろうと思うといった。彼女はその女の名前をおぼえていなかったが、かなり人目につく美人で、黒い目、若々しい顔つき、それから髪の毛は真っ白だから、すぐわかるという。

ルート夫人はこの事件全体にすごく興味をもち、警部に事件の進捗《しんちょく》状況をたえず手紙で知らせてくれとたのんだ。そういたしましょうと約束して、彼は別れを告げた。

そういうわけで、このつぎオリンピック号が入港するときにサザンプトンへ行ってみる理由はさらにふえたわけだった。で、彼はつぎの朝、帰途につき、火曜日の午後ロンドンに帰着した。

本庁で、彼はあの謎の婦人のした取り引きのうち残りの三つが明るみに出たことを知った。しかし、不幸にして、どの店でも彼女の身元をあばく手がかりは出てこなかった。この三つの発見で、彼女が買った千二百ポンド相当の装身具が処分されたことがわかった。この取り引きで彼女の受けとった金額は千九十ポンド、取引損は約九パーセントにすぎなかった。

彼はとるものもとりあえずウィリアムズ氏をたずね、ルート夫人の写真の中にあの謎の女客がいるかどうかをたずねてみた。しかし、金貸しははっきりしたことが言えなかった。彼はしばらく返事をせず、どうもよくわからないといったふうに写真をひっくりかえしていたが、最後にウオード夫人の姿を指さした。

「この人に似ていますが」彼はあやふやな言い方をした。「しかし、はっきりこの人とは言えませんね。もしこの人がそうだとすれば、この写真はよっぽどまずい写真ですよ」彼はなおも写真を見つめていた。「おかしいな」と彼はゆっくり言った。「わたしはこの女を前に見たことがありますよ。あなたがウオード夫人だとおっしゃるこの女をですよ。おかしな話ですが、わたしは例の女がダイヤモンドをもってやってきたときにも、そんな感じがしたんです。かすかに、どこかで見たような気がしました。しかし、そのときは、このウオード夫人ほどはっきりそんなふうに思いませんでしたがね。この女はいつか、どこかで見たことがありますよ。どこでだったか思いだせるといいんだが」

「思いだしてくださいよ」フレンチはいささか業腹《ごうはら》な口調で言った。「そうすりゃわたしのほうはずっとやりやすくなるんですがね」

「わたしは三千ポンドをなんとかしようと思っていてさえそいつを思いだせないですよ。とすりゃ、あなたの仕事をやりやすくするためになんぞ思いだせっこないじゃありませんか」相手はそっけなく答えた。「どうも思いだせないなあ、いくら考えてもだめだ。汽車の中か食堂ででも見かけた女なのかなあ。口をきいたことのある女じゃなさそうだが」

フレンチはそれからロンドン・アンド・カウンティス銀行のピカディリー支店にたちよって、スカーレット氏と事務員のプレンチアスに会った。二人ともあやふやな顔つきでウオード夫人の写真をえらび、この人があの謎の客に似ているといったが、どちらも確たる自信はなさそうだった。ウィリアムズ氏とおなじように、支配人はこの婦人の顔は見覚えがあるがこの女と知りあいになったおぼえはないと言った。これだけでフレンチは満足しなければならなかった。

午後は、ずっと、あの雲をつかむようなX夫人が取り引きをした店や代理店を車でまわって歩いた。彼女に応対した十一名の番頭のうち七名までがウオード夫人がそれらしいと言ったが、四名は女の様子をおぼえていなかった。

この証言はすべてフレンチには不満だったが、趨勢としてはウオード夫人が彼の求める女らしいという気がした。それで、ここしばらくよりは大きな希望をいだきながら、彼は水曜日の午後サザンプトンへむかった。次の日にオリンピック号が着くことになっていたからである。

12 神出鬼没のX夫人

フレンチ警部は町の駅に近い小さなホテルに泊まり、次の朝早くホワイト・スター汽船の事務所に姿をあらわした。そこの話ではオリンピック号は今にも入ってくるところだというので、彼はいそいで埠頭に行き、この巨船が停泊するさまを眺めた。この船がしずかに所定の位置に近づき、岸壁によこづけになってしっかと繋留《けいりゅう》されるさまを見るのは印象的な経験であった。次に舷《げん》門《もん》が開かれ、そこから、一週間の大半を船の上ですごした船客たちがぞろぞろと流れ出はじめる。ある者はもう仕事のことを考え、汽車に乗りおくれまいとして、急いで通りすぎていくし、他の者はのんびりとタクシーや自動車を待っている。出迎えの友人たちとにこやかにあいさつをかわしている者もあれば、おなじ船で知りあった人々と別れのあいさつをかわしている者もある。すべての人が次第に散り散りになっていくが、ある人のいた場所にいまは別の人がいれかわり、また別の人がいれかわる……といったふうで、このひきもきらぬ人の流れは、いつ果てるとも思えなかったが、しばらく待つうちにいつの間にかこの人混みもまばらになったので、フレンチは船上にのぼり、事務長を探しはじめた。

船の入港に関連した急な用件のため事務長はすぐにはフレンチのところに来ることができなかったので、ボーイをよこしてフレンチを彼の船室に案内させ、ほどなく自分もそこに姿をあらわした。

「お待たせしました、警部さん」と彼はわびを言った。「十一月末の帰国航海について何か資料をお求めだったですね？」

「そうです」とフレンチは答えた。「この八人の婦人の名前と所在、それからこの婦人たちについてご存じのことを詳しくお話し願いたいのです」

「それはむずかしいですな」と事務長は答えた。「航海の記録はそのつど陸にあげてしまいますから、ここにはこの航海の分しかありません。しかし、この船のだれかがその婦人がたの名前をおぼえているかもしれません。名前がわかれば陸の事務所でその人たちの所在は調べられるでしょう」

「それはありがたいです。わたしはここに船客名簿の写しをもっています。何かの役に立つかもしれないと思いまして」

「そうですね、思いだすのに役に立つでしょう。ちょっとわたしに見せてください。わかるかもしれませんから。わたしでだめでしたら、だれかわかる者をよびましょう」彼は写真をじっと眺めはじめた。

「その人がルート夫人です」フレンチは相手の背にまわって肩ごしに見ながら言った。「夫人は五人の名前を思いだしてくれたのですが、正確かどうか確かめたいのです。もう三人の名前は思いだせないようでした」

事務長はうなずきながら写真をひっくりかえした。

「この人はフォーブズ夫人です」と彼は指さした。「それからこの人はグレイスン嬢とかグレイヴズ嬢とか何とかそういう名前でしたよ。顔はたいていおぼえていますが、名前のほうはどうも」

「フォーブズ夫人とグレイスン嬢というのはルート夫人の言った名前とあっています」

事務長は静かな、きっぱりした態度で写真を下に置いた。どうやらそういう人物らしい。

「どうもこれがわたしの限度らしいです」彼はベルをおした。「ホープ夫人にここに来てもらってくれ」彼はそう指図し、フレンチにむかって言った。「ホープ夫人というのは主任スチュワーデスなんです。彼女にいろいろたずねてみてください。おのぞみのことがわかるでしょう」

ホープ夫人は有能そうな婦人で、すぐに事情をのみこんだ。彼女はフレンチを自分の部屋に案内し、そこで写真を調べた。彼女は自分で六人の婦人を思いだしたが、残りの二人の名前も自分の部下のところへ行って早速調べてくれた。

フレンチは五人の婦人船客にかんして、ルート夫人の記憶が正しかったことを知ってよろこんだ。で、この大きな船をあとにするとき、彼は、例の八人の婦人の中にX夫人がいるにちがいないという彼女の勘がどうぞあたっていますようにと心から念じた。もしそうだとすれば、あの雲をつかむような婦人の身元もやがて割れるだろう。

彼はホワイト・スター汽船の事務所に戻り、彼の手渡す船客名簿の上に印をつけた八人の婦人の洗礼名、住所、そのほかこまかいことを教えてもらいたい、それからめいめいの筆跡見本も見せていただきたいとたのんだ。

彼は唯一つの決定的な試験は筆跡を調べてみることだと思った。もし八人の婦人のうち、だれかがX夫人の小切手とおなじ筆跡で書いていたとしたら、彼はもうゴールに入ったも同然である。もしうまくいかなかったら、彼は問題の船でわたったすべての女性船客の申告書をしらみつぶしに調べてみるまでだと覚悟をきめた。そうすれば、ひょっとして、彼のもとめるものが見つかるかもしれない。

彼に応対するように指図された事務員が書類をごっそりもってきた。「恐れ入りますが」と彼は申しわけなさそうに言った。「御自分でお調べ願えませんでしょうか？　今日は忙しい日でして、仕事が山ほどあるものですから。やり方は簡単ですよ。これは乗船申告書ですが、必要な項目をたやすく探し出すことができます。各等級ごとにアルファベット順にならんでいますから。お知りになりたいことはすぐわかります」

「結構です」フレンチは好きなようにできるのをよろこんで、そう言った。「わたしのことはどうぞおかまいなく。一人で何とかやってみますし、わからないことがあったらききに行きますから」

彼は八人の婦人それぞれの申告書を調べ、名前、住所、国籍、その他の特徴を書きとり、それから筆跡をX夫人の小切手の筆跡とくらべたりしながら、「一人で何とか」やってみた。

彼は筆跡鑑定の専門家ではなかったが、筆跡をごまかした場合でも変わらずに残るいろいろな特徴を鑑定する技術は充分に心得ていた。だから、彼は非常にがまんづよく、徹底的に調べあげ、一見して小切手の署名と似ていない場合でも決して見逃さなかった。ひとつひとつ習いおぼえた規則にてらしてたしかめ、たしかにちがう手で書いたということがわかるまで満足しなかった。何ということもなく、やがて、彼はリストの八人めの婦人の名前まできた。しかし、ルート夫人がいちばんあやしいとにらんだウオード夫人の申告書を見たとき、彼は突然よろこびの忍びわらいをもらした。小切手の筆跡だった。まちがいなくおなじ手で、しかも何のごまかしも施してない！　これだ！　エリザベス・ウオード夫人、年齢三十九歳、英国人。ヨーク市サースク通りオークランド在住、等々……遂に目的にたどりついたのだ！

しかし、彼はすぐに不安になった。ルート夫人はウオード夫人の名をあげたが、国籍の点で彼女を除外した。彼女の言うところによるとウオード夫人は英国人であった。ところが、X夫人に会ったすくなくとも十七、八人の人が彼女をアメリカ人とみとめているのである。彼はルート夫人の誤解ではないかと思ったが、申告書の記載でも彼女はやはり英国人になっている。フレンチは理解にくるしみ、もういちど船に戻ってこの点を船員にあたってたしかめてみようと決心した。

ところが、彼らはみなルート夫人とおなじ意見だった。ウオード夫人は英国人でしたよ。間違いなく、文句なしに英国人でした。ボーイやスチュワーデスたちは、自分たちはそういうことにかけては経験があるから、まちがいありませんという。何度かウオード夫人と話をしたことのあるらしい船医にもきいてみたが、彼もやはりそういう意見だった。

船をおりようとしたとき、ルート夫人が会うようにすすめた例の女にぱったり出会った。あの黒目、白髪の美人スチュワーデスだった。彼はたちどまって、彼女に話しかけた。

残念ながら、彼女はたいして話すことをもちあわせなかった。彼女はウオード夫人の名前も様子もよくおぼえていたが、直接、夫人の係ではなかったのである。しかし、航海の終わり頃、ウオード夫人に彼女の注意が吸いつけられるようなある事件がおこった。昼食の時間に廊下を通っているとき、彼女は自分の受持ちのある船室の扉がかすかに開くのを見た。中から一人の婦人が出てきて、人に見られていないかをたしかめるようにあたりを見まわした。その船室はアメリカ人のルート夫人の部屋であったが、出てきた婦人はウォード夫人だった。何だか人目をしのぶうさんくさい様子をあやしんだスチュワーデスはもうひとつの船室に姿をかくして成り行きを見まもった。ウオード夫人はだれにも見られなかったことに満足したらしく、食堂に戻って自分の席についた。スチュワーデスは彼女から目をはなさなかったが、食事がすんでからウオード夫人がルート夫人のところへ行き、何かたのまれごとの結果でも報告するような態度で話しかけるのを見た。これでスチュワーデスの疑いは晴れかかったが、彼女は、念のため、ルート夫人の船室へ行って、何かかきまわした様子がないか調べてみた。見たところ変わったことはなかったし、ルート夫人もだれかが自分の物に手をつけたというような苦情を出さなかった。

ウオード夫人が怪しいのではないかと思っていたフレンチは、これで確証をにぎったような気がした。疑いもなく、ウオード夫人はルート夫人の着物や持ち物を調べて、彼女に化ける助けにしようとしたのだ。それに、ひょっとしたら彼女は、必要な場合、偽造の書類をつくるために、封筒やその他の書類の写真をとっていたのかもしれない。

しかし、まだ、やっぱり彼女の国籍という困難が残っている。外国人のアクセントや態度をまねることはそれほどむずかしいことではない。しかし、フレンチはそんな猿真似で多勢の人、とくにその道の専門家をだませるものではないと思った。しかし、これは一般的問題のごく小部分で、ヨーク市、サースク通りのエリザベス・ウオード夫人を探しだすという、彼のつぎの仕事をさまたげるものではなかった。

彼は船をおり、電報局に入り、ヨーク市の警察署長に電報をうって、そういう名前の婦人がそういう住所に住んでいるかどうか、また住んでいるとしたら、いまその婦人はその住所にいるかどうか知らせてくれとたのんだ。

つぎの用件は警察のほうだったので、そっちに行きかけたが、あることをふと思いだして大西洋航路の荷物検査所によってみた。税関の職員がまだ数人そこにいたので、彼はつかつかと歩みよって一人の職員に話しかけた。

「おや」その青年はおどろいて答えた。「そのことでいらっしゃったとはまったく不思議な話ですな。まったく偶然ですねえ。わたしはあのトランクを調べた男を知っていますよ。あのときそのトランクのことを言っていましたよ。アメリカからトランクに毛布をいっぱい詰めてくるなんてまったく馬鹿馬鹿しい話だってね。いっしょにいらっしゃいませんか、その男を探してあげますよ。それでその婦人が何かかわるいことをやったんですかい？　おい、ジャック！」彼は仲間をよんだ。おなじようなタイプの身ぎれいな、やり手らしい若い男だった。「きみにお客さんだぜ。オリンピック号が二航海か三航海前に帰ってきたときにきみが話していたあの毛布入りのトランクのことできたいことがあるんだってさ。あのことをききにいらっしゃったとはまったく妙な偶然の一致だよ。まったくおかしな話さ！」

「あなたはうまいところをねらいましたね」第二の男がフレンチに言った。「わたしはあのトランクも持ち主の女の人もよくおぼえていますよ。毛布をいっぱいつめたトランクをもって大西洋を渡ってくるなんてまったく気が知れませんからね。あんなことをした人なんか見たことありませんよ」

「あなたはそのことを何とも言わなかったのですか」とフレンチはたずねた。

「わたしは何とも言いませんでしたが、あの女の人が言いましたよ。アメリカから毛布をいっぱい詰めてきたトランクなんてめったにお目にかからないでしょうって。そりゃ、わたしもはじめはおかしいと思いましたから、かなり念入りに調べていたのです。で、わたしはこんなトランクはめったにお目にかからないと言ってやりました。すると、その女の人は小さいけれど、高価な磁器の飾り物をいくらかもって帰るつもりで、それを毛布につつんで帰るのだと言いました。どっちにしてもトランクはもっていくのだから、ついでにつめものをつめていけばわざわざ買う必要もないと思ったのだそうです。わたしはどうもおかしな話だと思ったのですが、箱の中には別に課税品目もありませんでしたし、干渉するのはわたしの仕事ではありませんからね。何かぐあいのわるいことでもあったのですか？」

「よくはわかりませんが」とフレンチは彼に言った。「その女というのが悪党らしいんです。しかし、その毛布の一件は何ともわかりません。ところでその女はこの中にいますか？」

青年は躊躇《ちゅうちょ》せずウオード夫人を指した。フレンチは税関の職員にきくべきことは全部きいたと考えて、もとのように警察署にむかって歩きはじめた。

実際、この毛布の一件は何を意味するのだろうと彼はいぶかった。それで、頭をたれ、うつろな目で舗道を見ながら歩いていると、ふと、そうかもしれないと思われる説明が頭にうかんだ。あのトランクは、多分、詐欺の小道具としてのみ必要だったのだ。ルート夫人はピッツバーグの富豪の妻であるから、サヴォイ・ホテルに着いたときアメリカのトランクをもっていないとおかしいだろう。しかし、ルート夫人が姿を消すときは、そのトランクは邪魔になったにちがいない。どこかへ処分してしまわなければならない。そうして、事実そのとおり、処分されてしまったのだ。処分するとすれば、トランクの中には持ち主の足がつくような、婦人の身のまわりのもの、個人的な所有品が入っていてはまずいわけである。といっても、何かつめないわけにはいかない。からっぽのトランクはあまりにかるすぎ、女中に勘づかれ、ホテルの雇い人たちのうわさの種となり、支配人の耳に入るかもしれない。そんなことになったら、ウィリアムズ氏がホテルに照会の電話をよこしたときの都合がわるくなる。しかし、毛布ならおあつらえむきだ。まったく、フレンチは毛布よりもこの目的にぴったりなものはないと思った。毛布ならトランクはほどほどに重くなり、ウオード夫人追及の手がかりも与えない。値段はやすいし、税関の職員たちにあやしまれても何とか言いのがれができる。そうだ、とフレンチは思った。これで毛布の一件は充分説明がついたというものだ。

警察署におもむいたフレンチは自分の名を言って係官に会わせてもらいたいとたのんだ。ヘイズ署長は現在の職につくまでにロンドンにいたことがあり、フレンチとは面識があった。そういうわけで彼は警部を愛想よくむかえ、気持ちのいい椅子をすすめ上等の葉巻をさしだした。「トリニダード産です」と彼は説明した。「あそこにわたしの知人がいましてね、直接とりよせたのです。ところで何か面白い話でもありますか?」

二人してひとしきり昔の話に花をさかせたが、やがてフレンチは用件をきりだした。「面白い事件なんですよ」フレンチはそう言って相手に詳細を話し、言葉をつづけた。「その女はなかなかのしたたかものにちがいありませんよ。しゃあしゃあとパス・ポートをなくした話なんぞして、ウィリアムズ老人を手玉にとったのですからね。しかし、あの場合、警察にとどけるというのはどうも」

「いい度胸ですよ」と署長はみとめた。「しかし、そうすることが必要だったんですね。パス・ポートがないのをウィリアムズ氏にあやしまれることはわかっていましたから、あやしまれないようにすることが必要だったわけです。そういう大事なものを入れた鞄を盗まれて警察にとどけないわけにはいかないものですから、とどけたのでしょう。ウィリアムズ氏が早速警察に照会することを心得ていたのですよ。事実、あの人は照会してきましたからね。ですから、彼女としては当然わたしのほうに来ざるを得なかったのです。当然やっておくべき用心ですからね」

「おっしゃるとおりです」とフレンチは答えた。「しかし、たいした度胸ですね。言わば、ライオンの口に頭をつっこむだけでなく、頭が口の中にはいっていますよとライオンに教えてやるようなものですからね。いずれにしても、わたしはその女を探しださなければなりませんので、その女について詳しいことを教えていただけませんか？　オリンピック号の連中に多少きいたことはあるのですが、できるだけいろんなことを集めたいと思いまして」

署長は電話で部下をよびだし、「マッカフィー部長刑事をよんでくれ」といった。背の高い、血色のわるい男が入ってきたとき、彼はフレンチにあの女の一件を扱った男ですと紹介した。

「マッカフィー部長刑事はリヴァプールから最近こちらに転任になったばかりでして」と彼は説明した。「すわりたまえ、マッカフィー。フレンチ警部は七週間ほど前、オリンピック号からおりてくるときハンドバッグをなくしたと言ってとどけてきた女のことを詳しく話してくれとおっしゃっているんだ。あれはきみが扱ったんだろう？　きみはピッツバーグのルート夫人という女のことをおぼえているだろう？」

「はい、よくおぼえております」と彼は答えた。フレンチはベルファストなまりだなと思った。「しかし、オリンピック号からおりるときなくしたのではありません。埠頭でなくしたことはたしかですが、船からおりてしばらくたってからのことであります」

部長刑事は手帳をとりだした。「別の手帳にひかえてあります」と彼は言った。「よろしかったら、それをもってまいります」

彼はすぐに戻ってきて、腰をおろし、ひどくくずれた手帳の、耳のおれたページをひっくりかえし、法廷で証言するときのような調子でやりはじめた。

「昨年十一月二十四日午後三時頃、わたしは外埠頭の群集中を通行しておりましたが、そのとき、一人の婦人の叫び声を聞きました。『泥棒、泥棒』とその女は叫びました。そうして、わたしのほうにかけより腕をとったのであります。その女は中背、やせぎすでありまして、顔色は青白く、髪の毛は黒でありました。その女の言葉にはアメリカなまりがありました。狼狽あるいは興奮の態でありました。その女は息をきらせながら言ったのであります。『ねえ、おまわりさん』と言いました。『たったいま手提鞄を盗まれたんです』わたしはその女にどこで、どんなふうにしてとられ、中には何が入っていたかとたずねました。その女は、いまここで、わたしたちの立っている場所で、とられて三秒もたたないと申したてました。手にもって歩いているところをかっぱらわれたのであります。その女が見まわしますと、一人の男が群集の中にまぎれこむのが見えました。その女は叫びながらその男のあとを追いましたが、とり逃がしてしまいました。わたしはその女にどんな鞄であったかとたずねました。女は金の金具のついた小さい、四角な、茶のモロッコ皮の鞄だったと申したてました。わたしはその付近にいた二名の警官のところへ行ってわけを話し、出口を見張りましたが、その品物は出てきませんでした」マッカフィー部長刑事は憂鬱そうに頭をふってつぎのような結論を下した。

「あんな人混みの中で金の金具のついた鞄などをもち歩く必要はなかったのであります」

「それは事実だ、部長刑事」と署長は相槌をうった。「で、その品物は全然出なかったのだね？」

「はい。わたしはその女を署につれてまいり、名前とかその他のことを聞きとりました。これがその報告書です」彼は一枚の紙をひろげて、それを署長の机の上に置いた。

その報告書にはその婦人のことや、なくなったという鞄、その内容、捜査手配などがこまごまと書かれてあった。質屋には通知が出され、盗品をさばく可能性のある盗品買いやそのほかのルートには特別の監視が置かれた。

そういう詳細をのみこんでから、フレンチはまた例の写真をとりだし、それを部長刑事に手わたした。

「これを見てください、部長刑事。この中にあなたの御覧になった婦人はおりませんか?」

部長刑事は、ウィリアムズ氏やスカーレット氏やその他のロンドンの関係者たちとおなじように変な顔をして、写真をゆっくりめくっていたが、やがて、その人たちとまったくおなじように、おぼつかなげに、ためらいながらウオード夫人を指さした。

「これがあの女のようです」彼はゆっくり言った。「この中にあの女がいればの話ですが、あまり似ていませんが、やはりこの女だと思います」

「はっきりしないわけですね?」

「はっきりしません。しかし、やっぱりこの女のような気がします」

フレンチはうなずいた。部長刑事の陳述はウィリアムズ氏、スカーレット氏そのほかの人々の陳述とたしかに一致していて、どうみてもたったひとつの解釈しかできない。X夫人がウオード夫人であることは間違いないのであるが、どうやら、この人々に会う前に彼女はルート夫人に化けてしまっていたのだ。この人々がウオード夫人に似ているというのは、真実彼女にちがいないから当然だが、疑わしく見えるのは彼らがルート夫人に化けた彼女を見ているからなのだ。

警部は前に体をのりだしてその写真を指先でこつこつはじいた。

「こんなふうに考えられませんか、部長刑事」と彼はほのめかした。「この写真にうつっているのが彼女の正体だとするのです。そうして、あなたが彼女を御覧になっていたとき、彼女は別の女に変装していたとするのです。どうお思いですか？」

マッカフィー部長刑事のどんよりした目がにわかに輝きをおびた。「そういえばそうですね」彼の態度にはどうやらこの話に興味をもったらしい様子がほの見えた。「きっとそうです。それにちがいありません。顔だちは写真に似ているのですが、化粧でちがって見えるのですね」彼はそれで合点がいったというふうに何度もうなずいてみせた。

「大変結構です」フレンチ警部は自分の弓にできるだけたくさんの弦を用意しておくのが好きだった。「それで、その女を追うのに役に立ちそうなヒントがあったら教えてほしいのです」

しかし、それはマッカフィー部長刑事にはできない相談だった。その女はロンドンのサヴォイ・ホテルとピッツバーグのルート夫人の家と二つの住所を残しているが、どちらも何の役にもたたない。そうしてここにはその他の資料は何もないのだった。

彼は友人の署長と昼食をとり、そのあとで自分のホテルの社交室《ラウンジ》に戻り、静かに煙草をくゆらせながら、いろいろなことを頭の中で反芻していた。

社交室《ラウンジ》にすわっているとき、給仕が一通の電報をもってきた。それはヨークの警察からきた返電で、こうなっていた。

「貴電拝誦。該当ノ氏名マタハ番地ナシ」

フレンチはいまいましそうに毒づいた。もちろん、彼は偽名かもしれないとは思っていたのだが、しかし、すくなくともこの点だけは何とか片づいてほしいと、一縷《いちる》の希望を託していたことも事実だったのである。ところがやっぱり、いままでとおなじように真相から遠くへだたっているのだ！　このつかまえどころのない婦人――彼は心の中ではこの婦人にもっと別の形容詞をかぶせていた――を追いかけるために、彼は、いまや、出発点からやりなおさなければならないのだ。そうして、彼はいま、自分がウィリアムズ氏の事務所をあとにしたときより少しも捜査の資料がふえていないことを思い知らされた。これは何という癪にさわる事件だろう――いかにも有望らしくみえる糸口があちこちにあるくせに、いざたぐってみると片っぱしからだめになってしまう。まるで、飛び石づたいに流れを渡ろうとして、いざ重みをかけるとたちまちその石が崩れてしまうようなものだ。課長のほうではこの事件をそれほどと思っていないらしいのがなおさら癪のたねだった。課長はこの事件の取り扱いについて近ごろはあまりいい顔をしなくなった。だから、この新たな行きづまりに対しても、決して同情的な見方をしてくれないだろうとフレンチは思った。

しかし、そんなことに不平を言ってもはじまらないから、彼はつとめて考えを自分の問題のほうにひき戻そうとした。その問題を考えているうちにふとあることを思いついた。

はじめてサヴォイ・ホテルに行ったときから、彼はなぜあの婦人がオリンピック号の他の船客たちよりあんなにおくれて到着したのだろうと不思議に思っていたのだが、いまやっとその理由に思いあたった。例のハンドバッグの一件は船が着いてから四時間あとで起こっている。特別連絡列車がとっくに出てしまったあとである。X夫人は、――彼女はやはりまだX夫人とよぶより仕方がない――だから、午後の汽車、多分ウエスト駅五時二十六分発か六時二十二分発の汽車に乗ったに相違ない。とすると、ロンドンには六時五十八分か八時二十分に着いたはずである。だが、どうしてそんなにおそくなったのだろう？　この四時間のあいだ彼女は何をしていたのだろう？

答えを出すのに手間はいらなかった。それは変装をする時間と機会を得るためではなかったか？　それにちがいない、と彼は感じた。

その婦人は船上では――名前のほうはともかくとして――本来の自分でいたにちがいない。そうして、姿をかえる機会がないままに、元のままの姿で税関を通ったのであろう。だからこそ、船の人と税関の職員はすぐに彼女の写真をそれとみとめたのだ。しかし、彼女はサザンプトンの警察に出頭する前にルート夫人になりすましていたにちがいない。それだからマッカフィー部長刑事やロンドンの人々が彼女をそれとみとめるのに手間どったのだ。だから、彼女は、税関をかりに十一時に出たとして、そのときから三時に部長刑事をよびとめるまでのあいだに変装をすませたにちがいない。この四時間のあいだ、彼女はどこにいたのだろう？

彼は自分を彼女の立場においてみた。彼女の問題に直面した場合、彼ならどうしただろう？　文句なしに、ホテルへ行っただろう。変装するために一部屋借りるだろう。X夫人はあの日の午後サザンプトンのどこかのホテルで寝室をひとつ借りたのではあるまいか？
こんなことを考えているうちに、他のいろいろな可能性に思いあたった。その婦人はホテルの寝室に入ったときとは全然別の女になりすまして出てきたであろう。だから、ホテルが大きければ大きいほど、変装を見破られるチャンスがすくなくなったにちがいない。多勢の人のうちの一人として彼女は受付へ行き、数時間休憩したいと称して部屋をひとつ借り、その時、その場で支払いを済ませる。そうしておいてから変装をすませてだれにも見とがめられず、通行人の流れの中にまぎれこむ。そうだ、たしかに自分のいまたぐっている線は正しい線だとフレンチは感じた。すると、新しい力がわいてきて、彼はぱっとたちあがり、パイプをはたいてその建物をあとにした。

はじめにサウス・ウエスタン・ホテルへ行ってきいてみたが、これは空くじだった。ドルフィン・ホテルでもねらいははずれた。しかし、ポリゴン・ホテルで彼は思ったとおりのことを見出した。宿帳を調べてから、受付係はそのときの事情を思いだした。おひるごろ、一人のアメリカ婦人が入ってきて、五時二十六分のロンドン行きに乗るまで数時間休ませてほしいといい、何階でもいいから静かな階の寝室をその時間まで契約した。彼女は宿帳に記入したというので、フレンチが見てみると、うれしいことにまたしてもあの小切手の筆跡とおなじ手で書いてあった。この宿帳では彼女がマサチューセッツ州、ボストン市、ヒルドライヴのサイラス・R・クラム夫人という偽名を使っていたことは事実だが、フレンチは彼女のくせをよく知っていたから、前に見たのとおなじ名前が書いてあったら、そのほうが驚いたにちがいない。

最初、彼は自分の仮説があまりに見事に証明されたのをよろこんだが、質問をすすめていくうちに満足の気持ちはうすれ、またしても憂鬱といまいましさが彼をおそった。受付係は部屋を貸したという事実のほかは何ひとつ思いだせなかったし、このホテルのだれ一人として彼女のことをおぼえているものはなかったのである。彼一流のねばりづよさで、彼女と接触したとおぼしき連中をかたっぱしから質問してみたが、そのうちのだれからもこれっぽっちの助けも得られなかった。X夫人がこのホテルで替玉詐欺の離れ業をやってのけるための変装をこらしたことははっきりしているのだが、彼女が何の手がかりも残さずこのホテルから姿を消したこともまたおなじようにはっきりしていた。

いちばんいけないことは、これから先どうしていいものやらかいもく見当がつかないことだった。

彼がせっせときずきあげていた建物の、土台になる特別な手がかりがみなだめになってしまったのだから、いまやふたたび、あの写真という、一般的な手がかりにまい戻るよりほかなくなってしまったのを彼は感じた。一枚の写真が特によくとれていたので、X夫人のところをひきのばして各警察に配布しようと彼は決心した。ひょっとしたら、その写真でだれかがいつかその婦人を見つけてくれるかもしれないという淡い希望をつないだのであった。たしかに、あまりぱっとしない方法ではあったが、ほかにはどうにもしようがない。

彼は午後の汽車でウエスト駅をたち、二時間後に、つかれはて、むしゃくしゃしながら家にたどりついた。

13　フレンチ夫人の見解

夕食をすませ、自分の好みにあわせて特別配合した煙草のパイプに火をつける頃になると、フレンチ警部はかなりゆったりした気持ちになっていた。彼は、汽車の中で考えていたようにさっさとベッドにもぐりこんでしまうかわりに、辛抱づよいフレンチ夫人に自分の問題をひととおり聞いてもらおうという気になった。ひょっとしたら、自分も成程と思うようなうまい考えを思いついてくれまいものでもない。

そこで、夕食のあとかたづけがすんだ頃を見はからって、彼は細君に自分の難題をいっしょに考えてくれとたのんだ。彼女がいつものひじかけ椅子に腰をおろして静かに編み物をはじめたとき、彼は自分の苦心談をやりはじめた。

自分がウィリアムズ・アンド・デーヴィス商会へ行き、はじめて不思議なX夫人の話を聞かされたときから、その日のいくつもの訪問にいたるまで、自分のした一切の努力をフレンチはゆっくり、細大もらさず、彼女に話し、最後に、夫人とウオード夫人は同一人物にちがいないという自分の信念を語り、彼女の追跡にあたってどんな困難にぶつかっているかを説明した。彼女は何も言わずに彼の話を聞いていたが、彼の話が終わったとき、次にどうするつもりですかときいた。

「そこなんだよ」彼はいささかじれったそうに叫んだ。「それが問題なんだ。それがわかってりや、何も苦労しないんだよ、おまえはどう思う?」

細君は頭をふり、身を前にかがめて、全神経を編み物に集中しているように見えた。そんなことをしていても、彼女が彼の話に関心をもっていないのでないことをフレンチは知っていた。それが彼女の流儀なのである。だから彼は多少とも希望をもって待っていた。しばらくして彼女が質問を開始したので、彼の希望は俄然つよくなった。

「ルート夫人や船の人たちがその女の人のことを英国人と思っているとおっしゃったわね?」

「そうだよ」

「その女の人が英国人だと思う人はかなり多勢いたわけね?」

「そうさ」とフレンチはうなずいた。「ルート夫人も、船医も、事務長も、食堂のボーイも、それからすくなくとも四人のスチュワーデスはそう思っているよ。連中はみな間違いなくそうだと思っているんだ。それに、ほかの船客や船員たちもそう思っていたにちがいないんだ。でなきゃ、その女が英国人かどうかということでもめただろうからね。だけど、おまえは一体何を考えているんだい?」

フレンチ夫人は問答を撤回しようとしなかった。

「それで、あなたはその人が英国人だと思うの?」と彼女はくいさがった。

フレンチはたじろいだ。自分はどうなんだろう? たしかに、自分はあやふやだった。証拠はつよく見える。しかし、彼女がアメリカ人であるという証拠もおなじようにつよい、いやもっとつよいとさえ言えるのだ。たとえば、ウィリアムズ氏は――

「わからないんでしょう」フレンチ夫人が口をはさんだ。「よく考えてみて。ウィリアムズさんはその人がアメリカ人だと言ったの？」

「そうだよ」と彼女の夫が言った。「あの人は言ったよ——」

「それで、銀行の支配人と事務員はその女の人がアメリカ人だったと言うの？」

「そうだよ。しかし——」

「それから、その女の人が宝石を買った店でも売った店でも、サヴォイ・ホテルでも、サザンプトンの警察でもみんなその女の人のことをアメリカ人だと思ったのでしょ？」

「そうだよ。しかし、われわれは——」

「だったら、そこに必ず何か曰《いわ》くがあるはずじゃないの」

「つまりその二人が姉妹だとでも言うのかい？　そりゃ、わたしも一度はそう考えてみたさ。だけど、筆跡を見たらそうじゃないんだ」

「あたしは何も姉妹だと言っていないわよ。もう一度考えてごらんなさいよ」

フレンチはさっと居ずまいを正した。

「それはどういう意味だい、エミリー？　何を考えているのかわたしにはわからないよ」

彼の妻はこの半畳を黙殺した。

「勘定に入れておいていいことがもうひとつあるわよ」と彼女はつづけて言った。「そのウィリアムズという人はその女の人を以前に見たことがあると言ったのでしょう。で、ウィリアムズさんという人は、幾歳《いくつ》くらいの人なの？」

フレンチはさっぱりわからなくなってしまった。

「幾歳くらいだって?」彼は手も足も出ないといった顔で言いかえした。「わからないよ。多分、六十くらいじゃないかな」

「そうでしょうね」と彼の女房は言った。「それから、もう一人のスカーレットさんという人もその女の人を前に見たことがあると言ったんでしょ。その人は幾歳くらいなの?」

警部はじれったそうに体をうごかした。

「いいかげんにしろよ、エミリー」彼は抗議した。「何を考えているのか教えてくれよ。おまえの言うことは全然わからないよ」

「頭をつかえばいいのよ」と女房がやりかえした。「そのスカーレットさんという人は幾歳くらいなの?」

「おなじくらいの年配だね——五十五から六十くらいのところだろう。しかし、それが一体どうしたというのだい」

「それから、その若い銀行員の人は以前にその女の人を見たおぼえがないのでしょう?」

「そうだよ。しかし——」

「どう、もうわかったでしょ——お馬鹿さん! ほかの女に化けることもでき、英語もアメリカ語もぺらぺら、年配のロンドン児に見おぼえのある女がどんな女か、そのくらいのことは子供にでもわかるわよ、ワトソンさん!」

由来、フレンチ夫人が亭主のことを偉大なホームズの友人の名でよぶときは二とおりの意味がある。それは、まず、彼女が、フレンチの言葉を用いれば、「ごきげんさん」であるということを意味し、つぎに、彼女が夫の気のつかない——あるいは気のつかないと思われるようなことをすでに見通していて、いい気持ちになっているということである。だから、会話がこういうふうにはこぶと、彼はいつでもうれしくなるのだ。そんなときは、たいてい、何かうまい考えがとびだしてくるにきまっていたからである。

しかし、この場合は彼女の言葉が終わらないうちに、その意味をつかみとった。まったくだ！一体全体どうしておれはそんなことに気がつかなかったのだろう？その女は女優だったのだ。古いロンドンの女優だったのだ！そうときまれば話がわかる。女優だとわかればつかまえるのも時間の問題だ。俳優クラブの書記も助手も、劇場関係の紹介所も、劇場の楽屋番も、社交界新聞の編集者も、彼女を知っている人間はほうきではくほどいるだろう。彼女の名前や経歴をさぐりだすことなどまったく易々たる仕事になるだろう。

彼はとびあがって、女房にキスをした。「おどろいたな、エミリー！おまえはなかなかどうしてたいしたもんだよ」彼はうれしそうに叫んだが細君のほうは、あいかわらず何でもないような顔で編み針をうごかしながら、彼に対する愛情と尊敬の気持ちをかくしきれず、およしなさいよ、いい年をして、と小言にならない小言を言った。

翌朝、フレンチは新しい自信満々の計画を胸中に秘めて、意気揚々たる面持ちでとびだしていった。演劇関係の仲介業者の表をつくっておいたのでそっちのほうを先にまわり、うまくいかない場合は芝居小屋をまわり楽屋の連中に口をかけ、それでもいけない場合は古い役者のマネージャーや演出家や情報が得られそうな連中にかたっぱしからあたりをつけてみるつもりだった。

　しかし、捜査は期待したよりももっと簡単にすんだ。彼のたずねた最初の三軒の紹介所では上役の若い御婦人方は写真を見て、きれいな頭をふるばかりで、彼の問題に何の光もなげてくれなかったが、四軒目の紹介所で、一人の娘がうまい話を教えてくれた。

「そうねえ」と彼女は言った。「あたしはそういう人は知らないわ。大分前にステージをやめたのでしたら、あたしにわかるはずがないわ。あたしはここに来て二年くらいしかたたないもの。それにここはそんなに古くはないのよ。だけど、いいことがあるわ」彼女は急に何ごとか思いついたような口ぶりで言った。「奥にローマーさんて人がいるのよ。あの人ならロンドン児の知っていることはたいてい知っているわ。出て来るところをつかまえてきけばいいわ」

　ホレイス・ローマー氏！　演出家仲間の大御所だ！　フレンチは会ったことがなかったけれども、名前はよく知っていた。彼はその小娘に礼をいい、腰をおろして彼を待つことにした。

　まもなく、彼女がよんだ。「おいでになるわよ」フレンチはつかつかと前に歩みより、一人の背の低い、肥満した、どこかユダヤ人めいたところのある紳士が階段のほうに歩いていくのを見た。彼はローマー氏のあとを追い、自己紹介ののち、写真をとりだして質問をした。

　有名な演出家は写真を見て微笑した。

「ああ、よく知っていますよ」と彼は言った。「わたしは知っていますがね、あの連中は知っちゃいないでしょうよ」彼は紹介所とそこにいる従業員のほうをあごでしゃくってみせた。「ああいう連中には一時代前の女ですからな。そうとも、これは名女優とうたわれたシシー・ウインターですよ。すくなくともひところは名女優になる素質のあった女です。十二、三年昔はパントン一座の主演女優でした。わたしはあの娘《こ》の『おお、ジョニー！』や『公爵夫人』や『女事務員』やそのほかいろいろな芝居を覚えています。当時は大当たりだったもんですが、いまじゃ大時代なものになりましたよ。何かまずいことをやらかしたんじゃないでしょうな？」

「ダイヤモンド盗難事件でしてね」とフレンチは答えた。「ですが、彼女が犯人かどうかはわかりません。ちょっとお話をうかがいにきただけでして」

「あの娘《こ》が何かやったということになるとあたしゃつらいですな」とローマー氏は言った。「あたしはひところあの娘《こ》をかなり買っていたもんです。勝手にとびだして、台なしにしてしまったのですが」

「どういうわけですか？」

「男ですよ。ある男と同棲したんでさ。女房持ちの、かなり年配の男でしたがね。すくなくとも、あのころはそういううわさでしたな。あたしだってその辺のことのわからない男ではないんだから、舞台さえ守ってくれたら何も言うことはなかったんですよ。ところが、それができなかったんでさ。それっきり埋もれてしまったのです。どんな名女優になれたかわからない女だったのですがねえ。前途有望な女があたら台なしになってしまったんです。もったいない話でさ」

「その女のことで何か心あたりはないでしょうね？」

プロデューサーは肩をすくめた。

「ありませんねえ。あたしはあの娘《こ》が生きていたことさえ知らなかったのですから」

「どこの劇場《こや》に出ていたのです？」

「かけもちでしたよ。しかし、一番いい仕事をしたのは喜劇座だったでしょうな」

「それじゃ、そっちへまわってみましょう」

「おいでになるのはよろしいが、あまりあてになさらないほうがいいですよ。芝居の仲間というものはすぐに変わっちまいますし、昔のことはおぼえちゃいませんからね。喜劇座でうまくいかないようでしたら、ジャックのところへおいでなさい。御存じでしょう、演出家のリチャード・ジャックですよ。さっきわたしの挙《あ》げた芝居を演出したのはたしかあの男でした。そうでなければ、だれがやったか教えてくれるでしょう」

フレンチは大いによろこんだ。どうやらこれで運がついてきた。彼の仮説は正しかったのだ——フレンチはもう細君の手柄など忘れはじめていた——彼は見事な推理をはたらかせ、いまやその推理の正しいことがわかったのだ。まちがいなく目的に到達する手がかりが手に入ったのだ。次の仕事は喜劇座へ行くことだ。そこでも、運がついていさえしたら、あの女の足どりをずばり見破れるような資料が手に入るだろう。

紹介所を出て通りを歩いていたとき、フレンチの肩に手をふれたものがあった。デューク氏だった。老紳士は慇懃《いんぎん》にあいさつを述べ、その後の進捗状況をたずねた。

「この辺でコーヒーでもと思っていました」彼はそう言って、目の前にあるいくぶん昔ふうのひっそりしたレストランを指さした。「ひとつ御一緒にやりませんか。久しぶりにお目にかかったのですし、あれ以来お話をうかがっていませんから」

フレンチは自分の発見に有頂天になっていたので、自分の活躍を話して聞かせるいい鴨《かも》ができたとばかり、よろこんでこの申し出をうけいれた。そういうわけで、静かな一隅に腰をおろしたフレンチはいきおいこんで自分の手柄を吹聴しはじめた。ミューレン市への旅、ルート夫人にもらった写真、なかなか足どりのつかめない例の婦人を追ってサザンプトンへ行ったこと、彼女が元女優であると推理するにいたった経緯、そうして幸運にもついに彼女の身元をたしかめることのできた話などをフレンチは話した。

フレンチは一人でしゃべりまくっていたが、デューク氏はそんなフレンチでさえいい気持ちになったほど熱心に彼の話に聞きいっていた。彼はその婦人の名前を記憶していたが、ほかにこれといってその女のことはおぼえていなかった。

「ファンデルケンプにはいい知らせですね」と彼は言った。「彼にすぐ話をしてやりますよ。監視はとかれたものの、実際はまだ容疑が晴れていないことをあの男は知っていますからね。その話を聞いたらあの男はおどりあがってよろこびますよ。まったく、それで、そのほかに何か?」

そういってまた耳をすましたが、フレンチの話がそれでおしまいであること、X夫人がなかなかつかまらなかったのとおなじように、シシー・ウインター嬢の行方はまだ全然わかっていないということがわかると、彼はほとんど絶望にちかい、深い失望の色をあらわした。

「困りましたねえ、警部さん！　もしやと思わせておいて、実際はまだほとんど何ひとつ進んでいないなんて、そりゃちょっとひどいですよ」と彼は嘆いた。それから声をひそめて、彼はゆっくり言った。「ちかいうちに何か発見されませんと、わたしはどうしていいかわからないのです。

二進《につち》も三進《さつち》もいかなくなりました。いまでは現金さえ不自由しはじめているんです。保険会社はまだ支払ってくれません――いまのところ。石がとり戻されないものでもないというのです。もうすこし待ってくれと言うのです。しかし、わたしの債権者たちは待ってくれませんからねえ」

彼は話すのをやめてうつろな目で正面を見た。フレンチは相手をいままでになく注意深く観察したが、この男がすっかりふけてしまい、よわっているのに一驚を喫した。「保険会社が全額はらってくれたとしても帳尻があわせられるかどうかわからないのです」しばらくして彼はまた言った。「破滅がもうそこまで来ているのです。わたしは自分が気丈で、逆境にめげない人間だと思っていましたが、そうじゃなかったんです、警部さん。そうじゃなかったんです。わたしはもう昔のわたしじゃなくなってしまいました。今度の事件で、わたしは根っからだめになってしまいました」

フレンチはこの突然の告白にいささかたじろいだが、比較的めぐまれた成功の生涯の終幕ちかくに、失敗と窮乏に直面した老人を心からあわれに思った。彼は何とか相手をなぐさめたいものだと思って、X夫人の身元が割れたからにはきっと近いうちにいい結果が出るだろうといってみたり、あんなに世間に知れ渡っていた女がそう長く逃げおおせるものではないと気やすめを言ってみたりした。

「まったくあなたのおっしゃるとおりだと思います」とデューク氏は答えた。「こんな醜態をお目にかけて本当に恥ずかしい。ひとつ、よろしくお願いします、警部さん」彼はすがるように相手を見た。「早く事件を解決してください。わたしはあなたが」そう言って彼は微笑《ほほえ》んだ。「できるだけのことをなさっているのは承知しています。しかし、これはわたしにとっては死活の問題なんです。どうぞ、うるさい奴だとお思いにならんでください。大変な難題にぶつかってあなたが立派な働きをしていらっしゃることをわたしはありがたく思っております」

わたし自身ほかの人とおなじようにこの謎をはやくときたいと思っています、とフレンチは相手にうけあった。だから何も心配なさることはありません。その目的のためにできるだけのことはやりますから。そこで、二人は互いに温かいあいさつを交わしてわかれた。

警部は今度は喜劇座のほうに足をむけた。リハーサルの最中で劇場の入口は開いていた。楽屋にまわって、彼は楽屋番に話しかけた。

「知りませんね、旦那」とその男はていねいに答えた。「あっしはここは長くないんです。まだほんの九カ月なんで」

「あんたの前はだれだった？」

「ダウズとかいう老人で。年が年でこの仕事にむかなくなっちまったもんで。それでやめちまったんですよ」

「そのじいさんはどこにいるか教えてくれないか？」

「事務所でわかりますよ、旦那。きっと住所がひかえてありまさあ。この廊下のつきあたりを右にまがるんで」

ちょっとうろうろした揚句、フレンチは事務所に行く道を見つけた。机の上に身をかがめていた青年が顔をあげた。「何か御用で、旦那？」彼は威勢よく言った。

フレンチは用件を話した。元女優シシー・ウインター嬢の行方を探しているのであるが、どこをたずねてもわからない。元の楽屋番のダウズという人がひょっとしたら知っているかもしれないからその人の住所を教えていただきたいのだが。

「シシー・ウインター嬢?」ぬけ目のなさそうな男は聞きかえした。「聞いたことがありますね。しかし、わたしがここに来たときはもう引退していましたよ。いつ頃の人で、どんなだし物があるか御存じなんですか?」

「舞台をひいたのは十二、三年前だと聞きましたよ。だし物は『女事務員』とか『公爵夫人』とか『おお、ジョニー!』とかだそうです」

青年は坐って考えながら、低く口笛をふいた。

「その婦人のことはやっぱりわかりかねますね」ついに彼はそう言った。「十二年前の記録はここには残っていませんから。しかし、ダウズの居所はわかりますよ。すくなくとも、やめたときの住所くらいは」

「すまんです」

青年は部屋を横切って、戸棚から一冊の帳簿をとりだし、ぱらぱらとページをめくった。

「バブコック通り二十九番地です。チャリング・クロス・ロードを南におれて通りを半分ほど行った左手です。引っ越してなけりゃ、そこにいますよ」

フレンチは住所を手帳にひかえて、行きかけた。

「ちょっと待ってください」と青年が言った。「わたしはよく知りませんが、あなたのおっしゃった芝居を演出したのはリチャード・ジャックだったと思います。そうだとすると、あの人にきけば一番よくわかります。あの人は新しく手に入れたピカディリーのアラディン座で仕事をしています。そこへ行ってきいてごらんなさいよ」

フレンチは新しい友人に礼を述べ、大きい建物のはてしない廊下を通りすぎて、ふたたび町に出た。

バブコック通り二十九番地の扉をあけてくれたのは人品卑しからぬ婦人で、夫のピーター・ダウズは在宅ですと告げた。彼は健康を害しているが、お入りくだされば、何とかお目にかかれるでしょう、と言う。

フレンチは小さい応接間に坐って待っていた。やがて廊下に足音が聞こえて、扉がゆっくり開き、背は低いが、でっぷり太った男があらわれた。客が立ちあがってあいさつをしているとき、彼は小さい目をしばたたいてうさん臭そうに彼を見た。

「ようこそ、ようこそ」彼はぜいぜい言いながら、部屋をよこぎって、椅子に身をしずめた。「ぜんそくでしてね」彼はしわがれ声で言った。「この時候になると毎年ぐあいがわるくなりますよ」彼は言葉を切って、あえぎ、それからまた言葉をついだ。「何か御用件でも？」

「ええ」フレンチはうなずいた。「ぜんそくがおわるいようでお気の毒ですな。何とかならないのですか？」

警部は長年の経験で病人と病気の話をして時間をつぶすのは決してむだにならないことを知っていた。彼の与えたよろこびは病人の気持ちをほぐし、感情をやわらげ、あとで用件にうつったとき、自分の望みどおり、話がすらすらはこぶという効果がある。そうは言っても、彼はまったくの偽善者ではなかった。これは彼の職務上の技巧の一部であったし、かててくわえて、彼はしんから人によろこびを与えることの好きな気のいい男だったのである。それで、彼は喘息とその治療法について数分間話したのち、おもむろにシシー・ウインター嬢の話をもちだした。

しかし、この場合、彼が疑いもなくつくりだした好い印象は少ししか利益をもたらさなかった。太っちょの老楽屋番はウインター嬢をよくおぼえていて、写真を見せるとすぐ彼女だとみとめたが、彼女がいまどうしているかといったようなことは何ひとつ知らなかった。彼女はある男とかけおちしたのだが、その男が楽屋通いしていた頃、しょっちゅういっしょにおしゃべりをした仲だからその男のこともよくおぼえている。背の高いがっしりした体格の男で、中年すぎ、何か専門をもった人間か、商売人のようだった。名はたしかヴェインといったがよくはおぼえていない。ところでその婦人がその男かそれともだれかほかの男とかけおちしたことをどうして知っているのかときくと、実はよく知らないのだが、当時はもっぱらそういう風評だったという。住所は聞いたこともないが、金まわりのいい男でチップはよくはずんだ。もう十三年も前の話で、それ以来、二人のことは聞いたことも見たこともない。ウインター嬢のことではこの老人は手きびしい批評をした。どんなに立派な女優だったかはしらないが、気むずかし屋で、意地わるで、おまけに口ぎたない女だった。一体、あんな女のどこがよかったものやら、あの男ときたらあの女にぞっこんまいっているふうだったという。

そういうこまかいことを掻きあつめてしまったあと、フレンチはもはやこの老楽屋番から聞きだすものはないと悟ってこの家を辞去し、今度は次の目的地、ピカディリーのアラディン座へむかった。

ジャック氏は劇場の中にいたが、いそがしそうにしていて、フレンチは大方二時間ばかりもじりじりした揚句ようやく彼の前に通された。しかし、会ってみると、ながい間待ってよかったという感じがした。この偉大な演出家と接触したたいていの人とおなじように、フレンチもこの人の人をひきつける個性と魅力ある応対にたちまちとらえられてしまった。老紳士は待たせたことをていねいにわび、実はやっかいなリハーサルがあったものですからと言い訳をして、それからフレンチの言うことにじっと耳をかたむけた。

しかし、結局、彼はたいして話すことをもたなかった。彼はウインター嬢のことをおぼえていて、しばらく古い記録を調べてから彼女の経歴についてこまかいことをいくらか話してくれた。いまから十六年前、ニューヨークのティヴォリ劇場で、はじめて彼女を見たが、そのときは彼女の演技に驚嘆した。彼女は、だれに聞いたものか、彼が劇場に来ていることを知っていて、彼を追ってホテルに来て、あたしはイギリスの舞台にたちたいのですと言い、先生がいま手がけていらっしゃる芝居のどれかにあたしを出してくださいとたのみこんだ。彼が承諾したので、彼女はニューヨークの契約がきれると、すぐに彼のあとを追ってイギリスに来た。そこで、彼は彼女を『おお、ジョニー!』やそのほかの、あの頃上演したいくつかの芝居に出してやった。彼女は全部で七つの作品に出演した。ジャック氏は彼女の能力をたかく買っていたという。

三年ほどたって、彼女は彼にそのときの契約がすみ次第舞台をひきたいという意志表示をした。

彼は、おまえさんはすばらしく有望な前途をあたら棒にふってしまうつもりかといって小言を言ったのだが、結婚するのだからといって、頑として聞かなかった。別にふかい理由があったわけではないが、彼はそんなことはでたらめにちがいないと信じていた。一般の風評では彼女は妻のある男とかけおちをしたということになっているけれども、どういうわけでそういう風評がたったのか自分にはわからない。どっちにしても、彼女は完全に行方をくらませてしまった。彼女が一座から出ていったのはいまから十三年前のことで、年は二十九歳、その時の彼女の住所はチェルシー・スタンフォード通り十七番地だった。

「残念ですが」とフレンチは言った。「あの女はどうやら悪の道に足をふみこんだようです」彼は彼女がルート夫人に化けた一件をざっと話した。

「無論、わたしは事情はよく知りませんが」とジャック氏は答えた。「しかし、そういう性質の計画ならシシー・ウインターほどうってつけの人間はいないだろうと思いますね。あの女は脳味噌も度胸も知識も三拍子そろっていますからね。あの女が悪事をはたらいたとは残念ですが、あなたがあの女をむこうにまわしていらっしゃるのなら、参考までに申しあげますが、あの女はなかなか一筋縄でいく女ではありませんよ」

フレンチは力なく微笑して立ちあがった。

「それはよくわかっていますよ」と彼はうなずいた。「しかし、もうこれだけわかっているのですから、逮捕するのもあまり遠いことではないでしょう」

「わたしはあなたの幸運を祈らなければならないのでしょうが」手をさしだしながらジャック氏

は言った。「とてもできそうにありませんよ。昔は高く買っていた女ですから、その女がそんなことになったのがあわれでしてねえ」

フレンチ警部は、電報でニューヨークの警察にこの女優の若い頃の経歴を調べてくれるようにたのみ、スタンフォード通り十七番地へと足をはこんだ。それは高級な下宿屋だった。しかし、彼はここで何も聞きだすことができなかった。前の主人は死んでいるし、今いる人はだれもここに来て十三年もたっていないし、ウインター嬢のことも聞いたことがないという。

またもやがっかりして彼は本庁に帰り、はじめの考えを実行することにした。できるだけくわしくかいた彼女の人相書きと、指名手配中という覚え書きをつけて、その婦人の写真を「警察報知」の次の号にはさみこむよう手配した。あまりいい手がかりではなかったが、それよりほかに手段がなかったのである。

14 悲劇

数日後、フレンチはまたしても課長によばれた。おえら方はいらいらしていたらしく、フレンチが部屋に入るのを待ちかねて話しはじめた。

「これを見ろ、フレンチ」これがあいさつだった。「きみが手を焼いているあのゲシング事件のあたらしい発展だ。読んでみたまえ」

フレンチは机のところに歩みよって、課長がさしだした電報を受けとった。それはオランダ岬《フック》の警察署長からの連絡で、発信時刻は午前八時二十七分だった。

「汽船ぱるけすとん号船長ヨリ報告アリ、長身、無髯、白髪、でゅーくト名ノルラシキ人物昨夜はーうぃちヨリノ航海中自殺セリ。外套、すーつけーす及ビはむすてっど・しーだーず通リでゅーく嬢アテノ遺書発見サル。委細後便」

フレンチはこの知らせに接して大いにおどろいた。あの老紳士に対して本当に親しみを覚えたことは一度もなかったが、部下に対する親切な行ないや損失を前にしてしめしたスポーツマンらしい態度を見てフレンチは彼を尊敬していたのだった。しかし、あの男は見てくれよりはつよい打撃をうけていたのにちがいない。フレンチはこのあいだ会ったときのこまごました模様を思いだした。あの商人の気落ちした心配そうな顔、疲労困憊《こんぱい》した様子、「二進《にっち》も三進《さっち》もいかなくなりました。破滅がもうそこまできているのです」といったほとんど絶望的な言葉など。あのときはそういう嘆息を何気なく聞きながしていたのだが、それがいまこんな大事になろうとは。デュー ク氏は盗まれたダイヤモンドがかえってこないかぎりどうにもならない苦境におちいっていたのにちがいない。そうは言ってもフレンチは、いままで自分はできるだけの努力はかたむけたのだ、あれ以上はどうにもしようがなかったのだと思わないわけにはいかなかった。

「意外だったろう?」と課長が言った。「事件の捜査そのものには関係はあるまいがね」

「はあ、関係はないでしょうな」フレンチは後のほうを先に返事した。「ですが、わたしはそれほど意外とは思いません。意外でもあり、意外でもないといったところですよ。つまり、デューク氏ほどの人が苦境からのがれるのにそんな方法をとったことにはおどろきますが、あの人が困っていたことはわかっていましたから」

課長は眉をあげた。

「そんな話は聞かなかったよ」

「実は、あの老紳士の言ったことを真剣に聞いていなかったのです。先週、ピカディリーで会ったとき、あの人はこちらの状況を聞きたがって、いっしょにお茶をのもうとさそってくれました。相当まいっていた様子で、現金にも不自由して、二進も三進もいかなくなったというようなことを言っておりました。かなり老いこんだように見えましたよ。ふけてくたびれたような感じでした」

課長は不足たらしい顔をした。

「どっちにしても、そんな話は聞かなかったさ」と彼は言った。「しかし、娘のことを考えてやらないといけない。きみはその娘のところへ行ってやってくれないか？　とにかく、新聞で見るより前に何とか言っておいてやらないとまずいだろう」

「そうですね。それじゃ、わたしが行ってきましょう」

いやな役目だが、仕方がない。急な用件ができたからいまからうかがうつもりだとデューク嬢に電話をしておいて、彼はでかけた。

彼の知らせが彼女をおどろかしたことは明らかだった。彼を迎えた令嬢の頬は蒼白で、目つきはおどおどしていた。またもや彼は、きっと何かかくしていることがある、そのことで彼が来るのをおそれていたのだという気がした。

しかし、彼が言いにくそうに、いささかぎごちなく一件を話しおわったとき、彼女はあまりのことに愕然《がくぜん》とした。たしかにこの知らせは彼女の予期していたこととまったくかけはなれていたので、あわれな娘はこっぴどくうちひしがれてしまった。彼女は小さく叫んで、腰をおろし、恐怖に見ひらいた目で彼を見つめた。あまりの衝撃に呆然としているように見えた。が、フレンチは彼女の感情の中には、ほっとしたようなところが少しあると考えざるをえなかった。彼は心から彼女に同情したが、疑いはそのまま残った。

やがて、彼女は話しはじめた。力のない、ぼそぼそした声で父が最近非常に悩んでいて、不幸そうであったこと、つとめて何でもないように見せようとしていたが、父の話を聞けば経済的な困難が父の悩みの種であることが充分に見てとれた、というようなことを話した。父はあるとき保険会社さえ払ってくれたらなんとかなるのだがというようなことを言ったことがあるが、元気そうに話したので、まさかそんなに大変なことになっているとは夢にも思わなかった。

「くわしいことはいつわかりますか？」やがて彼女がたずねた。「わたしがフックへ行ったほうがよいでしょうか？」

「おいでになっても仕方がないでしょう」フレンチが答えた。「それに、辛い思いをするにきまっていますよ。もちろん、おいでにならないほうがよいとは言えません。行ったほうが気がすむとお思いなら、おいでになればいいでしょう。しかし、どっちにしても、手紙で知らせがあるまでお待ちになったほうがよくはありませんか？　それに、オランダの警察は来なくてもよいと言ってくるかもしれませんよ」

彼女はちょっと考えて、それに同意した。フレンチは明日の朝第一便で関係の書類が着くはずだから、着き次第早速ハムステッドにもってくると約束した。

「ところで、デューク嬢」彼は本当に親切な口調で言葉をつづけた。「もちろん、余計なおせっかいかと思いますが、どなたか家に来てもらったほうがよくはありませんか――御婦人のお友達とか、叔母さんとか、いとことか？　あるいはハリントン氏にでも？　よかったら、わたしが連絡をつけたり、電報をうったりしてさしあげますよ」

彼女は目に涙をいっぱいためて彼に礼を言い、事務所に電話してハリントンをよんでくださいとたのんだ。彼女には近い親類がないらしかった。父一人娘一人の間がらだったのに、いまその父が死んでしまったのだ。彼女のあわれな母親は死んだよりも悪い状態で、オッターラムの精神病院でよろこびのない日々をおくっていることをフレンチは知っていた。

用件をすませたので、フレンチはこの家を出た。悲劇の詳報が着くまではもうすることは何もなかった。

地下鉄で本庁に戻るとき、彼はデューク嬢との会見をうまく利用できなかったのではないかという気がして落着かなかった。彼はデューク嬢をなぐさめるために最善をつくした。これは、もちろん、人間としてあたり前の親切な行為であった。しかし、それが彼の義務だったろうか？　むしろこの知らせをてこにして、彼女に不意打ちをかけ、かくしていると思われる情報をはきださせるべきではなかったか？　この有望な手がかりを無にすることによって彼は職務をおこたり、自分を傷つけたのだ。それに、彼の上司は馬鹿ではない。彼はまちがいなくそういう便宜のあることを見ぬいて、フレンチがどんなふうにそれを利用したかを聞くだろう。

しかし、そういうわけで、ちょっぴり気持ちが落着かなかったが、自分のやり方を後悔しはしなかった。彼は根っから心の優しい男であったばかりでなく、想像力にめぐまれた男だった。で、自分を彼女の立場においてみて、彼女の悲しみに輪をかけてやらなかったことを嬉しく思った。

あくる朝、オランダから報告が来た。デューク嬢宛の手紙が着いていた。報告書のほうは悲劇にかんして実にこまかいことまでのべた長い書類だった。要点は大体つぎのとおりである。


「一月四日。

本日七時二十一分、フック所在ハーウィチ汽船の埠頭事務所より、海峡渡航中一人の船客が行方不明となり、諸般の状況よりみて自殺と推定される旨の電話連絡があった。ファン・ビーン警部を派遣して調査にあたらしめたところ、次のような事情が判明した。

本船の埠頭到着寸前、慣習により、ボーイが船客をおこすため一等船室を巡回した。左舷の専用一等船室をノックしたところ返事がないので、ボーイのジョン・ウイルソンはもう一度ノックをくりかえしたのち、室内をのぞいた。船室は空《から》であったが、人の居た形跡が残っていた。寝台には、眠ったのではないが、そこに横になった気配があり、大型のスーツケースが床の上に置いてあった。紳士用洗顔道具一式があたりに散乱していた。ボーイはその船客が白髪の老人であったことをおぼえており、その船客が多分デッキにいるものと思って、通りすぎた。約半時間後、ふたたびのぞいてみたが、室内の状況は元のままであった。桟橋に到着するまでは忙しかったため、船客が上陸してのちボーイは当該船室に戻ったが、この時も状況は元のままであった。彼は不審をおぼえてこのことをボーイ長に報告した。後者はウイルソンにしたがってN船室におもむき、調査を行なった。洗面器の上の戸棚を調べると大コップの背部に紙片半枚と封をした手紙一通がたてかけてあるのが発見された。紙片の文面は次のとおりである。

『経済上の逼迫《ひっぱく》により生きていられなくなりましたから、今夜生命を断ちます。船から身を投げるだけで、死は迅速かつ容易でありましょう。手紙の郵送をお願いします。

R・A・デューク』

手紙は『ロンドン市、ハムステッド・シーダーズ通りデューク嬢』宛になっていた。遺書と手紙をここに同封する。

本航路の切符はつぎのように扱われる。乗船のときは、船客が舷門に入るのがおくれるおそれがあるから、埠頭の船客の点検は行なわない。船客は乗船後、ボーイ長の事務室に行き、切符をわたすか、またはパンチを入れてもらうかする。上陸切符は船客が上陸するときにあつめられる。このとき船客全員が船賃を払ったかどうかがわかるわけである。問題の航海のときは百八十七枚の上陸切符が発行されたが、百八十六枚しか回収されなかった。したがって、ハーウィチで乗船した船客のうち一名がフックに上陸しなかったことになる。

船内を隈なく捜査したが、男の姿は発見されなかった。また、前夜、当該船客が廊下を歩いているところを目撃したものもなく、デッキにいるのを目撃したものもない。ボーイ長はこの人物が寝台を申しこんだのを記憶していたが、この寝台は前から予約してあったものであった。彼は老人がうわのそらだったこと、内心のつよい興奮になやんでいるような様子であったことを記憶していた。

スーツケースの内容は洗顔道具や衣類など、三、四日の旅行に必要と思われる程度のもので、この悲劇に関連ありと思惟されるものは何も発見されなかった。このスーツケースは貴方にお送り申し上げるから、その所有権者とみなされるデューク嬢宛に回送されたい」

フレンチ警部はその報告を読みおえてから、デューク氏の手紙に注意をむけた。角封筒で上質の紙を用いてある。うわ書きはデューク氏の筆跡だった。フレンチはすわったままそれをひっくりかえしていた。彼はまよった……そんなことはしてはならないと思い、次の瞬間にはすべきであると思った……そこに何かヒントを与えるようなものがあるかもしれないのだ……

彼はひきだしからジレットの安全剃刀の刃を一枚とりだしてのりづけした垂れの下にさしこみ、前後にうごかしてみた。封筒はすぐに開いた。彼は手紙をとりだして、注意ぶかく開いた。それもデューク氏の筆跡で、次のような文面だった。

「いとしいシルヴィア

おまえがこの手紙を手にするころは、わたしがこれからしようとしていることをもう聞かされていることだろう。わたしは自分のことをとやかく言いたくはない。多分、わたしはもっと勇敢に最後までたたかうべきなのだろう。しかし、わたしは目の前にさしせまった破滅と不名誉に耐えきれない。盗難の前でさえ、あまりうまくいっていなかったのだ。おまえも知っているように、戦争はほかの商売よりもひどい打撃をわたしの商売にあたえたのです。だから、かりに保険会社が払ってくれたとしてもどうにもならなくなっていたのです。払ってくれたとしても数千ポンドの負債が残ったでしょう。シルヴィア、わたしのことをわるく思わないでおくれ。わたしにはそれが耐えられない。地位も、友人も、家族も、何もかもなくしてしまう――しかもこの年になって、これはわたしには耐えがたいことなのだ。

しかしいちばんつらいのはおまえを道連れにしてしまうことだった。しかし、こうすればおまえはそれからはまぬかれるだろう。おまえの母の寡婦資産にはだれも手をふれることはできない。それは母のものでもあり、おまえのものでもある。母の費用を払ってしまえば残りはおまえのものだ。無論、家は人手にわたるだろう。しかし、暮らしていくには充分だ。おまえは結婚するだろう。それも間もなくだと思います。これはおまえに対するわたしの最後の願いでもあり、最後の指示でもあるのだが、おまえのえらんだ人とできるだけ早く結婚しておくれ。おまえとは意見のあわないこともあったが、おまえはいつもわたしのいい娘だった。

いとしいシルヴィア、このことをあまり深く嘆かないでおくれ。わたしは何の不安もなしに未来と――それが未来というものなら――むかいあっている。わたしの進む道は臆病者の道であるかもしれないが、わたしたちみんなにとってこれがいちばん容易な、いちばんいい道なのです。

さよなら、いとしい娘。もし神というものがあるのなら、神がおまえをお守りくださるように。

おまえを愛する父

R・A・デューク」

フレンチ警部はこの不幸な手紙をたたみながら、すこし恥ずかしい思いをしたが、手ぎわよく機械的にたたんで封筒におさめ、のりをつけて封をした。この手紙の中に役にたつ資料が何もなかったことに失望して、嘆息をもらしながら、この知らせをもってハムステッドにでかけた。デューク嬢とハリントンは彼の到着を心待ちにしていた。彼の報告書も手紙も両方ともデューク嬢にわたし、もし別室で読みたいようなら、ここで待っているからどうぞと言った。彼女は落着いていたし、しゃんとしていたが、青ざめた頬と目の下にできた黒ずんだ隈《くま》は彼女がどんなに張りつめた気持ちでいるかを物語っていた。彼女は一言、言い訳を言って別室にさがり、ハリントンも彼女についていった。フレンチはじっと考えながら坐りこみ、もし不意に無遠慮な質問を二人に浴びせたら、どちらかがおどろきのあまりかくしているにちがいない秘密の鍵を思わずもらすかもしれないなどと思いめぐらせていた。

しかし、半時間ばかりのち二人が戻ってきたとき、デューク嬢が手紙を彼にさしだしたので、彼はちょっとたじろいだ。

「お読みになって結構ですわ」と彼女は言った。「御覧になりたいでしょうし、別に内密のことも書いてございませんから」

一瞬フレンチは安全剃刀の一件を告白しようかという誘惑にかられたが、わざわざ警察のやり方をあばくこともあるまいと思ってそのことは思いとどまり、手紙を受けとって読みかえし、礼を言ってそれを返した。

「あなたのお父上はオランダへ行くとおっしゃっていたのですか?」彼はたずねた。

「はい。いつものようにアムステルダムの事務所へ行くつもりだったのです。でも、いまから思いますと、出かける前にもう——それを——覚悟して——いたのですわ。父はさよならと言いまして——」

彼女は唇をふるわせて絶句したが、不意にソファーに身をなげかけ、せきあげる涙にかきくれた。「ああ!」彼女はのどをつまらせながらかきくどいた。「海でなんて! 考えてもたまらないわ——海でなんて——」彼女は心も裂けよとばかりすすり泣いた。

フレンチはこれでは計画どおりやるのはとても無理だと観念した。こんな状態では微妙な質問でかまをかけるわけにもいかない。いまとなっては黙ってひきさがるよりほかはないわけで、彼は令嬢をハリントンにまかせ、できるだけこっそりこの家を出た。

彼はデューク氏なきあとだれがそのあとを襲うだろうかと思案した。盗難ダイヤモンド追跡の仕事がうまくいった場合、いやでもその人と交渉をもたなければならないわけだから、ともかく事務所へ行って様子を聞いてみようと思いたった。そこで、彼は旧市内行きの地下鉄に乗り、約半時間後にはハットン・ガーデンの事務所の階段をのぼっていた。

スホーフス氏がすでにかわりをつとめていて、故社長の部屋に彼を案内した。この経営はデューク嬢のものになるだろうと氏は信じていた。もっともそう言っていい特別の理由はなかったのだが。

しかし、リンカンズ・インのティンズリー・アンド・シャープが故人の弁護人であったから、そこへ行けばもっと詳しい話が聞けるでしょうと言う。

「わたしは昨夜来たばかりで、一時的につなぎをやっているだけなんです」とスホーフス氏は説明した。「ですから、何か御用件がありましたら、わたしにでもティンズリー氏にでもおっしゃってください」

「ありがとう」とフレンチは答えた。「それじゃ、何かありましたら、あなたにお願いしますよ」

「きょうは一日店をしめていたのですよ、そんなわけで」とスホーフス氏はつづけた。「わたしはこの機会にデューク氏の書類に目をとおしてどんなぐあいになっているかを見ておこうと思いましてね。ハリントンが重役になっていさえすれば、これは彼の仕事だったのですが、いまのところ、何もかもわたしがやらなければならないんです」

フレンチは適当に返事をして帰りかけたが、ふと足をとめて話をつづけた。

「あの老人があんなふうになるというのは意外でしたねえ？　わたしはそんな人だとは夢にも思いませんでしたよ」

スホーフス氏はまったく気の毒な人ですというような恰好をした。

「そんな人じゃなかったんですがね」と彼は相槌をうった。「しかし、そう言えば、そんなところもありましたっけ。ここ一、二週間あの人にお会いになったかどうか知りませんが、それはひどくまいっていましたからね。ふさぎこんで、毎日毎日わるくなっていきましたよ。ぐあいがいいとは思えませんでしたね——健康を害して、それが気持ちにも影響したんでしょうな。金の損害のことを気にやんでいましたからね」

「本当に破産したのですか？」

スホーフス氏は数字のことは知らなかったが、大いにその懸念があると言った。お嬢さんの行末が案じられますよ。いや、われわれだってみんなその心配をしているのです。いい年をして職を失い、また新規まきなおしというのはやりきれませんからなあ。それもこれも、元はといえばみんなあの戦争のせいですよ。警部さん、あなただって戦争の影響がなかったとは言えないんじゃありませんか？

「長男をなくしましたよ」フレンチはぶっきらぼうに答え、故社長のことに話を戻した。彼はいつものように仕事でアムステルダムへ行くところだったらしい。宝石は全然携行していなかったから、姿を消したのはまずもって自殺以外にないと思われる。

フレンチはオランダ警察の結論をまったく疑わなかった。これがもし高価な品物の包みをもった人間が変死したとでもいうのなら、死因に不審があるにきまっているが、ありがたいことにこの場合にはそういうことはまったくなかった。

次の訪問先はリンカンズ・インのティンズリー・アンド・シャープ法律事務所だった。ティンズリー氏は生き残りのただ一人の重役であった。フレンチはまもなく奥へ通された。

デューク氏はシルヴィアのためにできるだけのことはしておいたらしい。

「そうは言っても、可哀そうに」とティンズリー氏は言い足した。「どっちみちたいした額にはなりません」なお、わたしが遺言執行人ですから、今後盗難事件にかんするあなたの用件は一切このわたしのところにもってきてください。デューク氏とわたしとは古くからの友人です。実際、これはもうずいぶん昔の話だが、わたしはデューク氏の結婚式では介添役までつとめた仲なんです。亡くなる三日前にたずねたときは、あの男の変わりようがあまり激しいのにびっくりしましたよ。顔色がわるく、しょんぼりしていまして、「どうもぐあいがよくないんだ、ティンズリー。心臓のぐあいがわるいらしいよ。そのうえ金の心配だからくさくさするよ」というようなことを言い、「万一の場合は」シルヴィアのことをよろしくたのむといって、わたしに約束させたりしましてね。

「いまから思うと」とティンズリー氏はつけたした。「そのときはもう自殺するのが一番簡単な解決だと覚悟していたのでしょうな。わたしはそれを聞いてびっくりしましたがね」

「お察ししますよ」フレンチはそう答えて立ちあがった。「それじゃ、何かあたらしい発展がありましたら、こちらに御連絡いたしましょう」

彼は本庁に戻り、報告をすませた。山ほどある毎日の仕事にとりかかったときは、もう退庁時間になっていた。

15　セント・ジョンズ・ウッドの家

フレンチ警部ロぐせの愚痴といえば、自分のような立場の人間にはおよそ休みというものがないということだった。一日中こまねずみのようにうごきまわって、やっとのことで家に帰り、今夜こそパイプと本を手に夜長をのんびり愉快にすごそうと思っていると、夕食もすまないうちに本庁のほうで何か突発の事態が起こって、彼の計画は何もかもおじゃんになり、国の法律を犯す敵とのたたかいにひきだされてしまうといったあんばいだった。八時間労働だの、超過勤務手当だの、「請求払い」だの、地域手当だの、経費だの……といったようなことは彼には縁がない。今の彼の場合ときたら、職務を遂行するのがあたり前で、下手をすると昇進の見送りはおろか、今の地位を失うことさえありうるのだ。

「自分の仕事をやりとげたところでだれも感謝してくれるわけでもなし」と彼はいつも愚痴をこぼす。「へまをやったら一時間もたたないうちに雷をおとされる」とは言うものの、そういう話をしながら彼の目は輝いているし、彼の友人でフレンチ警部が自分の職務を大いに楽しんでいること、おまけに近い将来彼の上司が彼をもっと上の、もっと報酬の多い地位に昇進させようとしていることを知らないものはほとんどなかった。

しかし、この日の晩ばかりは、あえて彼の肩をもつわけではないが、まるで彼の日頃の不平を地でいったようなものだった。夕食の席につくかつかないかに、扉のベルがなって、コールドウェル巡査がお見えになりましたと取りついできた。

「ちょっと待ってもらっとくれ」フレンチ夫人が夫の機先を制して返事をした。「居間にお通しして、イライザ、夕刊をさしあげておくんだよ」

フレンチは半分立ちあがったが、また自分の席に坐ってしまった。

「急用かどうかきいてみてくれ」ひきさがろうとする女中のうしろからそう言ったのは半分は正真正銘の好奇心というやつで、あとの半分は自分の家では自分こそ自分の行為の主人なのだというささかあやしげな仮説を女中にのみこませたいためである。

「あなたの夕食ほど急用じゃありませんよ。待たせておき」フレンチ夫人は容赦なくおなじことをくりかえした。「一分や二分おくれたからって、何ですよ」

まもなく、彼女の言葉は来訪の巡査自身によって確認されたことが知れた。

「お急ぎではないそうでございます」扉のところにまたあらわれたイライザが報告した。「御用意のできるまでお待ちになれるそうでございます」

「それはよかった。それじゃ待ってもらおう」一件が大変好都合にかたづいたのにほっとして、彼はそう女中に言った。それから十五分間、腹の虫をなだめるべく、わき目もふらずにつめこんだ。食べおわってから、やおらパイプをとりだし、客のところへ歩いていった。

「今晩は、コールドウェル。どうしたんだ、いまごろ?」

コールドウェルは中年の背の高い、鈍重な顔つきの男で、ぶきっちょに立ちあがって敬礼をした。

「警部殿のお出しになった手配写真のことでありますが」と彼は言った。「その女が見つかりました」

「本当か！」とフレンチは叫んだ。煙草をパイプにつめていた手をとめて、たちまち食いつきそうな顔をした。「どういう女だ？」

コールドウェルはポケットから手帳をとりだして、指あとのついたページをゆっくりめくった。彼の慎重さが気の短い上役をじらせた。

「早くしろ、コールドウェル」とフレンチは文句をつけた。「そんなことを、ごたいそうな手帳を見ないと思いだせないのか？」

「大丈夫であります」と男は答えた。「ここにありました」彼は手帳を見ながら言った。「その女の名前はヘンリー・ヴェイン夫人。セント・ジョンズ・ウッド街道の小さい一軒家に住んでおります。クルー荘という……」

「よし！」フレンチはうれしそうに言った。「たしかだろうな？」

「たしかだと思います。わたしはその写真を三組の別々の人に見せましたが、皆その女だと言っておりました」

これは見込みがありそうに聞こえた。特に、喜劇座の楽屋番ダウズがウインター嬢の崇拝者がヴェインという名だったと言ったのを思いだしたからなおさらだった。彼は巡査をすわらせ、煙草を一服すすめながら、くわしい話を聞かせてくれとたのんだ。

コールドウェル巡査はおもむろに椅子に腰をおろして、すすめられるままに煙草入れを手にとった。

「ありがとうございます。それでは遠慮なく」彼はゆっくり葉をつめ、パイプに火をつけ、巨大な親指でおさえつけた。「こんな調子だったのであります。わたしはきょうの午後非番になりましたので、その女の手配写真をポケットに入れたまま帰りかけました。家に帰る途中、偶然友人に会いました。若い婦人であります。それで、わたしはちょっと道草をし、その婦人といっしょに歩いてまいりました。正直のところ、何も話すことがなくなったものでありますから、わたしはその婦人にこの写真を見せました。もちろん、はじめから何も期待していたわけではありません。ところが、その写真を見た瞬間にその婦人は『あたし、この女の方を知っているわ』どいいますので、『何だって?』とわたしは言いました。『知ってるって? じゃ、これはだれなの?』とわたしは言いました。『この人はときどき店に来たわ』とその婦人が言いました。『でも、名前はちょっと思いだせないわ。聞いたことはあるんだけど』というのであります。ついでに言いますと、わたしが話をしていたその婦人というのは、そのときはもうつとめをやめておりましたが、二週間ばかり前までは生地屋につとめておったのであります。『そうかい』とわたしは言いました。『その人の名前が知りたいんだが、思いだせないかい?』『思いだせないわ』という返事で、本当に思いだせなかったらしいのです。いっぺん聞いただけで、そのときはたいして気にとめていなかったと言うのです」

「それで?」巡査が話をやめそうになったので、フレンチはうながすようにつぶやいた。

「わたしは、もしあんたがおぼえていないのなら、だれかほかの婦人がおぼえているかもしれないと言ってやりました。お茶と映画につれていってあげようと約束したのですが、はじめは本気にせず、あっちへ行きかけました。しかし、わたしが本気なのを知って、言うことを聞き、前につとめていた店へつれていってくれたのであります。三、四人の女の子にたずねてみましたところ、その中の一人が例の女をよくおぼえておりまして、『それはヴェイン夫人よ』と言いました。『その人ならセント・ジョンズ・ウッドに住んでいるわよ。クルー荘という名の建物よ。あたしは何度もあのかたの包みをつつんだからよく知っているわ』と、そう言うのであります」

「よし」フレンチはもう一度うれしそうな声でほめた。

「それで、わたしが行ってたしかめたほうがよいかと思いまして」巡査は例のゆっくりした鈍重な口調でつづけた。「で、わたしはスオン嬢――これはわたしがいっしょにいた婦人でありますが――そのスオン嬢にわたしといっしょにそこへまわってくれとたのみました。そこはベイカー通りのはずれに近いところで、非常に奥まった小さい邸でした。わたしはそこへ行って自分でたずねるのはまずいと思い、スオン嬢にその隣の家へ行ってヴェイン夫人にお目にかかりたいと言ってくれとたのみました。彼女が行ってたずねますと、それはお隣ですという返事で、つまり、その隣の邸がクルー荘だったのであります。わたしはたしかにその家だということがわかりましたので、今夜は映画に行くのをやめにしまして、まっすぐこちらにお知らせにまいったのであります」

フレンチは満面に笑みをうかべて彼を見た。

「よくやったよ、コールドウェル」と、彼は言った。「まったく、わたしがやってもそれ以上うまくはやれないよ。このお礼はきっとわるいようにはしないよ。わたしが用意をするあいだ、もう一服すっていてくれたまえ。それからタクシーをよんできてくれ。すぐにもいっしょにでかけよう」

彼は電話でスコットランド・ヤードをよびだし、こまごました用意をたのんだ。そういうわけで、彼とコールドウェル巡査が本庁の大きな建物に到着したときには二人の私服が待っていた。そのうちの一人はフレンチに小さい包みとウオード夫人こと、アメリカ合衆国ピッツバーグ市在住ルート夫人ことヴェイン夫人の逮捕状を手渡した。そこで四人の警察官はタクシーにぎゅうぎゅう詰めになってセント・ジョンズ・ウッド街道のほうへ車をとばした。

ホワイトホールのほうへまがったとき、議事堂の大時計が九時半をうった。晴れた夜だったが月はなく、街灯の光がつくるまるい輪のほかはうるしのような暗闇だった。フレンチが新参の私服二人に手短に今夜の任務を話したあと、四人の男は沈黙のまま坐っていた。彼とコールドウェルは二人とも興奮を抑えきれない状態だった。フレンチのほうは難題が早くかたづくという望みがあったから、また、巡査のほうはこの遠征がうまくいけば昇進の可能性があるからだった。ほかの二人はこの仕事をただの余分の仕事としか見ていなかったから、ことのなりゆきにはまるで無関心のような顔をしていた。

セント・ジョンズ・ウッド街道に着いたので、タクシーを捨て、コールドウェル巡査の先導で、通りと邸をへだてる高い石塀の馬車道の門のところへ近づいていった。門の上の横木には「クルー荘」と書いてある。右手にはくぐり戸がついていたが、それも、大きいほうの門も両方ともしまっていた。塀の中にはこんもりした植込みがあり、その間をぬって馬車道がうねり、枝のすきまから漏れる街灯の光にてらされて小さい家の壁や切妻などがむこうのほうにかすかに見えた。窓からは光が漏れていなかった。で、ちょっとためらったのち、フレンチがくぐり戸をあけ、四人は中に入った。

「この植込みの中で待っていてくれ。パイとフランクランドは」と彼はささやいた。「コールドウェル、きみはわたしといっしょに来てくれ」

馬車道は短く、かれこれ四十ヤードたらずで、すぐにその家の全景があらわれた。最初見たのよりも小さいくらいだったが、なかなか凝ったつくりで、切妻のある屋根、弓張り窓、それから小さい開き廊があって、そこに硝子扉《ガラスど》がついている。大都市の中心にこのくらい近いところにありながらおどろくほど閑静で、木々や塀やそれからあちこちに常緑の灌木の茂みなどもあって、通りや近隣の邸からは全然見えないようになっている。

建物の正面はまっくらだった。二人の男は本能的に足音をしのばせてわきのほうへまわった。そこにも光はなかった。ゆっくり歩いていくとぐるっとひとまわりしてまたもとの正面の入口のところに出た。

「からっぽらしいな」電鈴のボタンを押しながらフレンチが言った。

何度ならしても返事はなかった。邸は暗くひっそりしずまりかえっていた。フレンチはもう一度巡査を見かえった。

「むこうの二人をよんできてくれ」と彼は命じた。まもなく、パイが正面と側面の角のところに、フランクランドはその対角のところに配置された。二人は人目につかないよう、入ってくるものは入れてもよいが、出ていくものは一人ものがさないように命ぜられた。

懐中電灯を片手に、フレンチはそれから扉や窓を慎重に調べはじめた。開き廊のところの扉をあけることにきめ、コールドウェルに電灯をもたせ、はじめは合鍵の束で、それがだめだとわかると今度は短い針金で錠をこじあけにかかった。何分もかかってやっとかちっと音がして錠が開いたので、ハンドルをまわし、二人は用心しながら部屋に入り、うしろの扉をしめた。

それは豪華な調度をそろえた、こぢんまりした居間で、明らかに婦人の部屋だった。この部屋の調度は良き趣味というよりは贅沢のほうを眼目にしたらしく何もかもけばけばしく、見栄を張って見えた。人影はなかったが、最近までつかわれていたらしく、暖炉には灰が残っていたし、その辺には本が置いてあり、一冊は椅子の上に伏せてあった。小机の上には午後の茶の道具が出してあり、一つのコップはつかったあとがある。

フレンチはたいして詳しく調べもせず、小さい廊下に出た。それにそって三つの部屋があり、また二階に通ずる階段もある。階段の下には衣類フックが一列にならんでいて、それには男物の服が数着と帽子やコートが二つずつ、それにレインコートが一枚かかっている。

彼はすばやくほかの部屋をのぞきこんだ。最初の部屋は喫煙室で、落着いた色彩の皮でつつんだ椅子や暗い色の樫《かし》で張った壁など、どうみても男の部屋だった。次の部屋は食堂で、これも小さいものだったが、そこには高価な銀器がたくさんそろっていた。四番目の扉は台所、流し、食料品置場、中庭へと通じている。ここでも人が最近まで住んでいた証拠として、その辺が一帯にちらかっているし、あちこちに食料品が置いてあった。

一階に人がいないのを見さだめてから、フレンチは二階へあがった。明らかにこの家の女主人のものらしい一番大きい寝室はまるで大混乱の相を呈していた。簞笥《たんす》も衣装戸棚もあけっぱなし、中身はかきまわされ、ひっくりかえっていたし、床の上にはドレスや靴や婦人用の優美な衣類のたぐいがちらかしてあった。フレンチはこの混乱を見たとき、低い声で畜生とうなった。この様子ではどうやら鳥は逃げたあとらしい。しかし、いつだれが来るかもしれなかったから、彼はいそいで捜査をつづけた。

次の部屋は男子用の化粧室と寝室であった。化粧室には取り乱したあとがなく、隣の寝室もきちんとしていた。しかし、つぎの女中部屋に入ってみると、そこには最近ひきはらったあとが歴然と残っていた。ここでも衣装戸棚のひきだしはひきぬかれ、壁に造りつけの戸棚は戸があけっぱなしになっていた。紙くずや着古したらしい服などが床の上にちらかしてあったが、値うちのある品物がひとつも残っていないという点で女主人の部屋とは様子がちがった。

フレンチはまた畜生と言った。どうみてもあとの祭だった。ヴェイン夫人ことX夫人は風をくらって逃げてしまったのだ。しかし、どうやって自分の身の危険をさとったのだろう。

彼はこの取り乱した部屋につったってしばらく考えこんでいた。こうなった以上、次にどういう手段をとればいいのだろう。

まず、このヴェイン夫人がたしかに彼のもとめる女性であるという絶対確実な証拠をにぎらなければならないのは明らかだ。それから、彼女が本当に行方をくらましたのかどうか知らなければならない。また行方をくらましたのなら、何故そうしたのか、またわかるものなら、どこへ行ったかも知らなければならない。もし彼女が逃走したのなら、だれがどんなふうに彼女に警告してやったのかを洗わなければならない。そのあとで、彼女の隠れ家をつきとめ、彼女を逮捕することだ。

しかし、ヴェイン夫人だけに事をかぎらず、彼女の亭主も見つけなければならない。もしも彼女が盗難ダイヤモンドを受けとったX夫人であり、ひょっとしたらゲシング老人の殺害者であるかもしれないとすると、ヴェイン氏もそれに関係していないはずがない。彼が事件にまきこまれなかったとは到底信じられない。

だから、彼の最初の仕事はクルー荘の不思議な住人について徹底的に調べあげることである。見やすい捜査の線がいくつかあった。まずこの家自体だ。人間は住む家に消しがたい個性の痕跡を残すものであるから、この家をたんねんに捜査してみれば、ヴェイン夫妻について相当の資料が得られるにちがいない。それから召使たちだ。もしこの連中を見つけることができれば、彼らの証言は貴重なものとなるであろう。隣人たちや土地の商人、業者などから彼はあまり多くを期待しなかったが、そういう人たちからも多少は役に立つヒントが得られるだろう。そのほか家屋の管理人もある。彼らもひょっとしたら何かの役にたつかもしれない。

時刻はもう十一時にちかかったが、たとえ徹夜になろうとも、その時その場で家宅捜索をはじめるのが自分の義務だと彼は覚悟をきめた。そこで、彼はこういう仕事になれているパイとフランクランドをよび、コールドウェル巡査を邸内のパトロールに残した。

それからもっとも綿密細心な捜査がはじまった。一部屋ごとに三人の男は調度、本、紙片、衣類などあらゆるものを一品ずつ細心の注意をはらって調べていった。次第に疲れは出てくるし、腹はへってきたが、捜査は休みなくつづけられ、終わったのは明け方の六時半だった。それからあたりが次第に明るくなってくる中を三人のスコットランド・ヤードの人々は一人ずつ通りにぬけだし、町角でおちあい、もよりの地下鉄の駅まで歩いてそれぞれの家へ朝食をたべに帰った。フレンチは最初ののりかえ場所から本庁に電話をかけて、邸内に残しておいたコールドウェルの交替を一人おくってくれとたのんだ。

フレンチは朝食をすませたあと、本庁に出かける前に一服つけ、捜査中に気のついた点を手帳に略記した。ヴェイン夫妻逮捕の手がかりになるようなものは何もなかったが、何かの参考になりそうな点がいくらかあった。

第一に、その婦人の出発が突然かつ予期しないものであったことは明らかであった。寝室が取り乱してあったこと、居間には人のいた気配があり、よみかけのページを見失わないように本が開いたまま伏せてあったこと、居間の暖炉やかまどに灰が残っていたこと、使いかけの茶の道具が置いてあったこと、それから台所の様子などを見てもその証拠は充分である。台所ではこれから料理にとりかかるところだったらしく、レンジの上にソースパンがいくつも置いてあったし、テーブルの上にはいろいろな材料がソースパンで料理するばかりにしてならべてあった。台所や戸棚には各種の食料品がたっぷりあったし、食堂の戸棚には、葡萄酒やウイスキーなどがいくらかあった。ところが家の主人のほうはいっこうにいそいで出かけた気配がなかった。

出発の日どりは食料の状態から大体見当がつくとフレンチは思った。鉢に一杯と水差しに二杯の牛乳は酸っぱくなっていたが、まだかたまってはいなかった。戸棚の中につるしてあった新鮮な肉はまだわるくなっていなかった。パンはいくらか乾燥し、かたくなっていた。流しの棚に置いてあったレタスはしなびていた。しかし、居間の花瓶にさしてあった菊の束はまったく生き生きしていた。

全体からみて、四日ばかり前に高飛びしたものらしいと彼は考えたが、この推定は彼の得たもう一つの証拠によって裏づけられた。

廊下の扉の背にとりつけた郵便受の中に「セント・ジョンズ・ウッド街道クルー荘、ヴェイン夫人」宛の手紙が一通見つかった。その消印によると、それは三日の日にロンドンで投函したものであることがわかった。だから、それが配達されたのは三日の夕方かもしくは四日の朝である。ところで、今日は八日である。してみると、その婦人はすくなくとも四日前に出発したことになる。

彼は手紙の内容そのものにもひどく興味をもった。それはただの株の売買の表であったが、取り引きの数がべらぼうに多く、金額は数千ポンドに達していた。取り引きの日付は書いてなく、添付の書状もなく、差出人の名前もわからなかった。だれかが複雑な財政上の操作をやっていることは明らかであったが、その男または女の正体を明かすものは何もなかった。

家の一般的設備からみて、ヴェイン夫妻がすくなくとも裕福に暮らしていたことはたしかのようだった。家具も調度もどっしりとして、金目のものであった。さきにも述べたように、居間は小さかったが、そこに敷きつめてある絨毯《じゅうたん》だけでも百二十ポンドをくだるまいとフレンチは見積った。奥方のドレスは上等の絹で、宝石類と名のつくものは何ひとつ残っていなかったが、それでもなお、高価な装身具や小間物類が残されていた。おまけに、喫煙室にあった半分空《から》の葉巻入れにはコローナ・コローナがはいっていた。ギャレージや車はなかったが、どこか近いところに自動車の置いてあったことは容易に想像できた。ざっと見て、この夫妻は年に二、三千ポンドの暮らしをいとなんでいたらしい。しかし、ヴェイン夫人の取り引き銀行が彼女の書類の中に発見されたから、銀行に問い合わせてみればそんなことはすぐわかることだった。

警部がおかしいと思ったことがもうひとつあった。それはこの家の主人も奥方も文学的趣味をもちあわせていないらしいことだった。喫煙室の本棚には装丁の立派な「一流作家の作品」が並んでいたが、その状態から見て、まったく部屋の装飾の一部として置いてあることは明らかであった。喫煙室には実際に読んだ本は一冊もなかった。居間のほうにはもっと軽い性質の小説本がたくさんあり、そのほかにフランス語やスペイン語の非常にあくどい、いかがわしい表紙の本もたくさんあった。しかし、そういう本の中に鶏群の一鶴みたいに場ちがいな感じで一冊のまあたらしいコンサイス・オックスフォード辞典が置いてあった。

象眼細工の奥方の小机の中には数枚の古い勘定書がはいっていたが、奥方が最近取り引きをした店の名前のほかは何もわからなかった。居間には一人の婦人のよくとれたキャビネ版の写真がかざってあったが、その女はルート夫人が船上でスナップした女の実物らしかった。フレンチはその写真をチョッキのポケットにすべりこませた。

手帳の書きこみを終え、パイプの灰をはたいて、フレンチはその日の仕事にでかけた。セント・ジョンズ・ウッド街道に戻り、コールドウェルと交替したエスラーという巡査に会って、まだだれもこの家に近寄らないことを知った。それから彼は隣近所の家や商店をまわりはじめた。どの家でも、彼はヴェイン夫人を探しているのだが、家がしまっているので、どなたか夫人の居所を御存じないかというふうにきいた。

大都市では隣同士がまるで顔をあわさず、つきあいもしないで、何年もすごすことがあるのを承知していたから、彼はあまり多くを期待しなかったし、現に最初の二軒の家では何の成果もあがらなかった。しかし、三軒目で運がまわってきた。戸をあけた女中がヴェイン家のことを何か知っているらしかった。しかし、どうやらうさんくさいと思ったらしく、フレンチが例の質問をするとあからさまにいやな顔をして口をつぐんでしまった。フレンチはつとめてなにげない様子をよそおって、漫然と言葉をつづけた。

「わたしはね、ヴェインさんの奥さんが以前に住んでいらっしゃったカンターベリーの近くの地所の所有権のことで奥さんにお話をしにきたんですよ。わたしはリンカンズ・インのヒル・アンド・ルイシャム法律事務所のもので、奥さんの土地の境界線のことでちょっとおききしたいことがありましてね。別にたいしたことじゃないんですが。奥さんにお会いできたら五シリングもらえることになっているんでね。わたしに何か教えてくださったら、その分はあなたにさしあげてもいいですよ」

娘は乗り気になったらしかった。彼女は廊下のほうをふりかえり、玄関のほうに出てきた。うしろの扉をしめ、せかせかと口をきいた。

「よくは知らないのですが」と彼女は言った。「知っていることをお話ししますわ」彼女の話によると、先週の金曜日、つまりいまから五日前にヴェイン夫人は夫がニューヨークで事故にあい、瀕死《ひんし》の重傷を負ったからすぐ来いという電報を受けとった。彼女は大いそぎで荷づくりをすませ、家をとじ、リヴァプール行きの汽船連絡列車に間にあわせるため自動車で出発したらしい。ヴェイン氏その人については女中は何も知らない。彼女はその男のことなど隣家のちょっとした付属品くらいにしか思っていないらしい。彼はめったに家にいなかったし、いたとしてもめったに顔を見せなかったという。

どういうわけでヴェイン家のことをそんなに詳しく知っているのかとたずねたところ、彼女は坊ちゃまの模型飛行機が塀をとびこえてクルー荘の中に入ってしまって、きまりがわるくて困っていたとき、ヴェイン夫人の小間使がそれをとってくれたことがあったのですと説明した。この出来事があってから二人はちかづきになり、お互いの主人について情報を交換しあうようになった。その金曜の朝、ヴェイン夫人の小間使はしめしあわせた合図で彼女を塀のところによびよせ、大いそぎで、奥さまが急にアメリカによばれたこと、家はしめられるので、彼女と料理番は解雇されることを話した。

「奥さまは連絡列車に乗るので大あわてなのよ」と小間使は言った。「それで、奥さまが家をおしめになるのであたしたちは先に出なければならないの」小間使はいそいで彼女にさようならを言って、姿を消した。

フレンチはこういう事実を聞いてよろこんだが、それ自体はかならずしも彼が知りたいと思っていたことではなかった。もしニューヨークの夫の話が本当だとしたら、その場合は彼の仮説はがたがたにくずれてしまうだろう。しかし、その婦人が本当に問題の日に船に乗ったかどうかは容易に調べのつくことだ。彼はまた女中に言った。

「わたしはそのあなたのお友達に是非会いたいですな」と彼は言った。「その人のお名前と住所を教えてくださらないですか？」

彼女の名前はスーザン・スコットというらしかった。しかし、彼女の住所はわからなかった。ちょっとの間フレンチは途方に暮れたが、あれこれたくみに質問しているうちにスコット嬢の話し方はロンドン児のようなところがあったということ、エッジウェア街道の付近によくある紹介所に出入りしているかもしれないということをひきだした。

「もうひとつあるんですが」と彼は付け加えた。「クルー荘の家主か管理人の名前を知りませんか？」

女中は残念ながら知らなかった。

「それじゃこの家のは？」フレンチは食い下がった。「隣同士だから、ひょっとしたら持ち主がおなじかもしれません」

女中はそれも知らなかったが、主人は知っているかもしれないと言い、主人ならまだ家にいますといった。フレンチは会見を申し入れ、自分の身分を話し、両家の管理人はヘイ・マーケット裏、カップルズ通りのフィンドレーター・アンド・ハインド事務所であると教えられた。

もう聞くだけのことは聞いたと思ったので、フレンチは女中に五シリングわたして立ち去った。

計画の第二項目はウィリアムズ氏をたずねることだった。そこで、二十分後には彼はコックスパー通りの事務所の扉を押しあけていた。ウィリアムズ氏は彼なりの熱心さでフレンチを迎えた。

「こんにちは、警部さん」と彼は叫んだ」「よくいらっしゃいましたな。何かいいお話でも?」

フレンチは腰をおろし、ポケットからヴェイン夫人の居間で見つけた例の婦人のキャビネ版の写真をとりだした。

「さあ、どうですかねえ、ウィリアムズさん」彼は落着きはらって答えた。「この写真に見おぼえがありますか?」

「ほほう!」と彼は叫んだ。「見つかったんですか、とうとう? ルート夫人ですね!」

「それをお聞きしたかったのです。たしかにこれはルート夫人ですか?」

「たしかにですって? 絶対確実です。名前を何と言っているかは知りませんが、あたしの三千ポンドをもっていったのはこの女です。この女が見つかったのですか?」

「それがまだなんです」とフレンチは答えた。「まだ見つかっていません。しかし望みはあります」

「一体どうなっているんです?」

「残念ながら、あまりお話しすることもないんですよ。この女が、つまりこの写真の実物が先週の金曜日にニューヨークへたったという話を聞いたのです。本当かどうかはわかりません。本当なら、アメリカの警察が船の上で彼女を逮捕するでしょう」

ウィリアムズ氏は詳しい話をせがんだが、フレンチは黙して語らなかった。しかし、別れぎわに、彼は今後の捜査の結果をお知らせすると約束した。

コックスパー通りからフィンドレーター・アンド・ハインド事務所まではほんのひとまたぎだった。ここでフレンチはハインド氏に会い、この事務所がクルー荘の管理をしていることをたしかめた。しかし、そのほかには興味のあること、役にたつことはほとんど聞きだせなかった。あの家は五年前にヴェイン夫人が借りたものであるが、借用契約書にはヴェイン氏が署名した。借家人としてはまことに申し分のない人たちで、家賃はきちんと払うし、小うるさい修繕を要求するようなこともなかったという。

「昼食までもう一軒歩いてみよう」という気になって、フレンチはそれからホワイト・スター汽船の事務所に姿をあらわした。ここで彼は、さほど唐突でもなく、やっぱりそうかと思い、自分の勘があたっていたと思わせせられるような話を聞いた。ホワイト・スター汽船の船にせよ、ほかの船会社の船にせよ、先週の土曜日の午後より前にリヴァプールを出てアメリカにむかった船はなかったし、あの金曜の夜にユーストンから連絡列車は一本も出なかったのである。

だから、ヴェイン夫人こそは間違いなく彼の探しもとめている女であり、彼女の出発は間違いなく逃走ときまったのだ。

16　有力な手がかり

　フレンチ警部はいまや捜査のうえでの攻撃点がたくさんありすぎて、どれから先に手をつけてよいのやら、いささか途方に暮れた感じだった。ヴェイン夫人のあとを追うのが目下の急務であることはわかっていたが、いざどの線が一番確かで早道であるかとなると、全然はっきりしないのだった。枝葉の問題で時間をついやすのはいともおやすい御用だが、この場合は数時間のちがいが成功と失敗の別れみちになりかねない。あの婦人はもう五日も先にスタートを切っているのであるから、これ以上一分でも余計に差をつけられるわけにはいかなかった。

　彼は昼食をたべながらこのことを考えていたが、結局、あの小間使、スーザン・スコット嬢を探しだすことを第一歩にしようときめた。この準備工作なら敏腕家ならずともできるから、準備は助手にまかせておいて、その間に自分は自由にほかの調べをやることができる。

　そこで、彼は本庁に戻り、二人の部下に仕事を言いつけた。一人にはエッジウェア街道付近のあらゆる紹介所の一覧表をつくらせ、もう一人にはその紹介所に片っぱしから電話して、その娘の名前が台帳にのっているかどうかたずねさせた。それから、彼は課長に会って、種々の発見を報告し、つぎに、ヴェイン夫人の取り引き銀行の支配人にこの婦人の事件にかんして質問する権限をもらった。

彼は閉店まぎわに銀行に着き、まもなく支店長と内密の話し合いに入った。ハロッド氏は平素の職業的寡黙はこの際は無用にしたほうがよいと心をきめると、はなはだ興味ぶかい情報を提供してくれた。ヴェイン夫人は五年ばかり前この銀行に口座を開いた。それはセント・ジョンズ・ウッド街道の家を借りる契約をした時期とほぼおなじころだとフレンチは気がついた。彼女の預金はたいした額ではなく、千ポンドをこえることはまずなかった。ごく最近まで四百ポンドから八百ポンドのあいだを上下していたが、ここ数ヵ月のあいだに次第に減り、十週くらい前に全部消滅してしまった。事実、その頃提示された小切手の中には十五ポンドばかり貸越しになるものまであり、そのときは出納係は支払いの前にハロッド氏に相談したものだった。ハロッド氏はクルー荘を知っており、ヴェイン家の家計を知っていたから躊躇せず支払いを許可したが、彼の判断は正しかったことがわかった。というのは、三日ばかりあとにヴェイン夫人があらわれて百ポンド以上預金していったからである。これはその後ひきだされて、現在は十一ポンドあまり残っているだけである。

こういう情報は彼が苦心してつくろうとしていた仮説と合致するように思われた。ヴェイン夫妻は明らかに収入以上の暮らしをしていたのだ。いや、すくなくともヴェイン夫人は彼女の収入以上の暮らしをしていたのだ。それで次第にやりくりがむつかしくなっていったのだ。残高が次第に減り、借越しまで出たというのはほかに解釈のしようがない。借越しが出たのはあの婦人のアメリカ行きの切符に一半の原因があったのではないかと彼は想像した。それから、その百ポンド預金した日というのが、これはすぐに気がついたが、ウィリアムズ氏が夫人に三千ポンド支払ったその次の日のことなのだ。すくなくとも、ここに盗みの動機を暗示する何ものかがあり、盗みの成就がもたらした最初の成果がある。おまけに、その後、少々の残額を残して預金を次第にひきだしていったのは、疑惑をまねかないためにちがいなく、これは疑問の余地なく逃亡という仮説に符合する。全体として、フレンチはこの訪問の結果に満足した。

しかし、本庁に戻って、助手たちがスーザン・スコットの名前を登録している紹介所を探しあてたと聞いたときはもっとよろこんだ。よほど運がよかったらしく、一番最初の電話が的中したのだった。二人の部下は、無論、ロンドンにはスーザン・スコットという名の娘が多勢いるにちがいないことをよく知っていたが、このスーザン・スコットがヴェイン夫人出発の次の日にその紹介所に登録したのを知ってこれに間違いないと確信したのだった。だから、二人はそれ以上調査をつづけず、できるだけ早くこの知らせを伝えようと思って警部の所在をつきとめるのに骨を折っていたのであった。

その紹介所というのはエッジウェア街道ホースウェル通り七十五番地ジル夫人の店である。で、フレンチは時をうつさずそこへでかけた。その紹介所の事務所は小規模なもので、エッジウェア街道のはずれの閑静な通りにある個人住宅の二室をつかっていた。表のほうの事務所に女中志願とおぼしき二人の若い女がいて、結構な雇い主がきたと思ったらしく、フレンチを物めずらしそうに眺めた。ジル夫人はもう一人の娘と応対していたが、フレンチが来てから数秒後に話をきりあげ、彼を客間にまねき入れた。

この婦人は最初はあまりいろんなことを話そうとしなかったが、フレンチが自分の職務を明らかにし、法律の権威と尊厳をもって彼女をおどかすと、たちまちへなへなとなってしまい、言うことを聞くようになった。彼女は台帳を調べ、その娘はミスルトー街道ノーフォーク・テラス三十一番地に下宿していると教えてくれた。

それはこの近くだったから、フレンチは歩いていった。ここでもいささかうすきみわるいくらい運がついていた。背の高い、がさつだが器量のいい金髪娘が扉を開き、彼の問いに答えて、わたしがスコット嬢ですと言った。やがて、彼は小さい客間で、彼女とむかいあってすわったが、そのとき、彼女のほうはいささか大胆な目つきで、無作法なくらいじろじろと彼を見た。

フレンチはこの女の性質をたちまちのみこみ、丁重ではあるが、断固たる態度でのぞんだ。彼はまずこれみよがしに手帳を机の上に置き、新しいページを開き、「スーザン・スコット嬢ですね?」といってページの一番上のところに彼女の名前を書いた。

「ところで、スコット嬢」彼はきっぱりと言った。「わたしはスコットランド・ヤードのフレンチ警部。いま強盗殺人事件の捜査をやっている」彼はちょっと間《ま》をおき、娘が青くなったのを見とどけて、つづけた。「あなたが最近までやとわれていたヴェイン夫人がこの事件で証言しなければならないことになっているのだが、ヴェイン夫人の所在にかんしてあなたの知っていることを聞きたいね」

娘はおどろきの叫び声をあげた。恐怖とこわいもの見たさのいりまじった感情が彼女の青い目にあらわれた。

「あたしはあの方のことは何も存じません」と彼女は言った。

「あなたはいろいろなことを知っているはずだよ」とフレンチは言いかえした。「わたしはあなたにすこし、ききたいことがあるんだ。正直に答えれば何もこわがることはないが、多分あなたも知っているように、本当のことをかくしていると非常にきびしく罰せられるからね。そのために監獄に入れられることもある」

こんなことを言って、娘の顔つきから横着な気持ちをおっぱらい、適当な心境にしておいて、フレンチは仕事にとりかかった。

「あなたはこの前の金曜日までセント・ジョンズ・ウッド街道クルー荘、ヴェイン夫人の女中兼小間使をしていたと信じてもよろしいか？」

「はい。わたしはあそこに三カ月ほどいました」

フレンチは、記憶の足しにするためと、それから、この場の会見に箔《はく》をつけるために、そのことを手帳にひかえた。

「三カ月だね」彼はゆっくりくりかえした。「よろしい。ところで、やめた理由は？」

「やめる理由があったからですわ」彼女はふくれっ面《つら》で言った。「ヴェイン夫人が家をおしめになったからです」

フレンチはうなずいた。

「それは聞いている。しかし、その理由を話してもらいたいね。あなた自身の言葉で」

「あの日の午後、四時すこし前のことですが、奥さまはひどくあわてて帰っておいでになりました。そうして、すぐニューヨークにたつとおっしゃいました。旦那様があちらで事故におあいになり、助かりそうもないという電報をお受けとりになったとかでした。奥さまは料理番の人にお茶をもってくるようにおっしゃり、あたしは荷づくりをお手伝いしました。衣類などはスーツケースの中にぱっぱっと投げこんでおしまいになりました。もしあたしがあんな荷づくりをしたら、きっと叱られたでしょうに。荷づくりが終わる前にお茶の用意ができました。それで奥さまがお茶をのんでいらっしゃるあいだに、料理番さんとあたしが荷づくりをすませたのです。あたしがお茶の道具を片づけかけますと、奥さまはそんなことをしているひまはないとおっしゃって、あたしにそんなことはいいから、外に出てタクシーを二台よんできてくれとおっしゃいました。奥様のお乗りになりたいアメリカ船に連絡の特別列車があるとおっしゃっていました。それであたしはタクシーをよんできました。一台には奥さまがお乗りになり、もう一台に料理番さんとあたしが乗り、いっしょにでかけました。あたしの知っていることはこれで全部です」

「それは何時頃だった？」

「四時半頃だったと思います。時計は見ませんでした」

「タクシーはどこで見つけた？」

「ガーディナー通りのはずれにある駐車場です」

「ヴェイン夫人のタクシーの運転手に行先を教えたのはだれだね？」

「あたしです。ユーストンでした」

「その場で出ていってくれと言われたんじゃ、やりきれなかっただろうな、あなたもその料理番も。奥さんは何か考えてくれたかね？」

スコット嬢は見くだしたような微笑をうかべた。

「そのことはいいんです」と彼女は答えた。「奥さまにそう申しあげましたら、あたしたちめいめいに五ポンドずつくださり、それから一ヵ月分の給料もくださいました」

「そうわるくないな」とフレンチはみとめた。「家に錠をおろしたのは？」

「奥さまがなさいました。そうして鍵をおもちになりました」

「それで、あなたと料理番はどうした？」

「わたしたちの車がここまで来ましたので、あたしはおりました。ここはあたしの姉の家なんです。料理番の人はパディントンのほうへ行きました。あのおばさんはレディングかどこかあっちのほうに住んでいらっしゃると思いますわ。奥さまはこちらに帰ってきたらあたしたちを探す、もしどこにも行っていないようだったらまた来てほしいとおっしゃいました。だけど、そのためにいいところをことわったりしないほうがいい、どのくらいアメリカにいなければならないかわからないから、とおっしゃいました」

フレンチはちょっと考えこみ、それからつづけた。

「あなたがあの家にいた頃、ヴェイン夫人はよく家をあけたかね？」

「いいえ、一回だけでした。でもそのときは三週間以上お帰りになりませんでした。ちょっとおかしいのですけれど、そのときも事故だったのです。スコットランドのお妹さんがころんで鎖骨を折ったとかおっしゃっていました。それで、その方がよくなられるまで、代わりに家の面倒をみなければならなかったんです。スコットランドのどこかだとおっしゃっていました」

「それはいつの話かね？」

娘は咄嗟《とっさ》に返事ができなかった。

「はっきりしたことはおぼえていません」彼女はとうとう答えた。「お帰りになったのは六週間か二月くらい前のことで、その三週間前におたちになったのですから、あたしがおつとめにあがってから二週間くらいのときですわ。だから全部で十週間くらい前ね」

これは明らかに満足すべき答えであった。ヴェイン夫人の不在はX夫人がアメリカへ行った時期に相当するようにみえる。

「できれば正確な日にちを知りたいね」とフレンチはねばった。「すくなくとも奥さんが帰ってきた日くらいはね。よく考えてみるんだね。何か思いだすようなことはないかね？」

娘はもっともらしい顔つきで考えていたが、彼女の沈思黙考はたいして役にたたなかった。彼女は頭をふった。

「奥さんがいないあいだ、あんたは家にいたのかね？」

「いいえ、あたしはここに戻り、料理番さんは自分の家に帰りました」

これはうまい。多勢の人がそのときのことをおぼえているはずだから、一人くらいはその日付をはっきり思いだすにちがいない。

「何曜日にあっちへ戻ったのかね？」とフレンチはうながした。

娘は考えこんだ。

「木曜日でした」彼女はやっと言った。「たったいま思いだしましたわ。木曜日は夜の外出日ですけど、その週はそれがつぶれちゃったとそのとき思ったんですもの」

フレンチはこの答えによろこんだ。X夫人がサヴォイ・ホテルからヴィクトリア駅まで行き、トランクを置きっぱなしにして姿を消したのは七週間前の木曜日の夜だった。これも合点がいく。

「奥さんはその日の何時頃帰ってきたのかね？」

「晩でした」スコット嬢は今度はすぐ答えた。「八時半頃か九時十五分くらい前でした」

ますますいい！　X夫人は八時すこし前にサヴォイ・ホテルを出た。そこから車でヴィクトリア駅へ行き、一時預り所にトランクを預け、セント・ジョンズ・ウッド街道まで行くには約四十分かかるだろう。

「ところで」とフレンチはつづけた。「もしあんたかあんたのお姉さんがその週を思いだしてくれたらありがたいんだがね」

スーザン・スコットはちょっときれいな顔をきゅっとしかめてすわっていた。何かひとつのことをとことんまで考えるというのはなれない仕事らしかった。しかし、彼女の努力はついに実をむすんだ。

「やっと思いだしましたわ」彼女は何だか勝ちほこったような口調で言った。「十一月の最後の週でした。義兄《あに》が十二月の最初の週から新しいお勤めに出るようになったのですが、そのときから考えるとそれが来週の月曜日だったんです。新しいお仕事のことはさんざん聞かされましたから、よくおぼえていますの」

フレンチはよもやこの日付に間違いあるまいと思っていたものの、こんなにはっきりきまってくれればそれにこしたことはなかった。これでどうやらあのぬらりくらりとつかまえにくいX夫人も袋の中のねずみだと彼は思った。

「いや、ありがとう」彼はうなずいた。「さて、今度はヴェイン氏のことなんだが」

「旦那様のことですか?」彼女は木で鼻をくくったような口調で言った。「旦那様のことなんか何もお話しすることはありませんわ。あの人はあたしたちといっしょにいたことはほとんどないんですもの」

「それはどういうわけだね? 旦那と奥さんはうまくいっていなかったのかい? ここだけの話だがね」

「でも、あたしは一度も旦那様を見たことがないんです。あたしがお勤めしていた三月のあいだ、旦那様はただの一度もお見えになりませんでしたもの。でも旦那様のことは料理番の人から聞きました。旦那様は全然家によりつかないみたいで、来たとしてもたいてい二日くらいなんです。料理番の人の話だと、夜おそく来て、二日ほどまるで外にも出ずに泊まって、それからまた晩に帰っていくんです」

「すると、もし月曜の晩に来たとしたら、水曜の晩までいるわけだね?」

「はい、ときどき三日間お泊まりになることもあったそうです」

「晩の何時頃来て、何時頃帰るのかね?」

「いつも十時半頃に来て、八時ちょっと前に帰るのです」

「来る時間と帰る時間がいつもきまっていると言うんだね?」

「はい。いつも大体おなじ時間です」

「暗くなってからという意味だね？」

「いいえ。いま言った時間ですわ。夏でも冬でもおなじなんです。お料理番の話だと、そうだったらしいです。あたしたちはそのことを何度も話しましたもの。おばさんは旦那様のことをうすのろだと言っていました」

フレンチはこの話を聞いていささか首をかしげた。この話全体に、フレンチの好きな言い方で言うと、あまり上品な形容とはいいかねるが、ちょっと「くさいところ」がある。最初はどう見てもヴェイン氏が妾宅にこっそりしのんでくるのだというふうに見え、それなら、このヴェイン氏が例の老楽屋番の言った男で、どこかほかにもう一軒家をもっているのだというふうに思われたのであるが、娘が最後に言ったことはヴェインの不可解な行動に何か別の解釈を暗示するもののようである。ちょっと間をおいてフレンチはつづけた。

「自分の来たことを人に知られたくないといったようなところはなかったかね？」

「そんなことはなかったと思いますわ」娘は残念そうに言った。「お料理番はそんなことは言わなかったわ。だけど」彼女はそう言えばそうかもしれないという気がした。「きっとそうだったんでしょうねえ？」

「どうだか」とフレンチは答えた。「こっちがあんたにきいているんだよ」

スコット嬢もその点はあやふやだったが、彼女の意見では、警部さんのおっしゃるとおりかもしれませんということだった。フレンチはこの点はあとで考えてみることにして、手帳に書きとめ、質問をつづけた。

「ヴェイン氏の様子はどんなだったか、料理番は言わなかったかい？」

この点でも料理番は情報を流したらしかった。召使どものやり方を心得ているフレンチでさえ、この二人が実にこまかいところまで主人夫婦の内幕を噂しあったらしいのを知って呆れかえった。ヴェイン氏は背は高いが猫背で、顔色がわるく、黒い大きな口ひげをたくわえ、眼鏡をかけていたらしい。

この人相書きを聞いているうちにほとんど信じられないような考えが頭にひらめいた。彼はデューク・アンド・ピーボディ商会のアムステルダム支店に身をおき、きびきびしたスホーフス支店長の声をふたたび聞くような思いがした。「背の高い男ですが、ちょっと猫背で、血色がわるく、黒い大きな口ひげを生やし、眼鏡をかけていますよ」そんなことがありうるだろうか？　この不可解なヴェイン氏がほかならぬ彼の旧知、ファンデルケンプであるというようなことがあるだろうか？

彼はしばらく身じろぎもせずすわりこんでこの可能性を考えた。もしそうだとすれば、この事件の多くの謎につつまれた部分がたしかにはっきりする。殺人の前のファンデルケンプの行動も、スイスへの逃亡もこれで説明がつく。シルヴィア・デュークの狼狽《ろうばい》と結婚の延期もその理由がわかる。デューク氏がファンデルケンプにシシー・ウインター嬢の身もとがわれたことを知らせてやりますと言っていたから、それならヴェイン夫人が危険を知らされた経路もわかるというものだ。ヴェインという名前をえらんだこともそういう方向を示している。偽名を本名とおなじ頭文字ではじまる名前にしておいたほうが何かと都合がいい。万一、衣服やその他のところに頭文字を書きつけておいても、秘密のばれる心配がない。おまけにこの仮説でいくと、本来無理なというところがひとつもない。ファンデルケンプは、このとき、もう大分前から表むきはアメリカへの長期出張と称して出かけていたから、今のところアリバイをとることはまず不可能だった。

最初フレンチはとうとう謎がとけたという気がしたが、頭の中でそれを何度も考えなおしているうちにだんだん心配になってきた。この仮説は大事な点がいくつかぬけている。第一に、フレンチの考えでは、それはファンデルケンプの人がらとあわない。警部は人間の性質を見ぬく力は相当なものだとうぬぼれていたが――それには相当の根拠があったことはみとめなければならないが――バルセローナでの重大会談のときのファンデルケンプの態度を考えれば考えるほど、ますます外交員が白だという気がしてくるのだった。また、三万ポンド以上もの荒かせぎをした人間がごくわずか生活水準を改善することさえ我慢しうるとはとても考えられないことだった。しかし、一番の難題は十六個の石をもって逃走したウインター嬢とファンデルケンプをどうしてむすびつけるかということだった。彼女はどうして石を受けとったのだろうか？　ハットン・ガーデンの盗難事件から外交員のロンドン出発までのあいだ、彼女はずっとサヴォイ・ホテルにいたのであるから、二人が会いえたはずがない。フレンチは、また、そんな危険な包みを他人に託したり、郵送したりすることもまずあるまいと思った。

この仮説にはそういう難点があるにはあったが、それにしても何とかつじつまをあわせることができまいものでもないと思い、長い捜査もこれで本当に最後の段階に入ったのではあるまいかと思うと、フレンチは心のはやるのを覚えた。彼は、本庁に戻ったら、さっそくこの点をたしかめてみようと決心した。

そう決心したうえで、彼はまたスコット嬢にむかった。

「料理番の住所は？」

スコット嬢は料理番の住所を知らなかった。彼女は料理女がどこかレディングの近くに住んでいると思っていたが、それ以上は知らなかった。その女の名前はジェイン・ハドソンといい、背は低く、ふとっていて愉快な人だという。

これだけの資料があれば、その女に用があり次第、いつでも探しだすことができると思ったし、その女が小間使よりたくさん知っているとは夢にも思わなかったが、万一の場合もあるから、調べておいてもいいと思い、本庁に戻ったら部下の一人に必要な指示を与えようと決心した。

スコット嬢の知っていることはあらましこんなところだとわかったので、フレンチは彼女に料理番やもとの主人夫婦について見たり聞いたりしたことがあったら、電話してくれるように頼んでそこをあとにした。

本庁に戻ると、彼はハットン・ガーデンの事務所をよびだし、ファンデルケンプの最近までの所在地を聞き、アメリカ警察に彼の居所をたしかめてくるよう依頼の電報をうった。

彼の次の仕事はヴェイン夫人をユーストンまで運んだ運転手を探しだすことだった。数分歩いてガーディナー通りへ行き、まもなく駐車場に着いた。五台駐車していたから、運転手を全部よびあつめて用件を説明した。彼は初手からきびしい態度でのぞみ、犯罪捜査課の警察官として権限をもって情報の提供をもとめるといいわたした。これは効果てきめんだった。一人の運転手が、問題の日の午後四時三十分頃、彼とその隣の車の運転手が、ちょっと器量のいい娘によばれてクルー荘へ行ったと答えた。どうやら家をしめるところらしかった。奥さんらしい婦人が、彼の仲間の車に乗って先にでかけた。そのあとで、車をよびにきた娘と彼女のつれが——運転手は二人とも女中だと思っていた——彼の車に乗ってそのあとにしたがった。彼は他の娘をメイダ・デイルのはずれの通りでおろし——シスル街道かミスルトー街道だったと思うがはっきりしない——それからもう一人の女をパディントンまで運んだ。そのとき、例の婦人を運んだ運転手はいまは駐車場にいないけれど、だいぶ前にでかけたから、もうすぐ帰ってくる頃だ。だから、警部さんのほうで待っていてくださってもいいし、それともその男が帰ってきたらスコットランド・ヤードのほうへやりましょうか？

フレンチは待つことにきめた。それから半時間もたたないうちに、うまいぐあいに一台の車が姿をあらわした。ジェイムズ・タッカー運転手は問題の晩のことをおぼえていた。彼は仲間につづいてクルー荘にでかけた。その家の奥さんらしい婦人が彼の車に乗りこんだ。車をよびにきた娘が彼にユーストンと行先をつげた。それで、彼はノース・ゲートをとおり、アルバート街道にそって車を走らせた。しかし、車が駅のまぎわまで来たとき、婦人が伝声管をとおしてよびかけた。気がかわったから聖《セント》パンクラス駅へやってくれという。そこで彼は言われたとおりその駅まで車をやった。婦人は料金を払って車をおりた。

「何か荷物をもっていたかね？」

そうさね、二つか三つもっていましたよ――たしかじゃないが――ともかく、スーツケースを二つ、三つもっていましたよ。わしの日報ですか？　いやあ、座席にもちこんだから、そいつは日報には書いてありませんや。その婦人は聖パンクラス駅で赤帽を一人よんだようでしたよ。しかし、その赤帽のことはおぼえちゃいませんね。あの婦人ははじめからしまいまでだれとも口をきかなかったから、どうして気がかわったものかわかりませんでしたよ。

次は聖パンクラス駅へ行ってみることだとフレンチは思った。そこでタッカーの車にのりこんで、古めかしい中部線の終着駅まで走らせた。

獲物はいったいどこへ行くつもりだったろうとフレンチは自問した。タッカーの話を総合すると、例の婦人がそこに着いたのは五時数分前だったらしい。車代を払ってから、彼は時刻表のあるところに足をはこび、その時間にでる列車をさがした。

こういう場合――つまり一人の女が警察の目をのがれ、あわてて逃走しようとする場合には――どこか遠いところへ行くのが定石だと彼は思った。非常に頭のいい逃亡者ならロンドン市内のほかの場所に河岸をうつすのが一番安全なゆきかただとみとめるだろうが、一般の犯罪者の気持ちとしては、自分自身と犯罪現場とのあいだにできるだけ大きな距離をおきたがるのが普通である。どう見てもさえない推理ではあるが、ほかにうまい考えもうかばないままに、彼はまず本線の列車を調べてみようと思った。

時刻表を調べてみると、五時発の重要な急行列車が一本あることに気がついた。ノッティンガム、チェスターフィールド、シェフィールド、リーズが途中停車駅で、ハロゲート、ブラッドフォード、モアカムで列車連絡があり、ヘイシャムでベルファスト行きの船に連絡する。しかし、いまあげたどの駅をとっても、そこからさらに遠方への旅の出発点になりうる。だから、何かの手びきでもないかぎり、例の旅行者のあとをたどろうとしてもまったく絶望的であった。五時五分にはノーザンプトン行きの普通列車があり、五時三十五分にはノッティンガム行きの普通列車があるが、どちらもたくさんの途中の駅に停車する。そのほか六時十五分発の北方行き急行があるし、ローカル線の列車もある。これじゃ時刻表を見たところでどうにもならないと彼は思った。

彼はいまあげたいろいろな列車がでるとき駅にいた職員たちに例の婦人の写真を見せ、あれこれ質問してみた。もちろんたいして望みがあったわけではないから、なんにもわからなかったけれどもさして失望もしなかった。

これもさほど望みがあろうとは思えなかったけれども、彼はノッティンガム、チェスターフィールド、シェフィールド、リーズ、ハロゲート、ブラッドフォード、モアカム、ヘイシャム、ベルファストの警察に電報をうって、先週の「警察報知」の四ページに掲載した女がそちらにたちよったと思われるふしがあるから、厳重に見張ってくれるようにと依頼した。

これで、フレンチはまたしても肩すかしを食わされてしまった。いかにも癪にさわる話だが、彼はまたもや手がかりを失ってしまったのだ。彼の手に入れる情報はいつでも決定的な瞬間に彼の期待を裏切ってしまうように見える。その日の夜、彼はいささかやけ気味で机の前に坐り、ひょっとしていままで見すごした手がかりがないかと、二時間ばかり事件の覚え書きを検討してすごした。いろいろ考えた揚句、彼はもうひとつまだ調べていない線のあることに気がついた。たいしたこともなさそうだが、それでもやはりひとつの線にはちがいない。つまり株式取引所の取り引き表である。あれで何かがわかるだろうか？　たとえば、表にしるされている会社の連中が問題の取り引きをやった人物を教えてくれることができるだろうか？　もしそうなら、あの表からヴェイン夫人へ、あるいは彼女をよく知っている人物へ行きつくこともできるだろう。彼は結果にあまり期待をかけなかったが、明日、何の情報も入らなかったら、あの表を調べてみようと決心した。

17　株の取り引き

次の朝、この新しい考えにわくわくしながら、フレンチは本庁に行き、ヴェイン夫人邸の廊下の扉の郵便受けからもってきた彼女あての手紙を記録つづりの中からとりだした。

彼は株式売買の一覧表を眺めてみて、取り引きの数が多いばかりでなく、取り引きされた株の種類の多いことにもあらためておどろかされた。英国戦時公債があり、植民地政府、外国鉄道の株があり、銀行、保険会社、商店、各種産業会社の株がありで——全部ひっくるめて二十五種類あった。望みの情報の提供を依頼するにはどこが一番よかろうかと彼は思案した。

思案の末、彼はジェームズ・バーカー商会と「日刊ルッキング・グラス」をえらび、そのうち後者をまずあたってみることにして、事務所へ行き、係員に面会をもとめた。彼の質問は簡単なものだった。彼はこうきいたのである。あるうたがわしい事件を調べているとき、「日刊ルッキング・グラス」の普通株八百九十五ポンド十九シリング八ペンスを売った記録が出てきた。そういうわけであるから、この売買の当事者双方、あるいはこの取り引きをとり扱った株式仲買人の名を調べていただけますまいか？

係員はわかったようなわからないような顔をした。彼はフレンチに売った日付をたずね、フレンチが知らないと答えると、それじゃ調べるのが大変だという次第をくどくど説明しはじめた。日付がわからないし、おまけに株の値というものは毎日のようにかわるのだから、これではその取り引きがいつあったか調べようがない。どんな情報をもとめられても、これじゃ手も足も出ませんやという。すると今度はフレンチが事の急な次第と重大な次第をこまごまと述べたてたので、結局、二人の係員がこの仕事にかかり、できるだけ早く報告いたしましょうということになった。

そこまではうまくいった。しかし、これではまだ充分でない。フレンチはジェームズ・バーカー商会へ行っておなじような質問をした。それから、つくせるだけの手はつくすつもりで、彼はピカーディ・ホテルの事務所でもおなじ質問をした。

日刊ルッキング・グラスがまっさきに返事をよこした。係員が注意深く調べてみたが、問題の金額に相当する取り引きは行なわれていないと電話で言ってきた。フレンチ警部の言った数字との差額が八ポンド以内の取り引きはなかったという。

この話が終わるのを待ちかねたようにジェームズ・バーカー商会の社員が電話をよこした。彼もここ数年間の記録を詳しく調べてみたが、やはり警部の言った金額の株はこの期間に取り引きされていないという。三月二日に警部の言った金額より一ポンドをわずかにこえる金額、正確に言うと一ポンド二シリング一ペニイだけ多い取り引きが行なわれたことになっているが、このほかにそれにちかい取り引きはひとつもないという。一時間後にピカーディ・ホテルからおなじような返事がきた。警部の言った金額との差が十ポンド以内の取り引きは全然発見されない。

そういう差額は仲買人の手数料、印紙代、そのほかの税金であるかもしれないとフレンチは考えた。こいつをたしかめるのは退屈な仕事だぞとフレンチは思った。そのためにはうんざりするほどたくさんの会社の帳簿を調べてみなければならない。彼は株式仲買業という商売には暗いほうで、仲買人の手数料がどのくらいだか、あるいはそれがどんなふうにして支払われるものだかも何ひとつ知らなかった。しかし、たとえば六つの商社でヴェイン夫人宛の手紙に、ある金額にちかい取り引きの当事者の名がひかえてあり、同一の仲買人、売り手あるいは買い手がどの商社の取り引きにも顔を出している場合は、その人物がヴェイン夫人と何らかの関係をもっていると考えてさしつかえないだろうと彼は思った。それは何だか複雑でもあり、いやになるほどあいまいではあったが、すくなくともひとつの手がかりではあった。で、フレンチは、どうやっていいのかわからないままに、とにかくやってみようと決心した。

ちょっと考えてから、彼はこの問題を知り合いの株式仲買人にたのんでみることにした。ジョージ・ヒューイットはストランドの近くのノーフォーク通りに事務所をかまえるある小さい商社の重役であった。フレンチは十五分後にそちらにうかがうとつたえ、例の一覧表をポケットに、テムズの堤防ぞいに歩いていった。

彼の友人はまるで長いあいだ行方の知れなかった弟があらわれたかのように彼を迎えた。葉巻に火をつけ、二人は、ボルソーヴァ遺言状事件のことなどをもちだして、昔話に花をさかせた。この事件当時は大法官庁が介入するというさわぎで、ヒューイットもこの事件で証言した組だったのである。ひとしきりついたところで、フレンチは例の急な用件をもちだした。彼は一覧表を相手にわたし、いきさつを説明して、最後にこの問題にかんする専門家としての意見をもとめた。

　株式仲買人は紙片をとりあげ、ざっと目をとおした。それから、今度はもっとゆっくり読みなおした。フレンチはそのあいだ葉巻をふかしながら彼を見ていた。やがて相手が自分の考えを述べた。

「皆目わからないね、フレンチ。だれかが金融市場で取り引きをした明細書にはちがいないが、商売人の書くような形式じゃない。実際こんなのはいままでお目にかかったことがないよ」

「それで」フレンチはうながした。「普通の形式とどの点が違っているんだい？」

　ヒューイットは肩をすくめた。

「何から何までまるきり違うと言っていいくらいだよ。第一、取り引きの日付が書いてない。もちろん、取り引きの正味の結果を見るためにだけ明細書をつくるのなら日付は別段問題じゃないが、仲買人なら普通は日付を入れるだろうね。それから何を思ってこんな取り引きをしたのかまったくわからない。このとおり、四分利の戦時公債を売って五分利の戦時公債を買っている。大西部を売って東北を買っている。そうかと思うとオーストラリア六分利を売って英領東部アフリカ六分利を買っている。こういう株はほとんどおなじ値の株で、片一方を売って片一方を買っても何の利益もない。同様に、少々物のわかる人間ならアライアンス保険を売って、アマルガメーテッド石油を買うようなことはしない。わかるかい？」

「なるほど。しかし、この取り引きをした人物が値を知らなかったとか、誤解していたとかいうようなことはないかね」

「そうかもしれない。いや、きっとそうだろう。しかし、そうだとしても、その人物は株式の売買をまるで心得ていないと言ってもいいくらいだ。それに、この小さい項目がどうもおかしい。『残額』とはいったい何だろう？　『電報』を買いのほうにまわさないで売りのほうにまわしたのは何故だろう？　フレンチ、こりゃどうも変だよ。こりゃ精神病院付属株式取引所でやりそうなことだよ。かりにそういうのがあったとしたらだが」

「この中の若干の商社に問い合わせて、この取り引きをやった人物の見当をつけようとしたんだが、だめだったよ」

「どの商社だい？」

「日刊ルッキング・グラスとジェームズ・バーカーとそれからピカーディ・ホテルだ」

「問い合わせがむだだったというわけか？」

「そういう数字とぴったりの取り引きはなかったというんだ。いちばん近いので、こっちのいった数字と数ポンド違っているんだ。ひょっとしたら、その差額の中に仲買人の手数料や印紙代やそのほかの税金がふくまれているのかとも思ったんだがね」

「そうじゃないだろう」ヒューイットはしばらくだまってその紙きれを見つめていたが、やがて客のほうにまともに向きなおった。「いいかい」と彼はゆっくり言った。「わたしが何を考えているか知りたいかい？」

「それを聞きにきたのさ」とフレンチは相手に注意した。

「よろしい。じゃ言ってやろう。わたしはこいつが全部とんだでたらめだと思うね。わたしがそう確信するのは何故だかわかるかい？」

フレンチは頭をふった。

「そうかい。しかし、それはきみがその気なら見つけられたはずなんだぜ。寄せ算がちがっているのさ。合計欄の数字が合わないんだ。こいつはとんだでたらめだよ」

フレンチは自分の見落としをのろったが、そのとき急におどろくべき考えが頭にひらめいた。この売買表は金銭上の問題と全然かかわりがないのではあるまいか？ ある秘密の暗号か符牒でかくれた通信文をふくんでいるのではあるまいか？ そんなことがありうるだろうか？ 平素のお世辞のジョー式慇懃さとはうってかわったあわてようで別れを告げる彼の声はかすかにふるえていた。

彼はこの新しいひらめきをためしてみたくて、大いそぎで本庁にとんで帰った。自分の部屋に入るとさっそく例の一覧表を机の上にひろげ、椅子に坐りこんでそいつを研究しはじめた。その内容はこうだった。

株式ならびに公債一覧表

	買入 ポンド・シリング・ペンス	売却 ポンド・シリング・ペンス
一、五分利戦時公債	三二八・四・二	
二、オーストラリア六分利		五六八・五・〇
三、大西部普通		一〇三九・一・三
四、アソーシエーテッド・ニュース	九三六・六・三	
五、無酵母パン	七一二・九・二	
六、バークレー銀行	九九一・一八・一	
七、アライアンス保険		三九四・一九・一〇
八、ライオンズ		四六三・一七・五
九、ピカーディ・ホテル		二〇五・一四・一一
一〇、アングロ・アメリカン石油		七四八・三・九
一一、四分利戦時公債		四〇三・一八・一〇
一二、英領東部アフリカ六分利	四〇一・三・九	
一三、L&N・E	二九二・一・一	
一四、英米タバコ	八九八・五・七	
一五、陸海軍需		一〇三九・〇・四

一六、ロイド銀行		五八六・一〇・一〇
一七、アトラス保険		九二二・四・五
一八、電報		一六・七
一九、メープル		九〇・一九・六
二〇、マッピン・アンド・ウエッブ	四六三・四・五	
二一、アマルガメーテッド石油	七四八・五・七	
二二、四分五厘戦時公債		五六八・二・三
二三、カナダ政府三分五厘	九五八・五・六	
二四、残額	一七・三	
二五、メトロポリタン鉄道	八一二・一〇・四	
二六、日刊ルッキング・グラス普通		八九五・一九・八
二七、J・バーカー		三七一・一八・二
	六九三五・一二・一	九一二七・一八・二
		六九三五・一二・一
		二二九二・六・一

フレンチが思いついた最初の疑問は、この一覧表が何らかの秘密の通信をふくんでいるとして、それは株式の商社名にかくされているのか、それとも金額にかくされているのか、あるいはその両方にかということであった。

商社名からひとまずためしてみることにして、いろんなやりかたで名称の文字をぬきだし、その文字をつかって言葉を組みたてようとこころみた。頭文字をはじめからおしまいのほうにむかってとっていくとW・A・G・A・A……というふうになり、これはおもしろくない。逆におしまいのほうからはじめのほうにむかってとっていってもJ・D・M・B・C……というふうになり、これもおもしろくない。名称の最後尾の文字をとり、最初のほうから抜いていっても、おしまいのほうから抜いていってもうまくない。頭文字の次の文字をとってもだめ、後尾から二番目の文字でもだめだった。斜めにためしてみても、どうにもならないようだ。

フレンチは考えおよぶあらゆるやり方をこころみ、各々のやり方のいろんな場合を、着実に、秩序だってやってみたが、結局、このやりかたではだめだとあきらめた。全然解決は得られなかったが、それでも、かりに通信文がかくされているとしたら、それは名称の中ではなく、金額の欄だということを示すらしい一つの事実を発見した。彼は商社の名前がほとんどアルファベットのはじめのほうの文字ではじまっていること、そうでない場合はその株式は同種の株式の中で筆頭に位する銘柄であるということに気がついた。彼はデーリー・メール紙をとりあげて、経済欄に目をやった。各証券はいろいろな見出し別にわけてある。英国公債、海外領土、国内鉄道、カナダおよび諸外国鉄道といったようなあんばいだ。最初の見出しは英国公債で、その筆頭は五分利戦時公債だった。ところで、ヴェイン夫人の一覧表の筆頭はやはりこの五分利の戦時公債なのだ。

この一覧表の第二項目はオーストラリア六分利だが、フレンチはもう一度デーリー・メール紙を見なおし、このオーストラリア六分利が第二番目の見出しの中の筆頭にあることをさとった。これだけでも充分興味があったが、次の五銘柄、すなわち大西部、アソーシエーテッド・ニュース、無酵母パン、バークレー銀行、アライアンス保険がそれぞれ各見出しの筆頭であることを発見したとき、彼は偶然の一致以上のものにつきあたったような気がした。

彼はこの新しい見方にたって、もう一度一覧表をよく調べてみたが、その結果は自分の結論をいっそうたしかめただけだった。この表を書いた人物は明らかにある新聞——多分デーリー・メール紙に掲載されていた証券名をただ書きうつしただけなのだ。目先をかえるためと、人に疑われない体裁の表をつくるため、彼は単に頭から順次ひきうつしていくようなことをせず、各見出しの最初の銘柄をひろっていったのだ。最後の見出しまで全部うつしてしまうと、今度はまたもとへ戻って第二番目の銘柄をうつすというふうにして、必要な二十五銘柄の名称ができるまでやったのである。絶対に正確にそうやっているわけではなかったが、それが一般的方法であることは疑いなかった。このことから見て、この一覧表の中に通信文がふくまれているとすると、それは金額の欄だということになるから、フレンチはここでそのほうに注意をむけなおした。

金額は一六シリング七ペンスから一、〇三九ポンドまでで、この間をびっくりするほど上下している。一〇〇ポンド台と六〇〇ポンド台はひとつもなかったが、その他の三桁の数字は全部でていた。大ざっぱにいって、八〇〇ポンド台と九〇〇ポンド台がそれ以下のものより多いようであった。しかし、それが何を意味するのかわからなかった。

どの方向から調査してよいものやら見当がつかないので、彼はまず置換法が用いられている可能性がないか、熱心に、そうして詳しく調べてみた。置換法というのは数字とか何かほかの記号で一つの文字をあらわす方法である。単一の数字をつかうのではこの場合不充分である。これではたった十個のアルファベットしかあらわすことができないからである。だから、何らかの数字の組み合わせがあるにちがいない。そこで、フレンチはこの場合に適合しそうないろいろな組み合わせ方をためしてみた。ところが、三人の部下に手伝わせてたんねんにいろいろな試験をやってみたのに、フレンチは意味のある組み合わせを示すようなものは何ひとつ発見することができなかった。

こんなことをやっているうちに、彼はポンドにかんするかぎり、おなじ数字の項目が三組はあることに気がついた。それは一覧表の第二項と第二十二項、第三項と第十五項、第十項と第二十一項である。彼はこの同じ数字の組み合わせを研究しているうちに、とつぜん、とうとう正しい線が見つかったと思わせるような事実を発見した。彼はそれらの数字を並べて書き出してみた。たとえば、

	ポンド・シリング・ペンス
第　二　項……	五六八・五・〇
第二十二項……	五六八・二・三

するとそのとき、彼は不意に両方のシリングとペンスをたすと結果がおなじ数になることに気がついた。五と〇の和は五、二と三の和は五である。彼は大急ぎでほかの組もおなじように書きなおしてみた。

　　　　　　　　ポンド・シリング・ペンス
第　三　項……　一〇三九・一・三
第十五項……　一〇三九・〇・四

それから、

　　　　　　　　ポンド・シリング・ペンス
第　十　項……　七四八・三・九
第二十一項……　七四八・五・七

ひとめでおなじ結果になることがわかった。ポンドはそのまま、シリングとペンスを加えると、二つのおなじものが得られる。するとこれは、多分おなじ言葉をあらわすのであろう。

この発見は俄然彼の興味をかきたてた。それは三つのことを確証するように思われたが、そのどれをとっても彼は大満悦だった。
第一に、こういう数字の組み合わせはそこに本当に何らかの基礎的な原則があることを示し、さらに、何らかの通信文のかくされていることをほのめかしている。第二に、それは彼フレンチが解決への直線コースを進んでいることを示している。そうして、第三に、それは対になった二つの数で構成した暗号または符牒の方式を示している。これはよくある組み合わせで、多くの暗号法がこの方式でできていることは周知のとおりだ。そういうわけで、彼が次に行なったことは、例の一覧表の数字を二つの欄に書きなおし、最初の欄にはポンドを次の欄にはペンスとシリングを加えた数を書きこむということであった。これでまた新しい跳躍台ができた。それはつぎのようである。

三二八――六
五六八――五
一〇三九――四
九三六――九
七一三――一一　等々。

この数字をもとに、彼は三人の部下に、正方形や平行四辺形やそのほかのよく知られている方法で暗号の鍵を探させた。そのとき、ポンドの数字がこのためには大きすぎることがわかったので、彼は各桁《けた》の数字をたしてみた。こうすると、三二八は三と二と八の和で十三になる。そこで彼は次のような第二番目の表をつくってみた。

一三——六
一九——五
一三——四

しかし、彼と彼の部下の必死の努力にもかかわらず、鍵の手がかりを見出すことはできなかった。彼らはいつもの退庁時間よりだいぶおそくまで仕事をつづけたが、とうとうさすがのフレンチもその晩は一応きりあげることに同意しなければならなかった。

あくる日、彼はふたたびこの問題を攻めたてたが、午後もだいぶおそくなってから、一つの進歩をみた。疲労困憊した彼は頭をすっきりさせようとしてコーヒーを一杯注文し、それをのんでから、平素の彼に似合わず、パイプに火をつけ、気持ちよさそうに椅子に背をもたせながら、頭の中ではなおも例の問題をひっくりかえしていた。この謎《なぞ》はとけそうもないとさじをなげかけたとき、突然ある考えが頭にひらめいた。そこで、彼はぱっとすわりなおし、ひょっとしたらこれは解けたかもしれないぞと思った。

彼は書物を鍵にする数字の暗号を考えていたのであった。こういう暗号はたいてい三種類の数字から成っている。第一の数字でページをあらわし、第二の数字で行をあらわし、第三の数字でその行の中の単語の位置をあらわすのである。しかし、この三種の数字のうち一つは定数であってもいいわけだと彼はみとめた。つまり、単語がつねに、たとえば各ページの第五行目にあるというふうに決めておいてもよいし、またはかならずある行の第一番目あるいは第二番目の単語をとるというふうに決めておいてもよいわけである。こういうふうに決めておくと、暗号は一対の数字を幾組か用いて運用することができるだろう。その場合、難関は通信の当事者双方がつかった本を発見することである。

そこまで考えを進めていったとき、彼は大変なことを思いついた。どこかでひどく場ちがいな本を一冊見たことがあるが、あれはどこだったろう？　そうだ！　とうとうわかった！　あれはヴェイン夫人の居間にあったコンサイス・オックスフォード辞典だ！

このことをじっくり考えているうちに、彼はますますこれでわかったという気がしてきた。単に本というのでなしに、辞書というものは、たしかに、その目的にいちばんかなった本であるし、また二つの数字をつかう方式にいちばん適した本でもあるのだ。第一の数字はページをあらわし、第二の数字はそのページの単語の位置をあらわすのだろう。ポンドの数字——つまりページ——が一から一〇〇〇まであるのに対して、シリングとペンスの和——つまり単語の位置——が絶対に三〇をこさないことを見てもこのことは確認できる。これでどうやらやっと解けたのだとフレンチは思った。

スコットランド・ヤードではどんなものでも御注文次第ですぐ手に入る。彼は部下に電話してコンサイス・オックスフォード辞典をすぐ借り出して、自分のところにもってくるように指示した。五分後、彼はもう熱心にページを繰っていた。三百二十八ページを見つけるには一秒か二秒しかかからなかった。第六番目の単語は一秒で見つかった。それは「フレンチ」だった。

それが自分のことをさしているのだったら、解決が見つかったことになるし、ただの偶然の一致なら解決はまだということになるのだが、彼はそんなことを考えるいとまもあらばこそ、あわただしく次の数字にとりかかった。五百六十八ページの第五番目の単語は“on”であった。彼は第三項目をとりあげた。

“French on”これではまだ意味をなすのかなさないのかわからない。

千三十九ページの第四番目の単語は“Your”だった。“French on your”「フレンチがおまえを」こうなるとまず大丈夫だ。しかし、第四項を調べて九百三十六ページの第九番目の単語が“Track”であることがわかったとき、疑念は完全に消滅した。“French on your track”「フレンチがおまえを追っている」これで何もかも解けたのだ！

残りの言葉もすらすらとわかったが、第十七番目のアトラス保険九二二ポンド四シリング五ペンスでひっかかった。九百二十二ページの第九番目の単語では意味がとれないのだ。しかしここまで来るともうこの問題にもたいして手間どらなかった。ものの二、三秒とたたないうちに、彼は次の行のシリングとペンス——この行にはポンドの数字がない——を九二二ポンドの行のシリングとペンスに加算すると求める単語が得られることを見破った。辞典のそのページには問題の単語の前に三十以上の単語があった。シリングとペンスの和であらわせる最大の数は十九と十一の和、つまり三十であるから、三十以上の数をあらわす場合はポンドが一行とシリングおよびペンスが二行必要だったわけである（一ポンドは二十シリングに相当し、一シリングは十二ペンスに相当する。したがってシリングの最大値は十九シリング、ペンスの最大値は十一ペンスである。それ以上になると、それぞれポンド、シリングに繰り入れられる。）。「電報」の欄は明らかにごまかしのために挿入したものであった。彼はやがて「残額」の欄もその目的で挿入されたものであることを見破った。ここまで来ると、すべての単語を見つけだすまでにほんの二、三秒でことたりた。やがて彼は椅子に背をもたせ、完成した自分の仕事の成果をみた。

"French on your track rendezvous victory hotel lee d s if i fail take your own ticket boat leave s on twenty six t h"

このままでもはっきりしていたが、彼はそれを書きなおし、句読点を入れ、大文字のところは大文字になおし、はなればなれの文字をくっつけた。

「フレンチがおまえを追っている。リーズのヴィクトリー・ホテルで会おう。わたしが来ない場合は、自分の切符を買え。船は二十六日に出る」

それじゃ海から逃げようとしていたのだ、ヴェイン夫人とこの警告を彼女におくった人物は！その人物がだれであるか、フレンチは少しも疑わなかった。それは十中八、九までヴェイン氏である。そうしてもしそうならヴェイン氏が殺害者であることも火を見るより明らかだ。どちらにしても、その人物が殺人犯であろうとなかろうと、ヴェイン夫人に二人連れの逃亡を暗号で指示してきた人物こそフレンチの求める人物だった。もうすぐ何もかもわかるぞと思うとフレンチはひとりほくそえんだ。彼らの乗る船はまもなくわかるだろう。そうすれば二人はもう彼の手中にあるのも同然だ。

しかし、はたしてそううまく運ぶだろうか？　彼の目が暖炉の上に落ちたとき、彼はしまったと唸った。それは容赦なくその日が二十六日であることを彼に思い起こさせた！

しかし、何はともあれ、彼のつぎになすべきことははっきりしていた。その船を見つけることである。フレンチはさてどうしたものかと考えこみながら、すこしのあいだ、坐りこんでいたが、そのとき彼の注意は通信文の最後の文句にすいつけられた。「船は二十六日に出る」これはたしかに一つの手がかりを暗示している――すなわち、二人の乗る船は毎日出る船ではないという手がかりを。毎日出る船なら、「来週木曜日の船に乗れ」とかそういう意味のことを書くはずである。この推理が正しいとすれば、その船は遠洋航路の船で、ただの海峡横断の小船ではない。おまけに、この考え方は、逃亡者はたいてい隣接の国より遠方の国へおちのびるものだという蓋然性とある程度まで一致する。

それでは、リーズの近くで遠洋航路の船の出る港といえばどこだろう？　もちろん、リヴァプールというのがいちばんてっとり早い答えだが、かならずしもリヴァプールとはかぎらない。ハルやグリムズビーやあるいはマンチェスターやグールのような港からも外国航路の船が出る。だから、きょう、リーズ近辺のある港を出航した遠洋航路の船の一覧表をつくる必要があろう。

時刻はおそかったが、フレンチは仕事をやめなかった。船舶ニュースを研究してみると、七隻の船がリヴァプール、ハルその他近くの港から出航することになっていた。リヴァプールからはボストン経由フィラデルフィア行きのホワイト・スター汽船の船が一隻、ブエノスアイレスからロサーリヨに行くラムポート・アンド・ホールト汽船の船が一隻、パラからマナオスに行くブース汽船の船が一隻、エジプト、コロンボ経由ラングーン行きのビビー汽船の船が一隻あった。ハルからは、ヘルシングフォールスにむかうフィンランドの船が一隻、コペンハーゲンにむかうウイルソン汽船の船が一隻、それからもう一隻のウイルソン汽船の船がグリムズビー港を出てクリスチアンサンドにむかった。こういう船のほかに船客を乗せそうな貨物船が何隻かあるにきまっていたが、いまあげたほかに定期船はなかったから、フレンチはこの定期船のほうを先に調べてみることにした。

彼は電話で問題の汽船会社の各本社をよびだして、ヴェインという名の人物が今日出航した船に乗船していなかったかどうかたずね、もし乗船していないようなら、かくかくの人相の夫婦連れが乗船しなかったかどうかを調べてもらえまいかとたのんだ。返事をもらうまで相当待たされたが、ブース汽船からの返事を受けとったとき、彼は時間をかけて待った甲斐があったと思った。それによると、セント・ジョンズ・ウッド街道クルー荘のヴェイン夫妻と名乗る二人連れが、その日の午後三時にリヴァプールを出航したイーノック号でマナオスまで航海を予約した。そうして、この二人はリヴァプールで乗船し、本社の知るかぎりでは、実際に航海しているはずだという。

フレンチはブース汽船なるものについてあまりよく知らなかった。彼はマナオスというのは南米の港であることを知っていた――多分、ブラジルだったなと彼は思った。しかし、船がまっすぐその港まで行ってしまうのか、それとも途中でどこかの港に寄港するのかよく知らなかった。もし寄港するなら、そこへ先まわりして、逮捕することができるのだが。

彼はその点を知らせていただきたいと電話でたのんだ。「最後の追いこみだ！」彼は、船がマナオスに着き、逃亡者が埠頭におりたとたんに待ちかまえた警察の手で逮捕されるありさまを思いえがきながら、会心の笑みをもらした。そうなれば、実にやっかいな難事件の解決がついたというばかりでなく、たとえ実際に昇進しないまでも、彼が一躍有名になることはうけあいであった。

18　汽船「イーノック号」

スコットランド・ヤードの厖《ぼう》大な組織の中では、ありとあらゆる問題にかんする情報が索引つきで得られるようになっており、そのみごとなことはもはや芸術以上の域に達している。かりにフレンチがプラーグの総人口とか、船舶組合の長老たちの好きな遊びとか、アラハバードにおけるガンジス河の河幅を知りたいと思えば、必要な情報を詳しく書きだした文書とか参考書がただちに手許にとどけられるという仕掛けになっている。汽車とか汽船のことくらいお茶のこさいさいだ。待つほどもなく電話の返事が来て、きのうの午後リヴァプールを出港したブース汽船のイーノック号は、途中、ル・アーヴル、オポルト、リスボン、マデイラ、パラに寄港し、それからアマゾン河をさかのぼること一千マイルで航海を終え、マナオスに着くことがわかった。おまけに、イーノック号はル・アーヴルでサザンプトンからの船を待ちあわせることになっており、この船への連絡列車は二十七日の晩の九時三十分にウォータールー駅を出ることになっていた。

「今夜だ!」フレンチは急いで時計を見た。八時四十二分だった。何と運がよかったことだろう! その汽車で行こう。そうすれば、よほど運がわるくないかぎり、十二時間以内にこのヴェイン夫妻をうまく逮捕することができるだろう。

行動的な人間としてフレンチはいささかも人後におちない。彼は五分以内に助手のカーターという敏捷で腕ききの若い部長刑事をよび、今夜九時三十分ウォータールー駅発の大陸列車に乗るから、そこでおちあうようにと指図し、それからもう一人の敏捷で腕ききの助手をよんで、身柄引渡し請求書やその他の必要書類を駅にもってきてくれと命じ、今度は電話でタクシーをよび、家に帰って妻に計画の変更をつげ、旅行に必要な品物を二、三まとめた。かくて、奔走《ほんそう》の甲斐あって、ウォータールー駅の時計の針がいままさに九時二十五分を指そうとする頃、彼とカーター巡査部長は出発寸前の連絡列車の待つプラットフォームにたどりついた。もう一人の敏捷かつ敏腕の助手マンニングが二人を待ちかまえ、ヴェイン夫妻の逮捕状、身柄引渡し請求書、旅券、英国貨幣とフランス貨幣、およびル・アーヴルのフランス警察への紹介状を手渡した。

「ありがとう、マンニング！　それでいい！」フレンチはその武器弾薬を受けとり、礼を言った。二分後に汽車はゆっくり駅をはなれ、次第に速度をましながら南ロンドンの光の海を通りぬけ、やがてそのむこうにひろがる田園の暗黒のなかを驀進《ばくしん》していった。

　さいわい、その夜は海もなぎ、船もすいていた。二人の探偵は寝台をとり、翌日の苦労にそなえてねむることができた。船は予定の時間に着いたので、二人はタクシーにとびのり、突堤のだいぶむこうのほうに停泊しているイーノック号のところまで行った。フレンチはいそいで船に上がり、獲物が彼を見かけて用件に勘づき、逃げようとしてこっそり下船するのをふせぐため、カーターを舷門に残して船長に面会をもとめた。

デイヴィス船長はすぐフレンチに会った。

「フレンチさん、どうぞおかけください」彼はフレンチの信任状を見て愛想よく言った。「どんな御用件かおっしゃってください」

フレンチはすすめられた椅子に腰をおろし、ヴェイン夫人の写真と人相書きおよび彼女の夫の人相書きをポケットからとりだした。

「こういうわけなんです、船長」彼は答えた。「わたしはいま強盗殺人の罪で逮捕状の出ている男と女を追っています。その二人はヴェイン夫妻と称していますが、それが本名であるかまた二人が本当に夫婦であるかどうかもわかっておりません。わたしは二人がこの船でリヴァプールからマナオスまでの切符を買ったということを知ったのですが、それがわかったのはきのうの夜だったものですから、こうしてサザンプトンの船でここまで逮捕しにまいったのです」彼は写真と人相書きを手渡した。「これがその人相書きです」

船長はフレンチのほうをちらと見てそれを受けとった。彼は写真と人相書きに目を通してしまうまで口をきかなかったが、やがて重々しい口調で言った。

「フレンチさん、これはあの連中のほうが、あなたよりうわてだったようですな。たしかにヴェイン夫妻と称する男女が航海の切符を買い、リヴァプールで乗船することはしたのですが、すぐに下船しまして、戻ってまいりませんでした。何か事故でもあって戻れなくなり、あなたとおなじように、サザンプトンの船で追いつくつもりなのだろうと思っていましたが、お話の様子ですと、その二人は、あなたに追われていることに気づき、泡をくってにげたように見えますな。しかし、事務長にきいてみたほうがいいでしょう。詳しいことを話してくれるでしょうから」

フレンチは天を仰いだ。いままであんなになんべんもなんべんも経験したことがまた起こったのだ。絶対大丈夫だと思い、成功疑いなしと思っていると必ずいっぱいくわされるのだ！　いままで何回あぶない綱渡りをやったことだろう！　自分自身がおぼつかなく、事態に処する能力にさえ欠けているのではないかと疑っているようなとき、そんなときにかぎって成功をおさめるのだ。そうして、ああ成功疑いなしという確信がどんなにたびたび惨めな結末に終わったことだろう！

事務長が姿を見せたときには、彼はいくぶん落着きをとり戻していた。

「ジェニングズ氏です——こちらは犯罪捜査課のフレンチ警部」船長は二人をひきあわせた。「ジェニングズ、坐って警部のおっしゃることをうかがってくれ。リヴァプールで乗船し、出航前に下船したあのヴェイン夫妻のことだ。フレンチさん、何でもおききになりたいことをこの人におっしゃってください」

ジェニングズ氏は四十そこそこのよく切れそうな、辣腕家《らつわんか》らしい感じの男で、フレンチは事情を話しながら、少なくとも、この男なら自分の問いに答えて正確に観察した事実を簡潔な言葉で話してくれるだろうという充分な確信を感じた。

「こういうわけなんです」と彼は説明した。「そのヴェイン夫妻というのは強盗殺人罪で指名手配中の者なんです。わたしは彼らがこの船に乗船したことをつきとめまして、彼らを逮捕するため、昨夜ロンドンからこちらに渡ってきたのです。ところが、船長はその二人が行方をくらましたとおっしゃるのです。ひとつ、その二人について何か御存じのことがありましたらお教え願えませんでしょうか?」

「あんまりお話しすることもありませんが」と事務長は答えた。「その二人は木曜日の正午頃に乗船しました。ヴェイン氏は二人の切符を見せて、自分たちの船室をと言いました。切符はリヴァプールからマナオスまでの片道切符が二枚で、別条ありませんでした。上甲板の一等船室十二号がロンドン事務所で予約してありましたので、わたしは一等船室つきのボーイにその番号を教えました。そのボーイが荷物をもってその部屋へ案内していったのです。半時間後に二人はわたしの事務室に戻ってまいりまして何時に船が出るかとたずねました。わたしは三時だと言ってやりました。ヴェイン氏はちょっと用足しがあるから上陸しなければならないが、間にあうように帰ってくると言いました。それから二人は舷門のほうへ歩いていったのです」

「実際に二人が上陸するところを御覧になりましたか?」

「いいえ。事務室のほうから甲板は見えませんから」

「それで? それから?」

「夕食のあとで船室つきのボーイがわたしに二人のことをたずねました。二人は夕食のときもおりてこなかったし、船の中をいくら探してもいないと言うのです。わたしはボーイと二人でもう一度見てまわり、それからデイヴィス船長に報告しました。そこで、船長は船内をくまなく捜査させたのです。それ以後二人は全然姿を見せませんし、いまもたしか船内にはいないと思います」

「どこかにかくれていて、このル・アーヴルで上陸したというようなことはありませんね?」

「まず不可能でしょうな。二人はリヴァプールで乗りおくれたに決まっています」

「故意かな、それとも故意でなしにかな？」と船長が口をはさんだ。

「その点はわかりません」とジェニングズが答えた。「しかし、二人がこの船で航海していないことはたしかです。警部さん、ひょっとしたら、その二人は上陸したときあなたが追っていらっしゃることを知ったのではありませんか？」

「そんなことはありえないですね」とフレンチはきっぱり言った。「彼らがどこへ行ったのか、わたし自身昨夜まで知らなかったのですからね」

これはみなにせの足どりを残そうとする念入りな計画の一部なのだといやになるほど痛感されたが、フレンチはそんな議論をしていてもはじまらないと思った。彼は写真と人相書きを事務長のほうにおしやった。

「ジェニングズさん、これに間違いありませんか？」

写真をちらと見ただけで充分だった。この写真の主は間違いなく半時間ばかりの短い間イーノック号に乗ったヴェイン夫人であった。それからもうひとつの人相書きもヴェイン氏のものに違いなかった。フレンチは、彼の獲物が、いかにも船長の言葉どおり、彼よりうわてだとみとめざるを得なかった。彼は歯がみして無念さをかみころした。

「一等船室に荷物を置いていったとおっしゃいましたが」と彼はつづけた。「ちょっと見せていただけるでしょうか？」

「もちろんです。しかし、まだ二人はここに来るかもしれませんよ。リヴァプールで乗りおくれて、ここで追いつくお客はいくらもありますからね。いつ二人があらわれるかもしれませんよ」「来てくれれば、それにこしたことはありません」とフレンチは答えた。「しかし、あまりあてにしませんよ。よろしかったら、いまその荷物を見せていただきたいのですが。出航はいつですか？」

「半時間ほどあとです」

「そんなら充分間にあいます。舷門のところにいま部下を一人置いてありますから、そのあいだに二人が来ましたらすぐ気がつくでしょう」

ヴェイン夫妻のためにとってあった、広々とした、快適な一等船室には四個の大型のスーツケースが置いてあるほか、沢山の洗顔道具とか衣装などがひろげてあって、手はじめにいそいで荷物をちょっとあけてみたというような恰好である。スーツケースには鍵がかかっていた。しかし、フレンチは合鍵の束をとりだして、たちまちそれを開いた。このマナオス渡航というのが徹頭徹尾念入りにでっちあげたごまかしにすぎないのではないかという彼の推測はこれで確証された。スーツケースは全部からだった。トリックを見破られないためにもちこんだ見せかけの荷物だったのだ。しかし、逃亡者たちの本当の逃亡先を暗示するようなものは船室内部には何ひとつなかった。

「二人の戻ってくるのを待っている必要はないわけです」とフレンチは言った。「このからのスーツケースがそう言っていますよ」

「どうもそうらしいですな」と事務長がみとめた。「もっと早くわかればよかったのですが」

「しかたがありませんよ。これがわれわれスコットランド・ヤードの人間の宿命です」彼は愛想のいい事務長に別れを告げ、ゆっくり船をはなれた。

しかし、彼は埠頭をはなれなかった。まずそんなことはあるまいと思ったが、船に乗りおくれた獲物が船を追ってここまで来るという場合が全然考えられないでもないと思ったからである。彼はそれをたしかめようと思ったのだった。

ところが、イーノック号がともづなをとき、船首を外海にむけるまで待っていたのに、だれも船に乗りおくれた気配はなかった。船が遠ざかっていくのをいつまで見ていてもしかたがないから、彼は憂鬱そうに道連れのほうをふりかえった。

「カーター、この旅行にかんするかぎり、これでおしまいだ。完全にまかれてしまったよ。いまごろはどこへ逃げたものやら、神様だけが御存じってところだな。ひょっとしたら、もうアメリカまで半分くらい行ってしまっているかもしれないよ。電報局を探して、本庁に報告しよう」

数分後、フレンチは本庁の課長に長文の電報をうった。どうにもしようがないので、彼はカーター部長刑事のほうを見た。

「さて、カーター、これからどうしよう?　まだ十時だし、晩まで帰る船はないときた。まる一日遊んで暮らすか?」

部長刑事は、朝めしなどはいかがでしょうと言うだけで、ほかのことはどうでもいいらしかった。フレンチは笑った。

「おれもいまそれを考えていたところだよ」と彼は言った。「しかし、時間がちょっとまずいな。

ここの連中ときたら、うまい朝食てな観念は全然ない。この時間だと連中の昼めしにはまだちと早すぎるし。しかし、まあ物はためしだ。やってみるか」

二人は小さい食堂に入って、コーヒーとハム・エグスをたのんだ。これはどうやら給仕にはちんぷんかんぷんだったらしく、主人をよんできた。彼はすこし英語がわかるので、やっと話が通じた。

「よろしゅうございます、旦那方《ムッシュー》」彼は両手をふりながら大きい声で言った。「ハム、卵、オムレツ、そうでございますな？」彼は低く頭をさげた。「はあい、すぐもってまいります、旦那方《ムッシュー》。どうぞおかけあそばして」

旦那方はおかけあそばしたが、やがて、びっくりするほど短時間のうちに、馬鈴薯のきざんだのとたまねぎをあしらったほかほかの湯気のたつオムレツ、それにコーヒーやうまいロールパンやバターが到着した。腹ぺこの二人の男は待ちかねたようにがつがつやりはじめたが、これでいままで低かったフランス人にかんするカーターの評価は数倍に上昇した。彼らはたっぷり時間をかけて食事したが、まもなくそれも終わってしまった。で、残りの時間をどうすごすかということがまたもや切実な問題になった。

「海岸の町でもぶらぶら歩いてみようか」とフレンチはさそった。「サン・マロとか何とかそういうところさ。それとも、あれだな、何とかしてディエップへ行って、ニュー・ヘーヴン行きの午後の船でもつかまえるとしようか。きみはどうだい？」

カーターは、駅へ行って汽車があるかどうか調べてみようという意見だったので、二人は、忙しい港の異国情緒に魅せられながら、ゆっくり町を歩いていった。ル・アーヴルは立派な街路と店と公共建築のある美しい町である。しかし、どうみてもおもしろい町ではないから、一マイル半ばかりのところにある駅に着いたときは二人とももう沢山だと思った。

時刻表を調べてみると、ディエップに行くにはおそすぎることがわかった——英国船は多分二人が着くまでにディエップを出てしまうだろう——それから、サン・マロというのは全然この辺の町ではなく、南西へ何マイルも行ったところにある町だということもわかった。トルーヴィルは湾をへだててわずか八マイルか十マイルむこうであるが、冬のトルーヴィルはたいして魅力がなさそうだ。

「いいことがあるぜ」フレンチが最後に言った。「おれたちはフランス警察あての紹介状をもっている。だれかを訪ねてみよう。もしかしたら、ここの警察を見せてもらってもいい」

カーター部長刑事は上官の謙遜なところをうれしく思って、さっそくフレンチの意見に賛成した。そこで、数分後には、二人は扉の上に「憲兵隊」とかきだした大きい建物の階段をのぼっていった。ここでフレンチが紹介状をさしだすと、さっそく隊長代理の将校のところへ案内され、鄭重に迎えられた。

「隊長がただいま不在で、遺憾です」将校はみごとな英語で言った。「隊長はあなた方にお会いできなくて残念に思うでしょう。まもなく昼食に御同席願えると存じますが、それまでに何か御用件でもありましたら御遠慮なくおっしゃってください」

フレンチは事情を説明した。つい今しがた結構な朝食をすませたばかりであるから、昼食を御馳走になるわけにはまいらないが、サザンプトンへの帰りの船が着くまで、どんなふうに時間をすごすのが一番よろしいかお教えくだされぱありがたいと言った。

「真夜中でないと船は出ませんよ」とフランス人が答えた。「あなた方はこの国を御存じないのですか？」

「まったく存じません。この付近に名所でもありましたら、行ってみたいと思ったのですが」

「それはむろんありますとも。さよう、ムッシュー、わたしがあなたの立場なら、きっとカーンへ行くでしょうね。興味のある古い町で、行ってみる値打ちはあります。ずっと船でも行けますが、船で行くにはちょっと時間が足りないかもしれません。おそいですからね。それよりか、まず船でトルーヴィルへ行って――湾を渡るだけです――それから汽車でカーンへおいでになるほうがよろしいでしょう。それだけの時間で行って帰ってくるのでしたら、カーンへ行くのがいちばんいいでしょう」

フレンチは礼を述べたが、相手はなおもつづけた。「船は潮の様子をみて出るんです。きょうは……」彼は暦をちらと見た。「昼頃、船が出ます。カーンへは二時頃着きますから、そこで食事をされまして、こちらへは夕方、あなた方の汽船に充分間にあう時間に、戻ってこられますよ」

フレンチと彼の道連れは十二時十分前に波止場に着いた。ここまで来る途中、大通りにたくさんある小綺麗なキャフェのひとつで黒ビールを飲んで時間をつぶしたのである。二人は切符を買って小さい船にのった。天気はよかったが、寒い日で、船客はほんのすこししか乗っていなかった。二人は目あたらしい風景に見とれながら甲板の上を歩きまわっていたが、やがて通風筒のかげのところに席が二つあるのを見つけ、それに腰をおろし、出航を待った。

正午になったので、ゆるゆると角笛が吹きならされ、渡り板は波止場におろされ、綱がゆるめられた。船長は機関室へ通ずる伝声管に唇をあてた。しかし、船長が命令を発する前に陸から邪魔が入った。叫び声が聞こえ、青い憲兵の制服を着た男が一人あらわれ、猛烈に手をふりながら船のほうに走ってくる。船長はちょっと間《ま》をおき、ゆるめられたロープはまたしめられた。居あわせた人々は何ごとかと立ちあがった。

憲兵は船にとびのり、船の中のすべての人の視線を浴びながら船橋に通ずるはしごをかけのぼった。彼は船長に何ごとか早口にしゃべった。すると今度は船長が下から見あげている船客のほうを見た。

「フロンシュさん、おいでですか？」大声一番こう叫んでおいてから、彼は上を見あげている船客たちの顔を物問いたそうに眺めわたした。「ロンドンのフロンシュさん、おいでになりませんか？」

「あなたのことですよ」カーターが叫んだ。「何かあったらしいですね」

フレンチは急いで船橋にかけあがった。すると憲兵が彼に青い封筒をわたした。「隊長殿からであります」憲兵はそう言いながら急いで敬礼をして埠頭におりた。

それは電報だった。その電報を見てフレンチはあっけにとられた。それは本庁からで、次のようなものであった。

「りゔぁぷーる警察ヨリ電報アリ、ゔぇいん夫妻ハいーのっく号ニ乗船シ、下船セザル模様。へんそんヲ張リ込ミ中ノまっけいガ両人ヲ見タ。両人ハマダ船内ニイルハズ。船ヲ追イおぽるとマタハりすぼんへ急行セヨ」

「上陸だ、カーター」フレンチは舷側へ走りながら大慌てで叫んだ。船はもう動きはじめていたが、二人の男は船長や船員の罵声を背に埠頭にとびおりた。

「ちょっと、憲兵さん」彼はその場の光景をはらはらしながら見まもっていた憲兵に目で合図しながら言った。「本部に至急行きたいのですが、どういったらいいでしょう?」

憲兵はお辞儀をし、肩をすくめて、何を言っているのかわからないという素振りをした。フレンチは通りすがりのタクシーをよびとめ、二人の連れをその中におしこんだ。

「隊長ですよ!」彼は電報をつきだし、それを手でたたいて、よわりきっている憲兵にどなった。「隊長のところへ行きたいんですよ」

憲兵は了解した。彼の迷惑そうな顔に微笑が浮かび、早口のフランス語で運転手に行先を知らせた。十分後に彼らはまた憲兵隊にまい戻ったが、フレンチはここでも「隊長殿」をくりかえした。

彼はさっき会った慇懃な将校の部屋に通された。

「ああ」と相手は言った。「部下は間にあったのですね。電報はお受けとりになりましたか?」

「はい、いただきました。大変御迷惑をかけて恐縮です。しかし、どうも何がなんだかさっぱりわかりません。あの船の船長も事務長も今朝はあれほどきっぱりと手配中の二人連れが船にいないと言ったのですからね」

将校は肩をすくめた。

「ごもっともです」彼はおだやかに言った。「しかし、あなたがその電報のとおり船のあとを追うとおっしゃるかもしれないと思いまして、それをあなたのところへもっていかせたのです」

「しかたがありませんよ」とフレンチは答えた。「本庁からの命令ですから。ところで、あなたにはもうすっかり御迷惑をおかけしましたのに、まだこの上御迷惑をおかけするのはまことに申しわけないのですが、ついでにもうひとつ、どこをどう行けばよいのかお教え願えませんでしょうか？　ここでは言葉がちんぷんかんぷんで、さっぱりわからないのです」

ヴェイン夫妻の動きなんぞまるで興味がないといった顔つきのこの将校はふたたび気の利いた親切な顧問に早がわりした。いちばんいいのはパリ経由ですと彼は言った。ローカル線でボルドーまで行っても国際線に乗れることは事実だが、パリ経由で行ったほうが早いし、快適ですと言う。いいときに引きかえしてきたから、いまからならパリ行きの列車に間にあう。発車時刻は十二時四十分で、それまでまだ二十分もあるから、楽に駅へ行って切符を買うことができる。

電報を受けとってからル・アーヴル発のパリ行き急行列車に乗りこむまで、てんてこまいの忙しさだったから、フレンチは受けとった電文を真剣に検討してみる余裕がなかった。ようやく、カーターとむかいあって二等車のコンパートメントの一隅に落着いた彼はポケットからその電報用紙をとりだして、たんねんに読みかえした。彼はマッケイとヘンソンのことは知っていた。マッケイ刑事はリヴァプールの刑事仲間でも腕ききで知られる人物で、フレンチの仕事と似たような仕事をやっていた。彼はチャールズ・ヘンソンという男を逮捕しようとして出航する船を見はっていたのだ。このチャールズ・ヘンソンというのは二名の共犯といっしょにある田舎銀行を襲撃し、支店長を殺害して金庫の中から多額の金品を強奪するという世間さわがせなことをやった男だった。フレンチは個人的にマッケイと知りあいだった。それで、ヴェイン夫妻が船に乗ったまま下船しなかったと彼が言うのなら、夫妻は本当に下船しなかったにちがいあるまいという気になった。

フレンチはマッケイほどの男がどうしてそのときヴェイン夫妻を指名手配中の夫婦づれと思わなかったか不思議に思った。多分、自分の事件にすっかり気をとられ、「警察報知」の中に出ていたこまかいことを、よく読んでいなかったのだろうとフレンチは思った。この週報は、要するに、一般の警察官に読ませるのが目的で、専門的な任務についているものを相手にしたものでないのだから。しかし、マッケイが機会を逸したという事実は事実である。もちろん、彼のこまかい観察癖がある程度まで彼の過失をつぐなったのは事実であるが。

しかし、もし本当にヴェイン夫妻がリヴァプールで下船しなかったとしたら、あの船長と事務長の陳述はいったいどう考えたらよいのだろう？　ああいう人々がこんなことでだまされるとは思えない。彼らは専門家である。おまけに、彼らが残るくまなく知りつくしている自分の船のことなのだ。それに反してヴェイン夫妻のほうはあの船の勝手を知らず、そのしきたりも知らないであろう。こういう状況では、あの夫妻が船内に身をかくすなどということは絶対にありえないことである。もしかくれていたとしたら、船長はそれを知っていただろう。フレンチはこの点の説明に苦しんだ。この話全体が矛盾そのものであるように思われた。

それはともかく、彼は自分の計画をたてなければならなかった。親切なフランスの警察官が彼の手助けをして、ブース汽船の支社に電話をかけ、イーノック号の航海日程を調べてくれた。きょうは土曜日であるから、あした、つまり日曜日の午後に例の船はオポルトの外港レイションエスに入港する予定になっている。その晩と翌日はそこに停泊し、月曜日の夜八時頃にレイションエスを出る。翌日の正午頃リスボンに入り、二日間そこに停泊することになっている。それから先の最初の寄港地はマデイラであった。

フレンチはリスボンで船に追いつこうと思ったが、そういう航海日程ならオポルトでうまく船に追いつくことができるかもしれないという気がした。彼はル・アーヴルで買っておいた鉄道案内をとりだし、列車があるかどうか調べはじめた。調べてみると、パリ・オルレアン線でボルドーまで行き、そこから先は南部線でスペイン国境のイルンまで行き、それからメディナとサラマンカを経由してオポルトに至る経路があった。二人は四時三十五分にパリに着いたが、次のパリ発直通列車は十時二十二分ケー・ドルセー駅発の列車で、これは一日おいて月曜日の正午すこしすぎた頃にオポルトに着く。オポルトからレイションエスまではわずか半時間の距離だから、六時間から七時間の余裕があることになる。オポルトへ行くことにしようと彼は決心した。

さいわい二人はパリからボルドーまで寝台をとることができた。それからイルンまでの汽車には食堂車がついていた。彼らは国境の駅で二時間待たされた。フレンチはフランスとおなじくスペインとポルトガルにも通用するように身分証明書を用意しておいてくれたマンニングの機転に感服した。

フレンチはシャモニーからバルセローナへの旅のとき、つとに地球の果てしない広がりに驚嘆したのであったが、そのときの驚きの感情さえもいま新しく経験する感情にくらべればものの数ではなかった。イルンからオポルトへの旅はまったく無際限であった。一マイルから一マイルへといつ果てるともしれない鉄路がつづき、昼は夜にうつりかわり、夜はそれよりもゆるやかに昼にかわっていくのを見て、彼はすくなくともそのように感じた。スペインの高原をすぎていくときは寒かった――それは底冷えのする寒さだった。好みの食事は口にはいらず、寝ようと思ってもゆれがちな車の中ではねむれそうもなかった。しかし、どんなことにも終わりはあるものだ。月曜日の一時半、約一時間おくれて汽車はオポルト中央停車場のプラットフォームにすべりこんだ。時間の余裕はたっぷりあった。二人の旅人はまっすぐポルト・ホテルに行き、レイションエス行きの電車を探しに出るまでひとやすみした。

フレンチはドウロ河両岸のけわしい丘の斜面に心地よげに広がっている旧世界の美しい都市景観につよく心をひかれた。そうして、はるか下方を流れる静かな河を、ほとんど六百フィートも一気にまたいで、くもの巣のような鋼《はがね》のアーチを投げている高いドン・ルエス橋が馬のひづめひとつにさえかすかに揺れうごくのを不思議に思った。それから、フレンチとカーターは傾斜の急な通りを水ぎわ近くまでくだり、河の右岸沿いの道を電車で海のほうへ出た。

彼らをこんなに遠くまで運んできた仕事のことはさておき、二人は沿道の見なれない景色につよくひきつけられた。亜熱帯植物がある。長細い四輪の牛車が通る。ドウロ河口を四分の三もせきとめて、残りの部分の水流を早くしている突堤。それからうちつづく砂丘をすぎて二人はようやくレイションエスの町にたどりついた。目路《めじ》の下には円弧を描く二条の防波堤にかこまれた港があり、それから、うれしや、そこに錨《いかり》をおろしているイーノック号の姿が見えた。

フレンチは一身代《ひとしんだい》はらって船頭をやとい、十分後には二人ははしごを登ってまたもやこの船上の人となっていた。

19 フレンチ謎を出す

デイヴィス船長は自分の部屋の入口にフレンチがまたあらわれたのを見て驚いたにちがいないが、そんな感情は一切顔には出さなかった。

「ようこそ、警部さん」彼は落着きはらって迎えた。「またいらっしゃいましたね？　そんなことなら、いっしょに乗っていらっしゃればよかったですな」彼は冷やかし半分に微笑した。「陸《おか》まわりでわざわざいらっしゃるよりはずっと楽でしたよ、おまけに、ずっと安あがりだったでしように。犯人は見つかりましたか？」

「いや、まだです」フレンチはゆっくり答えた。「まだですが、まもなくつかまりますよ。船長さん、本庁からの電報ですと、あの二人はやっぱりまだ船内にいるというのですがね」

船長は顔をしかめた。

「もちろん、警視庁は立派なお役所でしょうが」彼は神妙な顔をして言った。「しかし、わたしの船にだれが乗っているとかいないとかを警視庁がわたしに教えてくださるというのは——ちょっと、こんな言い方をして何ですが、どうかしていると思いますね。どうしてそんなことがわかるのです?」

「こういうわけなんです。この船が土曜日にル・アーヴルを出てから間もなくのことですが、わたしのところに電報がまいりまして、それによりますとリヴァプールの探偵でマッケイ刑事というものが出航間際までこの船を見張っていたというのです。実は、彼もある殺人犯をはりこんでいたのです。このヴェインではなく、全然別の男ですが。彼はヴェイン夫妻の乗船するのを見ていたのですが、そのときは、無論、この二人も指名手配になっていることに気がつかなかったのです。しかし、すくなくとも、彼ら二人のことをよく見ていたことは見ていたのでしょう。あとで本庁へたしかにあの二人がそうだったと報告することはできたわけですから。マッケイは船が出るまではりこんでいました。それでも彼はヴェイン夫妻が上陸しなかったと言っているのです。わたしはマッケイを個人的によく知っています。彼は非常に綿密で正確な警察官です。ですから、わたしはあの男がそう言う以上、たしかにそうだったのだろうと思わざるを得ません。ところで、こちらではどなたも二人が下船したところを御覧になっていません。ですから、わたしはあなたと事務長さんのお言葉を決して疑うわけではありませんが、やはりあの二人は船にいるのかもしれないと思います。電報の最後のところには、ここかまたはリスボンまでこの船を追い、さらに調査せよと書いてあるようなわけでして」

「あなたはたしかにそうやって本船に追いつかれましたよ。しかし、本船に追いつかれたうえで、失礼ですが、今度はいったいどうしようとおっしゃるのです？」

フレンチはデイヴィス船長の援助を得るためには、よほど気をつけて返事をしなければならないと思った。

「そこでなんですよ、船長さん、いままでにもうさんざん御迷惑をおかけしましたのに、まだこの上も御助力をお願いしたいのですが。実は汽車の中でこういうことを考えたのです。かりに、議論上、本庁の言うとおり、その二人づれが船内にいるものといたしますと、あなた方の調査の結果からおして、二人がもとのままのヴェイン夫妻で船内にいない、つまり別な人物になりすましていることは明らかです。わたしの見るところでは、本庁のほうでもそう思っているのでしょう」

「それで？」

「ちょっと考えるとありそうもない想像のように聞こえますが、じつはそうでもないのです。あの女は女優です。いや、女優であったのです。おまけに、なかなか頭のいい女優でしてね。舞台に出ていた頃好評を博したばかりでなく、つい最近も、それよりもっとむずかしいテストを、もっとうまうまとやりおおせたのです。ニューヨークからオリンピック号でサザンプトンに渡ったのですが、そのとき、船内では人々にてっきり英国人であると思わせ、ロンドンについてからはてっきりアメリカ人だと思いこませるというようなことをやってのけたのです。わたしは船で彼女といっしょだった人々にも、ロンドンで彼女を見た人々にも会いましたが――みな、ちゃんとした見識をもち、世故にたけた人々なのですが――どちらの人々も、わたしがそれはあなたのお眼鏡違いではないかというようなことを言いますと、頭から笑ってとりあってくれないのです。そういうことのできる女ですから、もう一度別な人間になりすますことくらい何でもなかったでしょう。あなたや事務長さんに疑われるようなすじはひとつもないのですから、簡単な変装で充分だったでしょうね」

船長はだいぶ興味をもって聞いていたが、彼の害された感情はまだすっかりもとどおりになっていないらしかった。

「それはそれで結構ですが」と彼は言った。「しかし、あなたは切符という証拠をお忘れになっていますよ。リヴァプールで百七十六名の客が乗船を申し込まれましたが、たいていの場合は切符は前売りですし、船室も数日前からとってあったのです。まぎわになって申し込まれた方もありますが、それは全部男の方です。で、百七十六名の方が乗船されましたが、その中にはヴェイン夫妻もはいっていました。ところが、リヴァプールを出たときは百七十四名しか船客は乗っていなかったのですよ。わたしの言っていることがおわかりでしょうね？　他の船客はみなはっきりしているのです」

「わかります」フレンチはゆっくり言った。「たしかにあなたのおっしゃるとおりかもしれません。たしかにあなたのおっしゃることに異をたてるのはむずかしいようです。しかし、それでも、本庁がそういうふうに指図している以上、わたしとしてはそのとおりにして詳しく調べてみるより仕方がありません」

「そうでしょうな。しかし、どうやってですか？」

「わかりません。どうしたものか、まだ自分でもわかりません。ただわたしとしては、その女がひょっとしたら変装をしているかもしれませんから、それを見破るために、船内の婦人一人一人にあたってみなければならないでしょう。それに失敗しましたら、そのときは捜査をうちきるか、または何か別のことを考えてみましょう。どちらにしても、リスボンまで乗せていってくださるでしょうね？」

「どうぞ、どうぞ」船長は一時的な腹だちからどうやらきげんをなおしたらしい。「わたしにできることなら何でもお手伝いいたしましょう。正直なところ、むだではないかと思いますが、できるだけの便宜ははかってさしあげましょう」

「ありがとうございます、船長さん。おわかりくださると思いますが、わたしは自分じゃ何を思ってみたところで、しょせん、宮仕えの身でして。ところで、わたしはいま船客名簿のことで事務長さんとちょっと話してみたいのですが」

「ああ、それはお安い御用です」デイヴィス船長はそう答えてベルをおした。

事務長はフレンチの来たことを知らなかったから、彼が船にいるのを見てぶったまげた。

「この船は幽霊が出るようですな」彼は微笑しながら握手をかわした。「ヴェイン夫妻をリヴァプールに置いてきましたのに、ル・アーヴルであなたは連中が本船に乗っているとおっしゃいました。あなたをル・アーヴルに置いてきましたのに――わたしはあなたが埠頭におおりになったのをこの目で見ましたからね――それなのにレイションエスに来てみると、あなたが船にいらっしゃる！　リスボンではどんなどえらいお方が本船にあらわれるのでしょうな？」

「リスボンでは四人で船をおりたいと思っていますよ」とフレンチはやりかえした。「すこし失礼かもしれませんが、わたしはリスボンで英国行きの船に乗りかえることができたらこんなうれしいことはありませんよ、部長刑事とヴェイン夫妻をつれましてね」

「何ですって？　あなたはあの二人がまだ船内にいるとお考えなのですか？」

「警部さんはやっぱりそうお考えらしい」と船長が口をはさんだ。「それで、その件についてきみと話をしたいとおっしゃるんだ。きみの部屋に御案内して、できるだけのお手伝いをしてあげてくれたまえ」

「わかりました。いっしょにおいでになりませんか、フレンチさん？」

ジェニングズ氏は敏腕家ではあったが、愛想のいい、ゆったりしたところのある人物であったから、彼の意見を求めにきた人はだれでも、この人はふだんはとても忙しいのだろうが、いまは自分の依頼を注意ぶかく、熱心に聞いてくれる余裕があるのだなというふうに思ってしまうのである。で、彼はフレンチの話に耳をかたむけ、それから船客名簿をとりだし、そこに記載されている人々の品定めにとりかかった。

「婦人のほうから先にしたいと思いますが」とフレンチが言った。「婦人が六十七名に男子がその倍くらいとおっしゃいましたね。婦人のほうが数もすくないですし、わたしはヴェイン夫人にかんする資料のほうを亭主のよりもたくさん持っていますので。それでは、よろしかったら、はじめましょう」

事務長は名簿の上に指を走らせた。

「まずアックフィールド嬢」彼は説明した。「この人は、そうですね、五十から六十までの御婦人です。この人はすぐ御覧になれますが、わたしの見たところ、この人はまず見かけ以外の何者でもありませんよ」

フレンチはこまかいことを書きとった。

「結構です」と彼は言った。「では次をどうぞ」

「次はボンド嬢です。この人もだいぶ年配です。しかし、この人はあなたのお知りあいとちがうでしょうな。少なくとも四インチは背が高いですから」

「結構です」

「次はブレント夫人です。この人は若い婦人です。御主人も乗船しておられますが、新婚のようです。この婦人は若すぎますな」

二人はそれらしくないのを一時除外しながら、名簿をたどっていった。コックス夫人は背が高すぎるし、ダッフィールド嬢は低すぎる。イーグルフィールド夫人はふとりすぎだし、フェントン嬢はやせすぎだというふうにつづけていった。最後に、候補者を十人にしぼったが、だれ一人見込みのありそうなのはいないのをフレンチは認めなければならなかった。

しかし、一見それらしいと思われる男と女の船客がいたことは事実だった。ペレイラ・ダ・シルヴァと名乗る人物と彼の娘マリア・ダ・シルヴァ嬢だった。二人はほとんど船室にこもりきりで、船内の生活にまるでとけこもうとしないということだった。ダ・シルヴァ氏はジェニングズ氏によると、七十をこしているように見え、病人で、杖と娘の腕をかりてやっと上船したほどだったという。ダ・シルヴァ氏はほとんど寝台に横になったきりで、ダ・シルヴァ嬢が甲斐甲斐しく彼の世話をやき、ほかのおなじような立場の娘たちが多勢デッキやサロンでほかの船客たちとあそんでいるときも、父に本を読んでやったり、そばにつきそっていたりした。二人は食事もいっしょにし、婦人のほうはデッキにいるときや、たまにサロンに坐っているときなどは愛想がいいのだが、めったにそんなところに顔を出さなかった。これは逃亡者のよくつかう手だとフレンチは思った。さらにまたダ・シルヴァ嬢の姿かたちがヴェイン夫人のそれに似ていなくもなかったので、彼の疑惑はいっそう深まった。しかし、ジェニングズ氏がすぐに彼の砂上の楼閣をくずしてしまった。ダ・シルヴァ親子はどう見てもブラジル人だと言うのである。二人は、というより娘のほうは、老人は衰弱しきっていて切符の手続きさえ自分でできないくらいだったからこれは問題外として、娘のほうは流暢《りゅうちょう》なポルトガル語、それも生粋のポルトガル語を話し、英語のほうはブロークンで、しかもポルトガル人でなければ話せないようなブロークン英語を話すのである。おまけに彼女はポルトガル人そっくりの見かけをしている。ジェニングズ氏が聞きだしたところでは、彼らはリオの住人で、ロンドンの商人であるダ・シルヴァ氏の弟に会いに英国に渡ったのである。二人はパラまで切符を買っていたが、パラの近くにはほかの親類が住んでいるらしく、二人はパラにたちより、そこからリオに帰るつもりだった。彼らはヴェイン夫妻より幾分はやく切符を買い、船室を予約しておいたという。

フレンチはがっかりした。彼は万一のこともあろうかと思って、リスボンまでの切符を買い、人に見られないように自分の船室にひきこもり、はしけにおりる梯子《はしご》のところにカーター部長刑事を残しておいた。

開いた舷窓のかたわらにすわって煙草をふかしながら、彼はこの難問をとく方法が何かないものかと知恵をしぼったが、事務長がなにげなくもらした言葉からとうとう旨《うま》い考えがひらめいた。ジェニングズ氏は船が港の二つの突堤を通りぬけ、深く、ゆるやかな大西洋のうねりの中に船首をつっこんだあとでフレンチの部屋に来て、こう言った。「変装といえば、あなたが変装なさって今夜サロンにおいでにならないのは残念ですな、フレンチさん。今夜は第一回目の素人歌の会をやりますので、婦人船客を御覧になるにはよい機会なんですがね」

「それはいいお考えですな」とフレンチは答えた。「わたしをどこか、たとえば、参会者の通るサロンの入口のそばにかくしていただくわけにはいきませんでしょうか？　そうすれば、そこを通る婦人を一人一人見ることができますから」

ジェニングズ氏はそれはできるでしょうと言い、何とかしてみると約束した。それからジェニングズ氏が部屋を出ようとしたとき、フレンチの頭にある考えがひらめいたので、彼はジェニングズ氏をよびもどした。

「今の話はちょっとお待ちになってください、ジェニングズさん。あと半時間ほどしてこちらにおいでくださいませんでしょうか？　そのとき何かお願いしたいと思いますので」

ジェニングズ氏はいぶかしそうに彼をちょっと見たが、「いいですとも！」とだけ言って、仕事をしに戻った。約束の時間がたったので、またフレンチのところへ戻ってみると、フレンチはまじめな顔で言った。

「あのね、ジェニングズさん、承知していただければ大変恩にきますが、ちょっとお願いがあるのです。まず歌の会のはじまる前に、だれにも見られないようにしてわたしをサロンに入れてほしいのです。それから部屋の中に入ってしまうまではだれにも見えないような場所にわたしを坐らせてほしいのです。そういうことができるでしょうか？」

「そうですね、できると思いますよ。何とかしてそういう席をつくってあげましょう。つまりその婦人が不意にあなたを見たら、うっかり自分の正体をさらけだしてしまうだろうとおっしゃるのですね？」

「まあそうです。しかし、ほかのねらいもあるのですよ、ジェニングズさん。いまおっしゃったようなことはその婦人がわたしに見覚えがないと役にたちませんが、実のところ、彼女はわたしを知らないと思います。わたしはこれをプログラムの一つとして読みあげていただきたいのです。やっていただけますか？」

彼は半時間のあいだに何か書きこんでおいた紙片を手渡した。それは次のような内容だった。

謎　々

「この謎々の一番上手な答えを出してくださった方に五ポンド入りのチョコレートの箱を賞品にさしあげます。

喜劇でウインター、

オリンピックでウオード、
サヴォイでルート、
クルーでヴェインなら
イーノックではなあに？」

ジェニングズ氏は何だかきつねにつままれたような顔をした。

「これはどういう意味ですか？」と彼は言った。

「その女の偽名とそれをつかった場所ですよ」

賞賛に似た色が事務長の目にあらわれた。

「ほほう！　これはたいしたもんだ！　その女が何も知らずにそこに来て、これを聞いたら、たちまち正体暴露するでしょうな。ですが、なぜあなたがこれをお読みにならないんです？」

「女が逃げだそうとした場合、わたしは彼女より先に外に出たいのです。その女が逃げだすというのは、つまり亭主がその場にいないということですから、彼女が男に知らせる前につかまえたいわけです。カーターもいっしょにやります」

「それでは、おのぞみなら、わたしが読みますが、正直なところ、だれかほかの人におたのみになればと思いますね」

「デイヴィス船長はどうです？」

ジェニングズ氏はちょっとあたりを見まわして、小声で言った。「御忠告までに申しあげますが、あの老人には何もおっしゃらないことです。老人はこういうことに賛成じゃありませんからね。あの人は船客を自分の客みたいに扱う人です。そんなふうにお客さんをだますのはあの人の性にあいませんから」

「だますのではありませんよ」フレンチはちょっと気色《けしき》ばんでやりかえした。彼はポケットから一ポンド紙幣をとりだして相手にわたした。「これはチョコレート代です。いちばん上手な答えを出した人にさしあげてください。これはまったくごまかしのない、公明正大な話ですよ。この謎々で女がつかまろうとつかまるまいと、そんなことはだれの知ったことでもありません」

事務長は微笑したが、疑わしそうに頭をふった。

「まあいいでしょう。どっちみちあなたのおやりになることですから。ともかく、わたしはやると言ったからにはやりますよ」

「それはありがたい！」フレンチはふたたび元気をとり戻し、愉快な男になった。「これがうまくいかない場合はもう一つ方法があります。ヴェイン夫人は船室にいるかもしれませんからね。その場合は船客名簿によって出席している婦人方を照合し、欠席者の名前を書きだしてほしいのです。そうしますと、わたしはその婦人方の船室をまわって、何とか口実をつくって、一人一人会ってみますから」

事務長はそれも承諾した。「それじゃ、ここへ食事を運ばせましょう、いますぐ」部屋を出ていくとき、彼はこう付け加えた。「それから、船客が食事をしているあいだにあなたをよびにきましょう。そうしてサロンにうまくかくしてあげますよ」

から」

「カーターをここによんでください。いっしょにたべながら、彼にこの段取りを話してやります

ジェニングズ氏が行ってしまってから、フレンチは舷窓の前にたって、波のうねりを眺めていた。太陽の光はもはやあとかたもなく、ほがらかに晴れた空にあかるい満月が皓々《こうこう》と冴えわたっていた。海は物すごい漆黒の原野のように見え、その海の上はるか彼方《かなた》には一本の大きい光の道がはしり、その道沿いに無数の銀の真砂《まさご》がかがやいていた。彼の船室は左舷にあったので、三マイルほど彼方に、海岸の断崖にくだけ散る波の白い線がかすかにのぞまれた。海は恐ろしく冷たそうであった。で、彼は扉が開いてカーター部長刑事が入ってきたとき、かすかに身震いしてうしろをふりむいた。

「ああ、カーター。ジェニングズ氏が食事をもってきてくれるそうだ。いっしょにたべよう。今夜はひと仕事あるんだ」それから彼は計画を話し、部下の演ずべき役割を教えた。カーターは何を言われても、ただいっこくに「はい、わかりました」をくりかえしていたが、フレンチには彼の緊張しているのがよくわかった。

八時すこし前、ジェニングズ氏があらわれ、二人の共謀者についてくるよううながした。三人はいそいで甲板を横ぎり、廊下をいくつもとおって、だれにも見られずサロンに入った。見ると、二人のために入口の近くに二脚の肱かけ椅子をおき、外から見えないように仕切りでかくしてあった。フレンチの椅子からはサロンに入ってくるすべての人の顔を見ることができ、一方カーターの席はフレンチの椅子から直接見えない座席についた人々の顔が全部見えるような位置にすえ

てあった。

音楽会は八時半にはじまることになっていた。で、その時間までに人々は三々五々会場にあつまりはじめた。フレンチは小説をひざの上に置き、あまり目だたないように、入ってくる男女の顔を眺めていた。色の浅黒い、小肥《こぶと》りの女が二人の男といっしょに入ってきたとき、彼は一瞬緊張してその女を見た。写真の女と似かよったところが多少あったのだ。が、その女の外国人くさい身ぶりや何語かわからない早口の言葉を見ると、どうもこれは自分のもとめる女ではないという確信のようなものができてしまった。通りがかりの給仕にきいて、その女こそ彼が一度は疑い、やがて心の中で無罪放免したダ・シルヴァ嬢であることがわかった。

開会の時間がせまるにつれてサロンは次第に人でいっぱいになっていった。しかし、彼があやしいと思うような人物はどこにも見あたらなかった。時間が来て、プログラムは療養のためマデイラへ行くというある高名なピアニストの短いリサイタルで幕をあけた。

フレンチは音楽好きではなかったが、かりに音楽好きであったとしても、プログラムにはほとんど何の注意もはらわなかっただろう。彼は周囲の男や女たちの顔をこっそり眺めるのに忙殺されていたからである。有名なピアニストがすばらしい実にみごとな指の運動で演奏を終えたらしいこと、二人の婦人が――三人だったかもしれないが――歌ったらしいこと、だれかが太い低音で何やらスコットランドの民謡らしいものをうなったこと、物静かな、ちょっときれいな娘がヴァイオリンで何か楽しそうな曲をひいたらしいことを彼はかすかに意識していただけだった。しかし、そのとき、彼は突然電気にうたれたように我にかえり、期待におののきながら、いまから、行なわれようとしていることに注意を集中した。ジェニングズ氏が舞台にあがったのである。「皆さん」事務長は彼一流の愛想のいい調子で言った。「いまや謎々の時代はすぎ去ったというのは多分事実でありましょう。また音楽会の最中に謎々を提出するのが時宜をえないのもたしかに事実でありましょう。しかし、ここで皆さんの御賛同をえまして、謎々をひとつ提出させていただきたいと思う次第であります。これはここに御出席の方がおよせくださったものでありまして、わたしどもの航海にかんする時事的な謎々であります。出題者はもっとも上手な解答をお出しくださった方にこのチョコレートの大箱を賞品として提供しておられます。これがその謎々でございます。考えてみようとおっしゃる方には写しをさしあげます。その内容は『喜劇でウインター、オリンピックでウオード、サヴォイでルート、クルーでヴェインなら、イーノックではなあに?』です」

聴衆は上きげんで聞いていた。ジェニングズ氏はなおもにこやかに微笑しながらしばらく身動きもしないでたっていた。普通、プログラムのあいまにわき起こるざわめきはまだ起こらず、どこまでも伝わっていくかすかなエンジンのひびきをのぞいて、静かにゆれうごくサロンの中はぴたっとしずまりかえっていた。そのとき、沈黙を破って、かすかな、しかし唐突なものおとが聞こえた。ダ・シルヴァ嬢のハンドバッグが彼女のひざからすべりおち、とめがねが寄木細工の床にあたって、鋭い音をたてたのであった。

フレンチははっとして彼女の顔を見た。それは奇妙な土気色《つちけいろ》にかわっていた。わきにたれた片方の手は指の関節が血の気を失うまでぎゅっとにぎりしめていた。彼女は明らかにハンドバッグのおちたのにも気づいていなかった。彼女の、ある一点を見据えてうごかない目にはぞっとするような恐怖の影がやどっていた。

フレンチをのぞいてだれ一人彼女の心のうごきに気づいたものはいないようだった。彼女のそばにいた一人の男が身をかがめてバッグをひろってやった。そのとき、太った、軍人らしい老紳士が「はは!」とか「こりゃおどろいた!」とか言いながら沈黙を破り、まわりの人々にこの謎をとくようにすすめたので、それをしおに人々はいっせいにしゃべりはじめた。ダ・シルヴァ嬢はしずかに立ちあがり、いくらかおぼつかなげな足どりで扉のほうへ歩いていった。

フレンチが立ちあがって彼女のために扉をあけてやったのは普通の礼儀心からのふるまいだった。彼は頭をちょっとさげて扉をおさえ、彼女をとおしてやった。それからすぐ彼女のあとを追い、うしろの扉をしめた。昇降路に通ずる廊下には彼らのほかにだれもいなかった。彼女の顔を鋭く見やったフレンチはもはや何の疑念ももたなかった。髪や眉を器用につくりかえ、どうやら形を変えた入歯までして、皮膚の色も浅黒く、眼鏡をかけて変装していたが、いま彼の前に立っているのは、まちがいなく、あの写真の主だった。彼は片手で彼女の腕をおさえた。

「ウインター嬢」彼はおちついた口調で言った。「スコットランド・ヤードのフレンチ警部です。去る十一月二十五日のチャールズ・ゲシング殺害事件およびデューク・アンド・ピーボディ商会の宝石ならびに現金の窃盗に関係した容疑であなたを逮捕します」

女は返事をしなかった。が、彼女の自由な腕が電光のように口元へとんだ。フレンチはぐっとその手をおさえた。女はごくりとのみおろし、それと同時にぐらっとよろめいた。

フレンチは自分もがたがたふるえながら、額には玉のような汗をにじませて彼女をそっと床の上によこたえた。彼女はもう意識がなかった。彼はいそいでサロンに戻り、さっき船医の坐っていたところへ静かに歩いていって、耳うちした。カーター部長刑事が同時に立ちあがった。一秒後には、二人の探偵は立ったまま困惑の面持ちで下を見つめ、サンディフォード医師は床の上のうごかない体のそばにひざまずいていた。

「大変です！」彼はすぐ叫んだ。「死んでいます！」彼は彼女の口もとへ鼻をもっていった。「青酸です！」彼は恐怖と驚きのいりまじった顔で二人を見あげた。

「そうです。自殺です」フレンチはそっけなくいった。「だれも来ないうちにこの女をわたしの部屋に運んでください」

事情を知らない医者は急に疑いの目で相手を見たが、フレンチが手みじかに説明すると彼はうなずいた。そこで、三人は動かなくなった体を運び、警部の部屋のソファーの上にそっとおろした。

「検視がすみましたら、船長にそう言ってください」とフレンチは言った。「そのあいだにカーターとわたしはこの可哀そうな女の亭主のところへ行って逮捕してこなければなりません。いま、それがすみましたら、その男の部屋を教えてくださいませんか？」

検視はものの数秒でことたりた。そこで、医者はボート・デッキの上の船室に通ずる道をだまって案内していった。フレンチはノックして、さっと扉を開き、二人をひきつれて中にふみこんだ。

大きな、広々とした一等船室で、居間風にしつらえてあり、開いた扉のむこうに寝室が見えた。部屋は居心地がよさそうで、住みなれた様子だった。本や新聞があちこちに置いてあり、チェスの箱とトランプが一組ロッカーの上に置いてあった。それから安楽椅子の上には女のかぎ編みの仕事が置いてあった。机の上にはからのコーヒーのコップがひとつあり、上等の葉巻のにおいがあたり一面にたちこめていた。

電灯の下の肱かけ椅子に部屋着を着て、スリッパをはいた一人の老紳士が坐っていた。片手には葉巻を、もう一方の手には本をもっていた。背は高いらしく、長い髪の毛はまっ白だった。彼は長い、白いあごひげと口ひげをたくわえ、白く太い眉をしていた。彼は驚きと明らかに当惑の表情で侵入者を見つめたまま坐っていた。

しかし、彼の目がフレンチの顔にそそがれたとき、目の色がかわった。驚愕と懐疑としだいにつのる恐怖が矢つぎばやにあらわれた。フレンチは前にすすみでたが、相手は身じろぎもせず坐っていた。すると、彼の目は蛇にみいられた動物のように来訪者の目を見つめ、おそろしい緊張にひきつっていた。すると、今度はフレンチが相手を見つめはじめた。この目には何か見なれたところがある。暗い空色の、いっぷうかわった色合いの目で、彼はその目の色にはっきり見おぼえがあった。それからほくろだ。左目のまなじりの下のところに小さい褐色のほくろがある。これは彼が割に最近たしかにどこかで見たものだった。こうして、かなりのあいだ、二人は身うごきもせず互いに睨みあっていた。

突然フレンチはこの目とあのほくろを見た場所を思いだした。驚きのあまり、何かつぶやきながら、彼は前に進みでた。「デュークさん！」と彼は叫んだ。

相手はいかりのうなりを発して必死にポケットをまさぐった。指に小さな白い丸薬をもっていた。電光一閃フレンチとカーターが彼にとびかかり、口へ手をやる前に、彼の腕をつかまえた。次の瞬間に彼は手錠をかけられ、フレンチの慣れた指が彼の着衣をさぐり、ポケットから小さい、白い、死の使者をもう幾粒か入れたちっぽけな薬瓶をぬきとった。その瞬間に扉のところにデイヴィス船長があらわれた。

「扉をしめてください、船長さん」とフレンチはたのんだ。「本庁はやはり間違っていなかったようですな。これがその男です」

みじかい説明で船長は事実をのみこんだ。そこで、フレンチはおだやかに、心から親切な調子で、不幸な捕虜にウインター嬢の死を知らせてやった。しかしこの男はほっとした様子しか見せなかった。

「よかった！　よかった！」彼はおさえきれない心の動揺をあらわしながら言った。「あれのほうがわたしより早かったのですね。あれが間にあってよかった！　あれさえまぬかれたのなら、わたしはもうどうなってもいい。娘のことさえなければ」彼の声はとぎれた――「ありがたい。これで何もかも終わった。この何カ月、わたしは地獄の責苦にさいなまれていたのです。どちらをむいても、ゲシングの目がわたしを見ていました。地獄でした。本当に地獄でした！　いちばんにくい敵でもこんな目にあわせようとは思わないくらいです。わたしは何もかもみとめます。わたしのねがいはただどうぞ早くけりをつけていただきたいということだけです」

一切の出来事があまりに早く終わってしまったので、フレンチは、最初息がつまるほどおどろいただけで、あとは何も考える余裕がなかったが、やがてこの場のあと始末にけりがついてみると、このおどろくべき大団円の不可解さがなおさらひしひしと身にしみて感じられてくるのだった。彼はあたかも超自然の出来事をかいまみたような心持ちがした。自分がその場にいあわせて、死者のよみがえりを見たような心持ちがした。すくなくとももつい数分前までは疑問の余地なくそう信じていたのだ。デューク氏は死んでいたのだ。デューク氏が死んだという証拠はうごかしがたいものだった。しかも――それがまるで違っていたのだ！　この男はいったいどんなトリックをつかったのだろうか？　ハーウィチからフックまでのあの謎の航海のときの出来事について、どんなふうにしてあんなに完全にすべての関係者をだましおおせたのだろうか？　フレンチはいかに事が行なわれたのかを知るまでは待ち遠しくてしかたがなかった。この事件全体を考えれば考えるほどますます本庁に戻りたくなった。本庁に戻ってもう一度この事件にとりくめば、今度はかならず、まだはっきりしないままに残っているこの事件のすべての局面が解きあかされるだろう。

あくる日の午後、船はリスボンのテージョ河口に錨をおろした。ここでフレンチは囚人をつれて英国行きの汽船に乗りかえ、それから三日目の朝リヴァプールに着き、その夜ロンドンに到着した。

20　結　末

　殺人犯の正体がわかってしまえば、フレンチ警部がチャールズ・ゲシング殺害とダイヤモンドの窃盗事件にかんするこまかい点をほりおこし、脈絡をあたえ、整理してこの事件の全貌を明らかにするのにさして手間はかからなかった。彼は、これまで何度も経験したように、一見複雑かつ不可解に見えたこの事件が実はごく簡単な出来事にすぎなかったことを知った。あらためて行なわれた調査の結果と、デューク氏の自白からわかった事実を手短に述べるとつぎのとおりである。

　レジナルド・エインズリー・デュークは幸福な、みちたりた生活をおくっていたが、あるとき恐ろしい災難にみまわれた。妻の頭がおかしくなって、体のほうは健康そのものであったのに、危険な、不治の患者として精神病院にいれられてしまった。彼は一度も妻を情熱的に愛したことはなかったが、それでもしんから仲のよい夫婦であったので、その当座、彼はこの思いがけない災難にがっくりしてしまった。しかし、彼の場合も、他人の場合とおなじように、時が悲しみの痛さをやわらげ、彼の生涯のこの恐ろしい一時期は次第に色あせていく一場の悪夢のようなものと化していった。その頃彼は喜劇座でシシー・ウインター嬢の芝居を見て、彼女にひかれ、あいびきの約束をした。やがて互いに相手を好もしく思うようになり、それからもあいびきを重ねるうちに、彼は激しい、どうにもならない恋の病にとりつかれてしまった。自分の情熱がむくいられたのを知って、彼はすっかり有頂天になり、天にものぼるような心持ちになった。

よくあることが二人の間でも問題になった。結婚できないのはわかっていたから、あれこれ頭をなやました揚句、こんな場合に世間の人がよくやるようなことをした——一軒べつに隠れた世帯をもったのである。困ったのはデュークの娘のことだった。彼女さえいなかったら、二人はそんな関係をかくす苦労もしなかっただろう。しかし、デュークは娘に汚名を着せたくなかったので、ウインター嬢の承認を得て、二重生活をし、二軒の家をもつことにきめたのだった。簡単な変装が必要だったので、彼はファンデルケンプを手本にした。外交員が彼とおなじような背丈で、体の恰好もそっくりだということもあったが、いつなんどき事務所から第二の住居まであとをつけられても、ファンデルケンプと思わせようという考えもあったのである。女優のたすけをかりて、かつらとつけひげと眼鏡で変装し、まっすぐな姿勢をわざわざファンデルケンプのように前かがみにした。デュークのときはふだんの自分のままでいて、ヴェインになりすましたときは変装した。二人の計画はうまく図にあたって、何の疑惑も起こらなかった。娘には、自分がしばしば家をあけるのはアムステルダム支店との連絡を密にするためだといいくるめ、クルー荘の前に住んでいたペニントンの家では雇い人たちに、ある工業会社の外交員だと思わせていた。

何もかもうまくいっていたのだが、やがて戦争がはじまって、商売のもうけにも影響するようになり、二軒の家をもつのがもはやたえがたい重荷になってきた。一時しのぎで何とか糊塗してきたものの、次第にたちのわるい誘惑にとりつかれ、苦しくなればなるほどそれはつよくなりまさった。わるいことに会社の実権はほとんど彼の手中にあった。出資者たちは経営のことにまるで口を出さなかった。ピーボディは老いぼれて、ぶらぶらしていたし、シナモンドは金に不自由のない身とて一年中旅ばかりして歩いていた。数字をちょっとごまかし、帳簿をちょっと改竄《かいざん》しさえすればほしい金が自分のものになる。彼は力の限りこの誘惑とたたかったが、そんなときでも、つぎからつぎへと新しい公金着服の方法が——しかも絶対安全と思える方法が——見えてくるといった始末で、とうとうまけてしまった。計画は予定どおりにはこび、経済上の破綻は切りぬけた。彼はこれなら万事大丈夫と一人で悦にいっていた。

ところが、彼の計算に入れていないことがひとつあった。彼が忘れていたのは、人間というものはいったん瞞着や詐欺をはじめれば、すきなときにやめられるものではないということだった。いやでも気がついたことは、ひとつの改竄をこころみれば、それを糊塗するためにさらに何らかの操作を必要とするということだった。

彼は、どんなにあがいてみても、自分がますますぬきさしならぬ深みにはまりこんでいくのを感じた。やがて、さけがたい、予期せざる破局がやってきた。支配人のチャーズル・ゲシングが疑いはじめたのであった。彼は帳簿を調べあげ、疑惑をたしかめ、持ちまえのまっすぐな気性から、この発見を社長につきつけ、ほかの出資者をよぶのが自分の義務であると断言した。

のっぴきならない羽目におちいったのを悟ったデュークは、それはゲシングの間違いだと頑強に言いはり、アムステルダム支店から差額に見あう数字がでてくるまで待ってくれれば、帳簿が全部あっていることを説明し、証明してみせるからといって時をかせいだ。彼はその晩クルー荘に行き、そこでウインター嬢に一切をうちあけた。機敏なこの婦人は、最初にまともな生活から別れるときには結婚指輪をはめるという簡単な手で世間の目をごまかしたが、今度はそうはいかないと観念した。これが明るみにでたら情人は監獄ゆきだし、自分は文《もん》なしになるだろう。とっさに、彼女は絶対これがばれないようにしなければならないと決心した。

　あらゆる手段を弄し、しかも大骨をおって、彼女はようやくデュークを自分の考えにひきいれた。それから二人してあらゆる力をあわせて自分の身を守る計画の立案にとりかかった。ウインター嬢がこの計画の骨子を案出し、才気煥発型というよりは綿密型のデュークがこまかい点をとりきめた。要するにその計画というのは事務所で盗難があったように見せかけ、ゲシングを殺害し、できるだけたくさんの宝石をにぎって、それから遠くの快適なところへゆうゆうと落ちのびようというのであった。

　ウインター嬢はブラジルとアメリカに精通していた。彼女の父は英国人であったが、まだ若い頃会社の代表としてリオにやられ、そこに住みついて、ポルトガル系の妻をめとり、ブラジルの首府に家庭をつくった。彼の娘は演劇の才があった。彼女がまだ十代の頃、両親があいついで亡くなると、彼女はリオの舞台でデヴューに成功した。五年後、ブラジル訪問中に彼女の演技を見たニューヨークのさる事業家肌の芸能マネージャーと契約をとりかわした。それから二年後、彼女はロンドンに来て、そこで前にも述べたとおりデューク氏と知りあったのであった。

　このブラジルとアメリカの知識が彼女の計画の土台となった。ブラジルは犯罪のあとでひきこもるには理想的な国だったので、彼らがまっさきに考えたのはブラジルへひきこもるという線だった。彼らは近隣ではヴェイン夫妻でとおっていたから、ブラジル行きの旅券を入手するのに必要な証明書や推薦状を得るのに何の困難もなかった。旅券を手に入れてから、デュークは同様な証明書と推薦状をダ・シルヴァの名前で偽造し、ウインター嬢の演劇上の知識をかりて変装をこらし、同じ役所に二度足をはこんで、偽名でもう二枚の旅券を手に入れた。こうして、彼らはヴェインとダ・シルヴァの名義で二組のブラジル行き旅券を手に入れたのであった。

次に考えたのは、ブラジル行きの切符購入費や、そのほか必ず必要になるいろいろな費用をまかなうための現金を犯行直後に手に入れることだった。これを目的としてヴェイン夫人のニューヨーク行きが計画された。ある船でむこうに渡り、すぐに別の船でこちらに帰ってくるのである。帰りの航海中、彼女は船客をよく観察し、偽装するのにもっとも適当な婦人をえらぶ。彼女はその婦人と近づきになって、できるだけ詳しく彼女のことを調べあげ、綿密に彼女を観察して、詐欺をやるのに必要な資料をできるだけたくさん入手する。サザンプトンに着いたら、相手の婦人を見送り、彼女の行く先をたしかめておいてからどこかのホテルにたちより、必要な変装をすませて、全然別の人物としてロンドンに行き、相手に会う気づかいのないホテルに宿をとる。つぎの日に彼女はウィリアムズ氏に会う。ここまで万事うまくはこんだら、公衆電話でデューク氏をよびだし、彼が自分の受持ちの仕事をやれるようにする。それから彼女は次の晩の九時四十五分にホルボーン地下鉄駅の非常階段のところで彼に会い、盗んだ宝石のうちウィリアムズ氏のところへもっていく分だけ受けとる。

一方、デュークは、帳簿の見かけ上の差異を納得のいくまで説明もするし、アメリカからある手紙が着き次第その差異に見合う現金をつくって見せもしようと約束してゲシングをなだめておく。そのほか、事務所にできるだけたくさんの石をあつめておく。そうしておいて、問題の晩に──ウインター嬢とウィリアムズ氏との最初の会見の日の晩に──事務所に来てくれれば詳しく事情を説明し、全然異状がない証拠を見せようとゲシングに言う。こうしてゲシングをわなにはめておいてから彼を殺害し、ダイヤモンドとそれから金庫の中にあった現金も盗みだし、その中から何個かウインター嬢にウィリアムズ氏のところへもっていく分の石をわたし、残りの石をもって、できるだけ早く家に戻る。

この計画は二人には上出来のように見えたが、なおそれだけで満足せず、彼らは、万一疑いの目をむけられたときのことを考えて、身をまもるための三カ条の補足をつけたした。

その第一はデューク氏のアリバイだった。彼はクラブで弁護士と共に夕食をとり、夜のひとときをすごして、あらかじめきめておいた時間にクラブを出る。弁護士とクラブのポーターに適当な言葉をかけてこの時間を相手に記憶させ、自分の家の雇い人たちにもやはり何か言葉をかけて帰宅の時間を覚えておかせる。この間隔はクラブから家に歩いて帰るのにたっぷりの時間を見ておく。そうして、警察のしらべに対しては歩いて帰ったと申し立てることにする。しかし、実際にはクラブの付近から事務所の近辺までタクシーをとばし、殺人を仕遂げてからハムステッドまで地下鉄で帰る。

第二の防衛手段は嫌疑をファンデルケンプにふりむけるよう工作することだった。これを実行するため、デュークは自分で秘密の指令をタイプした。この指令があったために外交員はロンドンに来たのであるが、デュークはゲシングにファンデルケンプが来たとき彼に会うように命じ、彼を大陸へのあてなき旅行に出させるにあたって銀行が番号を控えているに相違ないと思われる何枚かの紙幣を彼に渡させる。しかるのちに彼はその紙幣は金庫から盗まれたものだと申し立てたのであった。

犯行後は陰謀をたくらんだ人間の見地から見てなかなかうまくことがはこんだので、最初のうち二人は第三の防衛手段を実行にうつさなかった。事実、二人はブラジルにひきこもるまでもなく、今までどおりロンドンでの二人の生活をつづけられると考えはじめていた。しかし、フレンチが偶然デュークにむかって、あの神出鬼没のX夫人がシシー・ウインター嬢であることがわかったともらしたため、彼らのカードの家が崩壊に瀕していることが知れ、至急逃亡することが必要になった。デュークはクルー荘に行くのを恐れ二人の間に前もってとりきめておいた暗号で警告を書きおくった。しかし、しばしば人間の生命や計画をくつがえすあの運命のいたずらから、その警告を投函したあと、二人の犯罪者は地下鉄の中でばったり出会ってしまったのだった。ある小路を二人きりになるまでぶらついて、デュークは口頭でそのことを知らせた。そこでウインター嬢は逃亡をくわだてるのであるが、これが彼らの没落のきっかけをつくった——彼女はデュークがおくったという暗号文の手紙のことを忘れて逃げ、やがてその手紙が警察の手におちたのである。

それからデュークは第三の防衛手段の実行に着手した。失踪をもっともらしく見せるために自殺の大芝居をうったのである。彼はこれを二人であらかじめ周到に考えておいたトリックを用いて実行した。このトリックはブース汽船でも、嫌疑がかかった場合、探偵の目をごまかすためにつかうつもりでいた。デュークの名義で彼はクック旅行会社からハーウィチ経由ロンドン＝アムステルダム間の往復切符を買い、その晩の寝台を予約して、自分のことを係員の印象に残すようにした。彼はそれからリヴァプール通りへ行き、ヴェインの名でおなじルートのロンドン＝ブリュッセル間の往復切符を買った。彼はアムステルダムへしばしば行くときにつかうデューク名義の旅券をもっていた。ヴェインの名義では、彼とウインター嬢が十八カ月ほど前短い休暇旅行でオランダとベルギーへ行ったときにもらった旅券をもっていた。

デュークの名で彼は連絡列車にのりハーウィチへ行ったが、その際、一番先に船に乗れるような車輛をえらんでおいた。事務所で切符をわたし、上陸切符を受けとり、船室へ案内された。そこで持ち物を態《てい》よくならべ、娘あての遺書を残しておいた。それから今度は、ヴェインに変装して、こっそり船室をぬけだし、列車からゆっくりおりてきた人にまじって二回目の切符をさしだし、ヴェインの名義で予約しておいた船室に通された。次の日彼はデュークの死にかんする明白な証拠を残し、ヴェインとして上陸した。

ロッテルダムで彼はハル経由の帰りの切符を買い、リーズに渡ってヴィクトリー・ホテルに泊まり、そこでイーノック号の出航の日まで滞在した。彼とウインター嬢はリーズとリヴァプールの間の列車の中でおちあい、デュークが自殺の偽装の際つかったのとおなじ手を用いてどんな尾行の探偵でも完全にまいてしまおうとこころみた。彼らは二組の切符を買った――一組はクック旅行会社で買ったが、これはヴェイン名義でマナオスまでの切符。もう一組はブース汽船の事務所で買い、これはダ・シルヴァの名義でパラまでだった。そうして一等船室を二組予約し、どちらの場合も事務員に自分たちの印象を残すようにした。彼らはまた大小のスーツケースをいくつか用意した。小さいほうには衣類やダイヤモンドをつめ、「ダ・シルヴァ」の名札をつけ、大きいほうには「ヴェイン」の名札をつけた。そうしておいて二人は、「ダ・シルヴァ」のスーツケースを「ヴェイン」のスーツケースの中に入れ、ヴェインとして乗船し、船室に案内された。ヴェインとして二人は事務長のところに戻り、上陸したいと言った。彼らは甲板に出て舷門のほうに歩いていったが、埠頭へはおりず、もう一度船室へとってかえし、ダ・シルヴァ親子に変装し、小さいダ・シルヴァのスーツケースをとりだし、それからこっそり部屋をぬけだして、たったいま乗船したように見せかけて事務長のところへ戻った。

この筋書きは大体計画どおりにいった――ウインター嬢が暗号の手紙の着くのを待ち、それを破棄するのをおこたったことだけをのぞけば――しかし、犯人たちはそのことをまったく知る由もなかったが、危うくこの筋書きが台なしになってしまうような突発事件が起こった。シルヴィアとハリントンが、犯行当夜、イーストエンドから車で帰宅の途中ハットン・ガーデンからホルボーンのほうへまがるデューク氏の姿を見かけたのだった。彼はいつもの折目ただしい、ゆうゆうたる態度とはうってかわって、舗道の上をおびえたようにせかせかと歩いていた。彼の態度には何か人目をしのぶようなところがあり、菓子屋の店から流れでた明るい一条の光線にてらされた彼の顔はひきつり、やつれていた。何かわるいことでもあったのかと心配してシルヴィアはタクシーをとめ、彼のあとを追いかけたが、舗道に行きつかないうちに彼は姿を消してしまった。しかし、彼女は、あくる朝、彼が犯罪のあったことを朝食の席で話すまではそのことをたいして気にもとめていなかった。そのときでさえ、彼女は父があやしいとは夢にも思っていなかった。事実、彼女はその出来事を忘れていたのである。ところが、彼がさりげない態で自分は昨夜はずっとクラブにいて、家へはまっすぐ歩いて帰ってきたと言ったとき、彼女はそのことを思いだしたのだった。うそをついているわと彼女は思った。すると急に疑惑がわいてきた。ハリントンがうっかり警察に話して父があやしまれるようなことになってはと青くなって、彼女は電話をかけ、すぐに彼に会って、今後のことについて警告したのだった。その日の午後、ハリントンは事務所であったことを話しにやってきた。そのとき彼女は相手をむりやりときふせて事件が解決するまで結婚を延期することに同意させた。ところが、彼女はフレンチが彼女自身犯人を知っているのではないかと疑っていることを知り、結婚をのばすのは彼の捜査に方向をあたえるようなものだと考えた。で、そんなことにならないようにと、結婚の日取りがあらためて決まったことを公表したのだった。警察が逮捕にきたらどうしようと思うと、いてもたってもいられなかったが、幸いそんな事態は起こらずにすんだ。

ここまで話せば、もはやたいして話すべきことはない。数週間後、レジノルド・エインズリー・デュークは彼の犯した罪に対して最高の刑罰をうけた。彼の娘は恐ろしい記憶の残っているロンドンと英国をきらい、三度目の正直でチャールズ・ハリントンとの結婚の日取りをきめるや、彼と共に幸福をもとめて、南カリフォルニアにあるハリントンの兄の経営する農場へ旅だった。デューク・アンド・ピーボディ商会は嵐をきりぬけた。生き残った出資者たちは決算の度ごとにゲシング家の姉妹のことを忘れなかった。

訳者あとがき

作者のフリーマン・ウイルズ・クロフツについては、詳しい記述は必要ないだろう。一八七九年アイルランドのダブリン市に生まれ、十七歳で土木技師見習となって、五十歳までベルファスト市で鉄道会社の技師を勤続した。処女作『樽』は技師として在職中の一九二〇年、四十一歳のときに発表された。これはクロフツの最高傑作として定評があり、多くの批評家が世界の推理小説ベスト・テンのうちに挙げている。それ以来ほぼ毎年一冊の割で長編を書き、『ポンスン事件』『マギル卿最後の旅』、『クロイドン発12時30分』その他の名作が日本にも紹介され未訳の作品も順次、本文庫に収録の予定ということである。晩年はロンドン近郊に移って推理小説の長編のほか、短編、ラジオ台本等に健筆をふるっていたが、一九五七年に病歿した。

本書『フレンチ警部最大の事件』は作者の第五作で、一九二五年に初版を出したが、特にこの作について注目される事実は、クロフツのその後の長編推理小説ではほとんど例外なく本編の主人公、スコットランド・ヤードのフレンチ警部が登場することである。つまり『樽』から第四作『フローテ公園の殺人』までの探偵はそれぞれ異なっているし、それらを読んだ読者もたいがいは探偵の名を記憶していないであろうが、作者はこの第五作で創作した人物を標題に使ったのみか、その後も同一人物に事件を担当させて読者に忘れられぬ印象を残すことになった。なるほど、フレンチ以前に作者が描いた探偵もフレンチと似ていることは確かで、その意味ではフレンチは作者クロフツの作風にふさわしい性格だという以外に特にこの名にこだわる必要はないわけだが、そうであればあるほど、フレンチの名はクロフツ作品の象徴として彼の愛読者に記憶されるのは当然であり、また作者がその後の物語に一貫して同じ探偵を起用したのも自然であり、賢明だったといえる。なぜならフレンチ――すなわちクロフツ作品の探偵には、彼以前の多くの推理小説の探偵とは根本的にちがう特徴がある。もちろんクロフツ以前に同傾向の探偵がなかったのでなく、いまではあまり読まれないフレッチャーの創作したスパルゴ探偵なども同型であるけれども、今日、第一流の古典的作品に列せられている推理小説では比類のない型の探偵なのである。

その特徴とは、一言で言えば、いわゆる〝名探偵(Master Mind)〟でないという特徴である。フレンチは温厚な紳士で、勤勉な警察官で、その探偵としての美点は飽くまで忠実に事件を追い、エネルギッシュに捜査に努力する点にある。残念ながら彼はシャーロック・ホームズはもちろん、すべて読者が記憶するに値する限りの名探偵のもつ天才的推理力をもたない。世間一般の警察官や探偵は、たぶんフレンチと同程度の知力しかもたないだろう。この平凡さということ、これほど推理小説史上でクロフツをして他の推理作家から区別せしめたものはなかった。むろん単に平凡な探偵であることがクロフツ作品の美点なのではなく、この特色を通じて、他の推理小説に見られぬ魅力を生みだしたところに、この作家の平凡そうに見えて実は偉大な独創があった。

そして現在流行しているハードボイルドものの探偵が、みな頭よりも腕っ節やずうずうしさに頼っていることを考えても、クロフツの先駆者的位置は明らかである。
一般に、クロフツの推理小説は本格物の一種と見られている。しかしポオ以来、ドイルその他すべての本格推理小説は、名探偵が犯人のこしらえた犯罪の偽装、すなわち、トリックをみやぶることに興味のポイントを置いている——少なくともそう思わせている。つまり読者には解けない謎を、名探偵が解いてくれるのだ。ところがフレンチは名探偵ではないから、謎をとく力がない。本格小説をかりに〝謎をとく〟小説だと定義すれば、クロフツのフレンチものはその範疇には入らない。それは〝謎がとける〟小説なのである。だから、もしクロフツを本格小説に編入するなら、本格とは解けにくい謎が最後に解ける小説をさすものと解さねばなるまい。言いかえれば、謎《ミステリイ》すなわち犯罪者のトリックの解けにくさが本格推理小説の中心的な興味なのである。『樽』を読んだ読者は、この名作の魅力が、まさに犯人のトリックの鉄骨建築のような組み立てを最後に知ったときの驚きにあることを首肯されるだろう。本書もまた、フレンチ警部が凡庸であるために、事件が一見平凡に見えながらどうしても謎がとけず、ただ彼が勤勉、精力的であるゆえに、一歩一歩、真実に近づいてゆく、そのプロセスに、他の名探偵の登場する小説では味わえない楽しさを味わわれることと思う。

　事実、この一歩一歩、真実に近づくという息づまる興味は名探偵の登場する推理小説では味わえない魅力である。なぜならフレンチは読者自身と同じ——あるいはたぶん読者より少し低い——程度の頭脳の持ち主で、作中でも知られるように、彼の細君よりも頭がわるいらしい。それでこの事件の捜査中、読者はつねにフレンチといっしょに事件を捜査しているという気分にひたれるし、しばしばフレンチよりもさきに或るヒントをとらえ、フレンチのやり口にはがゆさを感じるだろう。つまり、たいていの名探偵は読者よりさきに真相を見抜くが、それを発表しない、否できないために、さまざまの不自然が生じる。クロフツの場合にはこういう不自然からまぬかれているので、読者はいっそう熱心に〝謎〟と取り組むことができるのだ。

この物語の事件がフレンチ警部の〝最大の事件〟であるというのは、事実の上からは信じかねる。なるほど平凡な一警部の扱った事件として稀にみる骨の折れる事件であることは明らかで、この一編だけを読めば、この題は少しも不自然でない。それ故、作者がこの題をつけたことからも、彼は従来と同様、フレンチを彼の長編の一回きりの登場者として書いたと推定できるようである。同時にその後のクロフツがこの探偵への愛着をすてなかったところを見れば、本編が作者の会心の作であったことがうかがわれる。事実、わたしが読んだ限り、クロフツの本領が最もよく発揮されている作品として、この作を推したい。その本領とは、推理小説であり、上記のようにミステリイの濃い味をもちながら、しかも普通一般の小説を読むのと最もよく似たヒューメインな興味をゆたかに備えているということである。この点では、『樽』は明らかに本編に一籌《いっちゅう》を輸しているといっても過言ではないだろう。

検印
廃止

訳者紹介　1907年東京生まれ。東京商科大学卒業。訳書にケイン「郵便配達は二度ベルを鳴らす」、メルヴィル「白鯨」、グレアム・グリーン「情事の終り」、クリスティ「スタイルズの怪事件」、ハメット「血の収穫」、ロースン「棺のない死体」等。

フレンチ警部最大の事件

1975年6月20日　初版
2018年9月14日　15版

著者　F・W・クロフツ

訳者　田《た》中《なか》西《せい》二《じ》郎《ろう》

発行所（株）東京創元社
代表者　長谷川晋一

162-0814/東京都新宿区新小川町1-5
電話　03・3268・8231-営業部
　　　03・3268・8204-編集部
URL　http://www.tsogen.co.jp
旭印刷・本間製本

ISBN978-4-488-10604-1　C0197

2018年復刊フェア

◆ミステリ◆

『黒いアリバイ』(新カバー)

ウィリアム・アイリッシュ／稲葉明雄訳

南米の架空都市を舞台にした《ブラック》もの。著者の代表作登場。

『衣裳戸棚の女』

ピーター・アントニイ／永井淳訳

劇作家シェーファー兄弟による幻の戦後最高の密室ミステリ長編。

『フレンチ警部最大の事件』(新カバー)

F・W・クロフツ／田中西二郎訳

ダイヤ強盗殺人に始まる難事件。フレンチ警部初登場、欧州を奔走。

『時計は三時に止まる』(新カバー)

クレイグ・ライス／小鷹信光訳

シカゴの弁護士マローン初登場！　ユーモア・ミステリの名編。

『運命のチェスボード』(新カバー)

ルース・レンデル／髙田恵子訳

死体なき殺人に困惑するウェクスフォード首席警部。初期の傑作。

◆ファンタジイ◆

『黒魔術の娘』(新カバー)

アレイスター・クロウリー／江口之隆訳

20世紀最大の魔術師がおくる怪奇と幻想の短編集。本邦初訳12編。

『ねじの回転』(新カバー)

ヘンリー・ジェイムズ／南條竹則・坂本あおい訳

新訳で初めてわかる、真の恐ろしさ。幽霊小説の古典的名作登場。

◆ＳＦ◆

『静かな太陽の年』(新カバー)

ウィルスン・タッカー／中村保男訳

時間旅行が招くパラドックス。タイムトラベルＳＦ史に残る傑作。

『ラモックス』

ロバート・A・ハインライン／大森望訳

ペットの宇宙怪獣が逃げ、街はパニックに！　最高のユーモアＳＦ。

『メトロポリス』

テア・フォン・ハルボウ／前川道介訳

巨大な機械都市の栄光と崩壊を描く、神話的サイレント名画の原作。